풍운강호

황진훈일문벽산(黃塵燻日問碧山)

흙먼지 해를 가릴 제 청산 가는 길을 묻다.

1

진부동 신무협 장편소설

ORIENTAL FANTASYSTORY & ADVENTURE

dream books
드림북스

풍운강호(風雲江湖) 1 삼도천

초판 1쇄 인쇄 / 2011년 4월 11일
초판 1쇄 발행 / 2011년 4월 21일

지은이 / 진부동

발행인 / 오영배
편집장 / 허경란
편집 / 신동철, 문보람, 오미정, 윤상현
본문 디자인 / 신경선
펴낸 곳 / (주)삼양출판사 · 드림북스

주소 / 서울특별시 강북구 송천동 322-10호
대표 전화 / 02-980-2112 팩스 / 02-983-0660
편집부 전화 / 02-980-2116 팩스 / 02-983-8201
블로그 / blog.naver.com/dreambookss

등록번호 / 제9-00046호
등록일자 / 1999년 3월 11일

값 8,000원

ISBN 978-89-542-4356-8 (04810) / 978-89-542-4355-1 (세트)

* 지은이와 협의하에 인지는 생략합니다.
* 잘못된 책은 구입한 곳에서 바꾸어 드립니다.

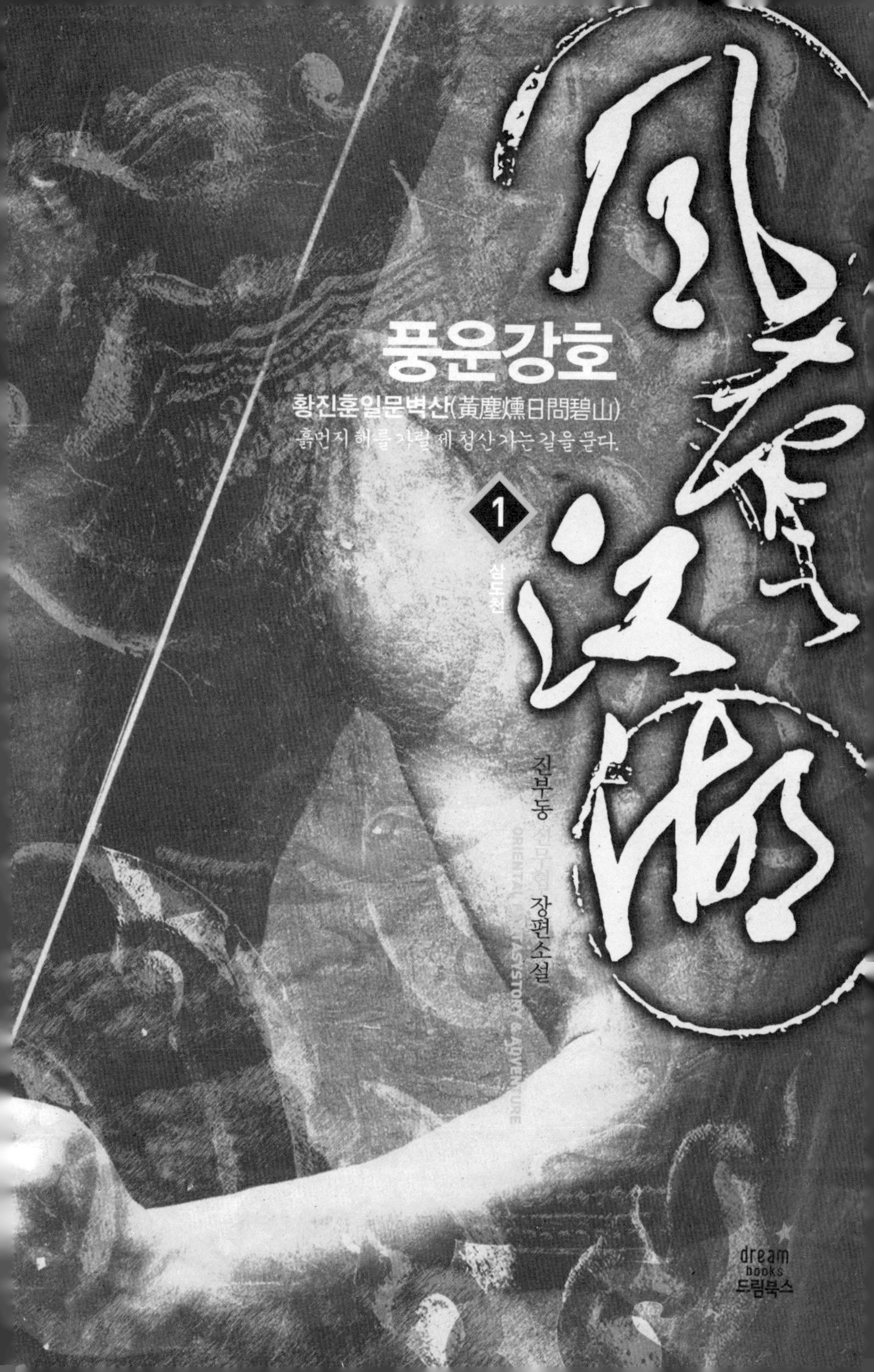

풍운강호
황진훈일문벽산(黃塵燻日問碧山)
흙먼지 해를 가릴 제 청산 가는 길을 묻다.
1
삼도천
진부동 신무협 장편소설
ORIENTAL FANTASY STORY & ADVENTURE
dream books
드림북스

풍운강호

목차

제1장
불청객

장강 하류 동릉(銅陵) 포구.

아침 안개가 걷힐 무렵 한 청년이 선착장에 내렸다.

푸른 두건으로 머리를 묶고, 푸른 장삼엔 가죽 띠를 두르고, 손에는 장검을 든 모습이었는데, 물건을 나르던 짐꾼이며 그물을 깁던 어부들이 다들 손을 멈추고 그를 바라보았다.

실로 보기 드문 미남이었기 때문이다.

청년은 사람들의 시선을 의식했는지 살짝 상기된 표정으로 좌우를 두리번거리다가 성큼성큼 저자를 향해 걸었다.

객잔을 찾아 들어간 청년은 안쪽으로 자리를 정해 앉았고, 눈이 쭉 찢어진 점소이가 허리를 굽실거리며 다가왔다.

"어서 오십시오! 뭘 드릴까요?"

청년이 대답을 하지 않자 점소이는 어깨에 걸치고 있던 수건으로 식탁을 한 차례 닦은 후 다시 말했다.

"저희 집은 우육면이 맛있습니다."

"차를 줘."

남자라고 하기엔 너무 맑은 음성이었다.

점소이는 양쪽 눈썹을 번갈아 찌푸려가며 청년을 위아래로 훑어보았고, 곧 입술 끝에 미소를 머금었다.

"주문을 하지 않으면 차만 드리지는 않습니다."

못마땅한 표정을 짓던 청년은 소매 안에서 은자 하나를 꺼내어 식탁에 놓고 말했다.

"양림촌으로 가려면 어떻게 해야 하지?"

"거긴 무슨 일로 가시게요?"

"그건 네가 알 바 아냐."

점소이의 입술 끝이 좀 더 비틀렸다.

"그야 그렇죠. 헤헤……."

그가 손을 뻗자 청년은 은자를 움켜쥐었다.

"길을 먼저 가르쳐줘."

"우리 가게 뒤로 돌아 남쪽으로 조금 가시면 강가 너른 공터에 배 수리하는 곳이 보일 겁니다. 거기만 통과하면 바로 양림촌입니다."

"고마워."

청년은 은자를 남겨둔 채 바로 일어섰다.

점소이가 가르쳐준 길을 찾는 것은 어렵지 않았다.

걸은 지 얼마 지나지 않아 어선과 화물선들이 잔뜩 모여 있는 곳에 들어서게 되었는데, 분위기가 좀 이상했다.

목수와 일꾼들이 험악한 눈빛으로 청년을 노려보는가 싶더니 하나둘씩 일감을 놔두고 청년 주변으로 모이기 시작한 것이다.

그들의 손에는 연장이 그대로 들려 있었다.

청년은 걸음을 재촉했지만 오래지 않아 앞길과 퇴로가 모두 막히고 말았다.

그는 긴장한 표정으로 침을 꿀꺽 삼킨 후 장검 자루에 손을 얹었다. 언제라도 발검이 가능한 자세였다.

그 모습에 조선소 목수들도 일단 간격을 유지했다.

그때 웃음소리가 들려왔다.

"하하하! 이렇게 어수룩하다니……."

낯익은 음성이라 고개를 돌려 보니 객잔의 점소이였다. 그는 목수들과 이미 구면인 듯 이 사람, 저 사람과 아는 체를 한 후 말했다.

"형님들. 오늘 이 장욱이 한 건 올렸습니다. 저 계집이 돈푼깨나 있는 것 같아서 이쪽으로 오게 했지요. 헤헤헤……."

계집이란 말에 목수와 일꾼들이 다시 한 번 청년을 자세히 살펴보았다.

그리고 곧 그들의 입가에 음흉한 미소가 번지기 시작했다.

점소이 장욱이 다시 말했다.

"저 서툴게 붙인 수염만 떼어내고 보면 꽤 미색일 것 같습니다. 잘하면 몸값으로 은냥깨나 받을 수 있을 겁니다. 히히히……. 물론, 그전에 형님들의 외로움부터 달래줘야 하겠지만 말입니다."

목수들이 대놓고 웃기 시작했다.

청년의 얼굴은 빨갛게 달아올랐다.

수십 명의 험악한 사내들에 둘러싸인 채 남장한 게 들통 나고 말았으니 상황이 심각하기 이를 데 없었다.

남장 여인은 검을 뽑아들었다.

챙 하는 소리가 맑고 길게 이어지는 것으로 보아 명검이 분명했고, 발검의 자세도 기초가 튼튼해 보였다.

목수들은 일순 긴장했지만 곧 웃음기를 되찾았다.

남장 여인의 손이 심하게 떨리는 것을 본 것이다.

실전 경험이 전무하다는 증거였다.

아무리 명가에서 단련했다고 해도 경험 부족으로 마음이 흔들린다면 족히 두려워할 이유가 없었다.

목수들 중 유난히 팔뚝이 굵고, 짙은 수염 사이로 긴 흉터가 보이는 사내가 탁한 어조로 한마디 했다.

"암고양이가 발톱을 세우는구나. 모두 조심해라. 다치는 놈한테는 벌금을 매길 테니까."

"걱정 마십시오. 형님."

목수들은 키득거리며 남장 여인 주변으로 빙글빙글 원을 그리며 돌기 시작했다.

흉터 난 사내가 다시 말했다.

"고양이를 다치게 하는 놈도 벌금이다."

목수들은 웃으면서 포위망을 조금씩 좁혔다.

남장 여인이 말했다.

"잠깐만! 난 당신들과 싸울 생각이 없소. 내게 약간의 돈이 있으니 그것을 받고 나를 놔주시오."

목수들의 입가에 비웃음이 번져갔다.

적과 싸우기도 전에 약한 소리부터 해대는 것은 명검에 어울리는 실력을 보유하지 못했다는 고백이나 다름없었다.

흉터 사내가 껄껄 웃으며 말했다.

"우리도 너와 싸우고 싶지 않아. 당장 검을 내려놓기만 하면 아무 일 없이 잘 마무리될 거야. 흐흐……."

남장 여인은 좌우를 둘러보았다.

대충 세어도 열 명이 넘었다. 한두 명이라면 몰라도 여덟 방위를 모두 포위한 그들과 싸워서 이기는 그림은 도무지 그려지지 않았다.

'아! 어쩌지…….'

입술을 깨물었지만 방법이 없었다.

"제발 보내주세요!"

간절한 어조였지만 목수들의 미소만 짙어질 뿐이었다.

"글쎄 우선 그 검부터 놓고 얘기하자니까?"

"난 사람을 찾으러 왔을 뿐이에요. 당신들과는 원한관계가 있는 것도 아닌데 왜들 이러시죠?"

그녀가 싸우기보다 애원하는 쪽으로 돌아섰다고 확신한 목수들은 눈짓을 교환했고, 장대를 쥔 두 명이 그녀 배후로 슬그머니 돌아갔다.

흉터 난 사내는 앞에서 계속 말을 시켰다.

"오호! 사람을 찾는다? 그래. 그게 누구지?"

"진평(陳平). 그의 이름은 진평이에요."

순간, 사내의 안색이 굳었다.

"방금 뭐라고 했어? 다시 한 번 말해 봐."

"양림촌에 사는 진평을 찾아왔어요."

흉터 사내가 더욱 긴장한 표정으로 물었다.

"그와는 어떤 사이지?"

"우리 집안과 오래전부터 잘 알고 지내는 사이예요. 그를 만나 부탁할 게 있어서 찾아왔어요."

흉터 난 사내는 손짓을 했고, 목수들은 겨누고 있던 무기를 내렸다. 다들 궁금해하는 표정이었지만, 흉터 사내에게 그 이유를 묻지는 않았다. 명령이라면 무조건 따르는 게 몸에 밴 듯했다.

하지만 점소이 장육은 달랐다.

"형님. 왜 이러십니까? 진평이 누군데요?"

흉터 난 사내가 그에게 으름장을 놓았다.

"닥치고 객잔으로 돌아가. 그리고 여기서 보고 들은 건 전부 다 잊어야 한다."

장육이 째진 눈을 더 가늘게 뜨며 물었다.

"형님. 혹시, 저 계집을 독차지하려고 저를 보내시는 거 아닙니까? 헤헤……."

퍽! 소리와 함께 장육이 쓰러졌다.

흉터 사내가 손을 쓴 모양인데, 어떤 수법을 썼는지 알아차리기도 전에 이미 장육은 기절해서 미동조차 하지 않았다.

그 광경에 남장 여인의 안색이 더욱 굳었다.

흉터 사내가 턱짓을 하자 목수들은 날렵하게 생긴 배 한 척을 물 위에 띄웠고, 사내는 배 위로 올라가 직접 삿대를 잡고 남장 여인에게 말했다.

"타라."

여인이 머뭇거리자 그가 다시 말했다.

"데려다 줄 테니까 어서 타."

남장 여인은 목수들이 더 이상 공격 의사를 보이지 않음에도 불구하고 조심스럽게 옆걸음질로 배에 올라탔다.

배 위에서도 그녀는 검을 집어넣지 않았다.

사내가 건장한 두 팔로 삿대를 밀자 배는 순식간에 강심에 이르렀다.

남장 여인은 그제야 살짝 안도의 한숨을 내쉬었다.

흉터 사내의 힘이 남다른 것은 보았지만, 그래도 십여 명에 포위되어 있는 것보다는 단둘이 마주 선 것이 낫다고 생각한 것이다.

흉터 사내가 넌지시 물었다.

"삼도천(三途川) 형님이 본명을 가르쳐줄 정도면 보통 사이가 아닌 모양인데……."

"삼도천? 그게 그 사람 별명인가요?"

흉터 사내는 눈살을 찌푸렸다.

"서로 아는 사이라며?"

"하지만 삼도천이란 말은 처음 들어봐요. 그게 무슨 뜻이죠? 그의 집이 시냇가 근처에 있나요?"

"흐흐……. 삼도천은 저승길에 건너는 강 이름이야. 형님 성질을 거스르면 저승 구경을 한다고 해서 붙은 별명이지."

"아! 그렇군요."

잠시 사이를 두고, 이번엔 남장 여인이 물었다.

"당신은 나이가 많아 보이는데 왜 그를 형님이라고 부르죠? 그는 내 또래로 알고 있는데."

"흥! 사내란 배포가 얼마나 크고 의리를 얼마나 중시하느냐에 따라 서열이 매겨지는 거야. 나이는 중요치 않아."

"당신 배짱이 그만 못하다는 건가요?"

흉터 사내가 그녀를 험악한 눈으로 노려보다가 말했다.

"만약 형님과 아는 사이라는 얘기가 거짓으로 밝혀지면 넌 내 손에 죽는 거다."

"내가 왜 거짓말을 하겠어요?"

배는 물결을 따라 동릉 포구 앞에 자리 잡은 커다란 섬 노주(老洲)에 도착했고, 흉터 사내는 능숙하게 배를 걸고 선착장에 내려섰다.

남장 여인도 그를 따라 내렸는데, 바로 강 건너임에도 선착장의 풍경이 달랐다.

배와 사람이 모두 바쁘게 움직이던 동릉과는 달리, 노주 쪽은 나이 든 어부 몇 명이 어구를 손질하며 한가로이 노래를 부르고 있을 뿐이었다.

휘황한 가을 달 아래 홀로 낚싯대 드리우고,
적막한 봄날의 산엔 만날 사람 없네.
계곡 주변에 널어 말리는 그물은 비단 같으니,
고기 많이 잡으면 술로 바꾸어 친구와 더불어 마시리.
秋月暉暉常獨釣
春山寂寂沒人逢
溪邊街晒網如錦
魚多換酒同友飲

남장 여인은 슬그머니 검을 검집에 넣었다.

잔잔한 물 위로 구성진 노랫소리가 울려 퍼지는 평화로운 풍경에 동화된 것이다.

사내가 길을 재촉했다.

"자, 이쪽이야."

두 사람은 버드나무가 늘어진 소로를 따라 걸었고, 어느 낡은 집 앞에 이르자 흉터 사내가 옷매무새를 단정히 하고 목소리를 가다듬은 후 말했다.

"형님! 계십니까? 강전(姜佺)입니다."

안에선 대답이 없었다.

스스로를 강전이라고 밝힌 흉터 사내가 몇 번을 더 큰소리로 외치자 비로소 인기척이 났다.

"아! 강 아우."

담 너머로 들려오는 건 젊은 사내의 목소리였다.

"예. 형님."

"이 시간에 어쩐 일인가? 좋은 술이라도 가지고 왔나?"

"술보다 더 좋은 것을 가져왔습니다."

"그래? 어서 들어와."

잠기지 않은 문을 밀치고 들어서자 한 사내가 평상에 비스듬히 기대어 누워 있는 게 보였다.

머리는 봉두난발에 옷은 풀어헤쳐졌고, 작취가 미성이라 눈동자와 볼이 시뻘건 게 영락없는 주정뱅이 몰골이었다.

사내는 초점 풀린 눈으로 강전의 빈손을 보며 물었다.

"술보다 좋다는 게 뭐야?"

"미녀지요. 형님을 만나야 한다고 해서 데려왔습니다."

청년은 상체를 벌떡 일으키며 좌우를 두리번거렸다.

"미녀? 어디? 어디?"

강전이 문쪽을 향해 말했다.

"들어와."

남장 여인이 들어서자 그녀의 얼굴을 보고 미모를 확인한 청년의 눈이 번쩍 뜨였다.

그는 잽싸게 돌아서서 검지와 소지를 혀에 찍어 침을 묻힌 후 양쪽 눈썹을 고르게 폈고, 상의를 당겨 내리고 허리띠를 다시 매는 동시에 머리는 두건으로 단번에 정리했다.

돌아선 그의 단정해진 모습에 강전은 깜짝 놀랐지만 살짝 고개를 숙이고 있던 남장 여인은 차이를 느끼지 못했다.

청년은 취기가 싹 가신 장중한 어조로 말했다.

"진평이라고 하오."

멋들어지게 포권까지 하자 남장 여인도 마주 포권을 했다.

"말씀 많이 들었어요. 전 설가영(薛嘉英)이라고 해요."

진평의 입은 다물어지지 않았다.

가까이에서 보니 더욱 아름다웠기 때문이다.

엉성하게 붙인 가짜 수염을 떼어내고 살짝 화장까지 한다면 가히 침어낙안에 화용월태요, 경국지색이 따로 없을 것 같았다.

"설낭자였군요. 그런데 이 궁벽한 어촌까지 나를 찾아온 이유가 무엇인지 물어도 되겠습니까?"

점잖기 이를 데 없는 말투였다.

남장 여인, 설가영은 잠시 호흡을 고른 후 말했다.

"당신께 나를 의탁하기 위해서 왔어요."

진평은 고개를 갸웃거렸다.

"의탁이란 게 정확히 무슨 뜻입니까?"

"나를 거두어주세요."

진평은 머리를 세차게 좌우로 흔들었다.

술이 덜 깨서 헛소리가 들리는 거라고 생각한 것이다.

그게 아니라면 이토록 아름다운 절세가인이 생면부지인 자기를 찾아와서 몸을 의탁하겠다는 얘기를 할 리가 없었다.

"그러니까, 거둔다는 건……."

"혼례를 치르면 가장 좋겠지만, 마음에 들지 않으신다면 하녀로라도 써주세요."

"으으……."

진평의 입에서 신음이 새어나왔다.

너무 좋아서 나오는 소리였다.

그는 강전 쪽으로 고개를 돌렸다.

말은 하지 않았지만 어디서 이런 보물을 구해왔느냐고 칭찬하는 표정이 얼굴에 가득했다.

강전은 현명하게 처신했다.

"형님. 전 이만 가보겠습니다. 수리해야 할 배들이 잔뜩 밀려 있어서요."

진평과 아는 사이는 아니더라도, 여기까지 데려온 건 잘한 일이라는 생각이 들었다.

"어! 그래. 어서 가 봐."

강전을 보낸 진평은 설가영을 집안으로 데리고 들어가 앉히고 차 주전자를 화로에 얹었다.

"향기로운 차를 끓여줄 테니 잠시만 기다려."

"예."

"아이고, 어쩜……."

목소리도 예쁘고 앉는 자세에도 기품이 있었다.

"무슨 차를 좋아하지?"

"아무거나 주세요."

진평은 차를 찾기 위해 장과 서랍을 뒤졌다.

그 모습을 보며, 설가영은 속으로 한숨을 내쉬었다.

진평이 큰 키에 당당한 체격, 게다가 잘생긴 호남이란 사실은 참 다행이라고 생각되었다.

하지만 집 안엔 세간이라고 할 만한 게 없었다.

낡은 침상에 담요 한 장.

그릇은 서너 개뿐인 데 반해 빈 술병은 십여 개나 여기저기 굴러다녔고, 온 집 안이 술 냄새에 절어 있었다.

그나마 강전 같은 험악한 사내가 깍듯이 형님으로 모시는 걸 보면, 동릉 일대의 흑도 무리 중에선 꽤 유력한 사람일 거라는 게 위안이 되었다.

"허! 이것 참. 용정차가 분명히 있었는데……. 뭐, 차는 나중에 마시기로 하지."

진평은 차 찾기를 포기하고 의자를 끌어다 설가영 옆에 바짝 다가가 앉았다.

"너. 정말 예쁘구나."

그가 손을 들어 머리카락을 귀 뒤로 넘겨주자 설가영은 흠칫 놀라 어깨를 움츠렸다.

진평이 그녀를 달래었다.

"긴장하지 마."

"먼저 확실히 해두고 싶어요. 나를 받아주실 건가요?"

"당연하지!"

"약속하신 거죠?"

진평은 손바닥으로 가슴을 두드리며 말했다.

"그렇다니까. 사나이의 한 마디는 천금보다 중한 거야. 내 말은 믿어도 돼!"

설가영은 안도하는 표정을 지었다.

"고마워요."

"내가 더 고맙지. 자, 우선……."

진평이 손을 뻗어 그녀 턱의 가짜 수염을 떼려 하자 설가영이 자리에서 벌떡 일어섰다.

"제가 나가서 차를 사올까요?"

"하핫! 지금 차가 급한 게 아니지."

"그럼 뭐가 급하죠?"

"월궁항아보다 아름다운 가인이 찾아와 몸을 의탁하겠다고 하는데, 과연 그 몸이 어떤지 조사부터 해봐야 하지 않겠어?"

설가영의 안색이 굳었다. 상대가 이렇게까지 노골적으로 나올 거라고는 예상치 못했던 것이다.

진평이 고개를 갸웃거리며 물었다.

"왜 그렇게 떠는 거지?"

"떠, 떨긴요."

진평은 고개를 외로 꼬고, 모로 꼬다가 다시 물었다.

"지금 진짜로 떨고 있잖아? 너 일하는 곳이 어디야?"

"일하는 곳이라니요?"

"어느 주루 소속이냐고."

"그런 거 없는데요."

"흐음……."

진평은 정색을 하고 물었다.

"나에 대해 어떻게 알고 찾아왔어?"

"할아버지가 얘기해주셨어요."

"할아버지? 이름이……."

"무(戊)자, 경(勁)자를 쓰셨어요."

진평은 화들짝 놀랐다.

"네가 설대인의 손녀라고?"

"그래요."

"허어! 이런 일이 있나."

"왜 그렇게 놀라세요? 할아버지가 저에 대해 얘기한 적 없었나요?"

"아니. 전혀."

"그럼, 이제까지 저를 누구라고 생각한 거죠?"

"강 아우가 나한테 뭔가 부탁할 일이 있어서 미녀를 구해왔나 보다 했지. 하핫……! 아! 설대인은 잘 계신가?"

설가영의 표정이 어두워졌다.

"돌아가셨어요."

"아니. 어쩌다?"

"노환으로요."

"허어! 그것참. 그렇게 정정하던 분이……."

"칠순이 넘으셨잖아요."

"이번 가을엔 찾아뵙고 기어이 승부를 낼 생각이었는데, 정말 아쉽네. 장례는 잘 치렀나?"

그녀의 목소리가 작아졌다.

"친분 있던 몇몇 분들이 도와주셨어요."

"아! 정말 안타까운 일이야. 이럴 줄 알았으면 지난 가을 대국에서 이겼어야 하는 건데."

진평은 연신 탄식을 했다.

그러다가 설가영을 보고 물었다.

"가만있어 봐. 조금 전에 내게 몸을 의탁하겠다고 한 건 무슨 뜻으로 한 말이지?"

"할아버지께서 유서를 남기셨어요. 제가 홀로 되면 동릉 양림촌에 사는 진평이란 사람을 찾아가라고."

진평은 손을 내저었다.

"그게 몸을 의탁하라는 얘기는 아니잖아?"

설가영의 안색이 변했다.

몹시 겁먹고 불안해하는 표정이었다.

"그럼 저를 내치실 건가요?"

금방이라도 울 것 같은 그녀를 보며 진평은 답답함을 느꼈다. 보아하니 규중에서만 지내서 세상 물정과 이치에 영 어두운 아가씨였다.

"다른 데 친척은 없나?"

"부모님은 일찍 돌아가셨고, 할아버지의 옛 고향에 가봤자 아는 사람이 한 명도 없어요."

"그것참 딱하게 됐네."

설가영이 좌우를 둘러본 후 말했다.

"이 정도 크기의 집이면 두 사람이 지내기엔 부족함이 없을 것 같은데요."

진평은 단호하게 고개를 가로저었다.

"그건 안 돼!"

"왜 안 된다고 하시는 거죠?"

"설대인의 손녀라면 진짜로 책임져야 하잖아."

설가영의 눈썹 끝이 살짝 올라갔다.

"그럼 나를 가짜로 대할 생각이었나요?"

"아까도 얘기했잖아. 난 강전이 데려온 기녀가 변장하고 새로운 놀이를 제안하는 줄 알았어. 하지만 설대인의 손녀라면 그럴 수는 없지."

"그럼 잘 대해주시면 되잖아요."

진평이 짐짓 험악한 표정을 지으며 물었다.

"네 할아버지가 내 직업이 뭔지 얘기 안 해주셨어?"

"칼 밥 먹고 사는 흑도의 건달이라고 하셨어요."

진평의 얼굴이 일그러졌다.

"으으……. 그건 좀 심하군. 보통은 의리를 중시하는 협객이라고 말해주는데 말야. 어쨌거나, 난 그런 사람이야. 내 몸 하나 건사하기도 바쁘고, 언제 어디서 어떻게 죽을지 몰라. 게다가 수입도 들쑥날쑥하지. 그런데 뭐가 좋다고 함께 살겠다는 거야?"

"전 할아버지의 선택을 믿어요."

진평은 고개를 가로저었다.

"돌아가신 분은 돌아가신 거고 산 사람은 살아야지. 너도 머리가 있으니까 생각이란 걸 할 수 있을 거 아냐? 네 앞길은 스스로 개척해야지."

"그럼 날 안 받아줄 건가요?"

진평은 양 손바닥을 펼치며 어깨를 으쓱해 보였다.

"내 곁에 있으면 네 인생은 끝장나는 거야."

그러자 설가영의 눈에서 눈물이 뚝뚝 떨어지기 시작했다. 진평은 당황하지 않을 수 없었다.

"이, 이봐! 진정해."

그러나 그녀의 눈물은 멈출 줄을 몰랐다.

진평에게 거절당한 것이 서럽다기보다는, 세상에 혼자 남겨졌는데 이제 몸을 의탁할 곳마저 없어졌다는 사실에 설움이 북받친 것이다.

진평은 난감한 표정으로 그녀를 달랬다.

"네가 머물 곳을 알아봐 줄게. 그리고 적당한 혼처도 구해볼 테니까 그만 그쳐."

순간 설가영이 고개를 홱 돌리더니 차가운 눈빛으로 진평을 쏘아봤다. 그녀의 눈길에 깜짝 놀란 진평은 자기도 모르게 뒤로 물러났다. 그녀가 말문을 뗐다.

"어떻게 남자가 한 입으로 두말을 할 수 있죠?"

"그게 무슨 소리야?"

"나를 받아준다고 분명히 약속했잖아요."

"그건 네가 설대인의 손녀인지 몰랐을 때 얘기지."

"몰랐으면 자기가 한 말을 뒤집어도 된다는 건가요?"

"그, 그건……."

진평은 긴 한숨을 내쉬었다.

그리고 건너편 의자에 앉아 설가영을 바라보았는데, 방금 전까지는 절세가인이었지만 지금은 커다란 혹 덩어리로밖에 보이지 않았다.

한참 만에 진평이 입을 열었다.

"좋아. 내가 한 말을 지키겠다."

"저, 정말인가요?"

진평은 고개를 끄덕였다.

설가영은 기쁜 표정으로 그를 보았다.

그리고 이제까지와는 다른 느낌을 받았다.

몸을 검사하자고 치근치근 달라붙을 때는 저잣거리의 술 취한 한량이나 다를 바 없었지만, 정색한 모습을 보니 마치 커다란 산이나 든든한 바위를 보는 느낌이었다. 왜 갑자기 그런 기분이 드는지는 그녀도 알 수 없었다.

진평이 일어서며 말했다.

"저 뒤쪽 방에 손님용 침상과 침구가 있어. 먼 길 오느라 힘들었을 테니까 좀 쉬어."

"어디 가시게요?"

"차 사러."

* * *

강가에 매어두었던 자신의 배를 타고 동릉 포구로 건너간 진평은 저자에 들러 몇 가지 물건을 산 후 선창 옆 외진 곳의 창고로 갔다.

건장한 체격의 사내 둘이 문을 지키고 있다가 그를 발견하고는 얼른 비켜서서 문을 열어주었다. 창고 안엔 수십 명의 사람들이 모여 고함을 지르고 있었다.

닭싸움에 저마다 돈을 걸고 응원을 하는 것이었다.

진평은 투계장은 거들떠보지도 않고 안쪽으로 더 들어갔다. 그가 계단을 올라가자 안쪽에서 다급한 소리가 들려왔다.

"거의 다 왔다. 빨리 술부터 감춰!"

진평은 고소를 머금었다.

"여어! 잘들 있었나?"

그가 문을 열어젖히며 말하자 안에 있던 시커먼 사내들이 만면에 미소를 머금고 고개 숙여 인사했다.

"삼도천 형님. 오셨습니까?"

"어서 오십시오!"

다들 부두에서 잔뼈가 굵은 사내들로, 큰 체격에 험악하기 이를 데 없는 인상의 소유자들이었지만 진평에겐 하나같이 웃는 낯을 보였다.

진평이 그들 중 뺨에 사마귀가 난 사내에게 물었다.

"귀신은?"

"나오시라고 하겠습니다."

잠시 후, 사십대 후반의 비쩍 마른 사내가 하품을 하며 모습을 드러냈다. 헐렁한 검정 장포를 입고 머리엔 도관을 눌러 썼는데, 툭 튀어나온 광대뼈와 쭉 째진 눈빛이 몹시 날카로운 인상이었다.

진평과 반가운 미소를 교환한 그가 말했다.

"오셨습니까?"

"응. 그래."

"해도 안 졌는데 벌써 시작하시려고요?"

하북 말투를 쓰는 이 사내의 도호는 귀령자(鬼靈子)로, 동릉포구 일대 어둠의 상권을 장악한 오송회(五松會)의 회주였다.

그는 진평의 방문 목적을 이미 알고 있다는 듯 부하들에게 손짓을 했다.

"어제 들어온 가반주(加飯酒) 남았지? 전부 내와."

부하들이 눈치를 보는데 진평이 손을 내저었다.

"아니. 오늘은 술 마시러 온 거 아냐."

귀령자가 피식 웃었다.

"무슨 일이십니까? 형님이 술을 다 마다하고."

진평이 좌우를 둘러보자 귀령자가 턱짓을 했고 방엔 금세 단둘만 남게 되었다.

"남경에서 들어오는 배들 있지?"

"그야 매일 들어오지요."

"소식을 좀 듣고 싶은데."

배를 통해 동릉에 드나드는 물건이나 소문은 단 하나도 오송회의 이목을 피할 수 없었다.

"구체적으로 어떤 정보를 원하십니까?"

"정해진 건 없고, 뭔가 이상한 움직임이 감지된다 싶으면 모두 다 내게 얘기해 줘. 아주 사소한 거라도."

설대인이 손녀를 자신에게 보낸 이유가, 단지 일가친척이 한 명도 없기 때문만은 아닐 거라는 생각이었다.

"알겠습니다. 남경뿐만 아니라 양주(揚州)와 항주(杭州), 소주(蘇州)까지 소문을 모아보겠습니다."

"부탁해."

진평이 돌아서자 귀령자가 물었다.

"벌써 가시게요?"

"응."

"오늘따라 왜 이리 급하십니까? 집에 무슨 꿀단지라도 숨겨 놓으셨나요?"

"후후……. 그렇다고 할 수 있지."

"맛있는 거면 나눠 먹읍시다."

진평은 단호하게 고개를 가로저었다.

"절대로 나눠줄 수 없는 거야."

"칫! 가반주 안 꺼내길 잘했군."

"다음엔 꼭 맛을 볼 테니까 남겨둬."

진평의 엄포에 실실 웃던 귀령자가 뭔가 생각났는지 진평에게 말했다.

"형님. 남경보다 우리 동릉에 의심스러운 일이 한 가지 있는데, 들어 보시겠습니까?"

"무슨 일이지?"

"수상한 자들이 나타났습니다."

"수상한 자? 누군데?"

"저희도 아직까지는 그들이 누군지, 무슨 목적으로 왔는지 모릅니다. 어젯밤 자정이 넘은 시각에 세 사람이 은밀하게 배에서 내려 동문 밖으로 나가는 것을 우리 아이들이 봤는데, 경공 실력이 보통이 아니었다고 합니다."

진평은 자못 심각한 표정을 지었다.

"동문 밖이라면 개방인가?"

"그럴 가능성이 높습니다."

진평은 고개를 끄덕인 후 방을 나가며 다시 확인하듯 말했다.

"가반주 꼭 남겨둬."

"알겠습니다."

성 밖으로 나간 진평은 사자산(獅子山) 기슭을 올라 반쯤 허물어진 관제묘로 들어섰다.

그가 다가오는 것을 본 거지들이 슬금슬금 몰려들어 경계의 눈빛을 띤 채 봉을 고쳐 쥐었지만, 누구 하나 진평의 앞을 가로막지는 못했다.

진평이 그들에게 손을 흔들었다.

"어이! 잘들 지냈나? 혈색이 좋은 걸 보니 또 어디서 개라도 훔쳐 먹은 모양이지? 하하!"

거지들은 웃지 않았다.

그들 사이로 팔 하나 없는 거지가 짧은 봉을 들고 나타났다. 그의 허리띠엔 매듭이 두 개 묶여 있었다.

"무슨 바람이 불어서 여기까지 찾아왔습니까?"

전혀 반기는 음성이 아니었다.

"안에 두목 거지 있나?"

"지금은 만나실 수 없습니다."

"흐음……. 그렇단 말이지?"

진평은 관제묘 안쪽을 천천히 둘러본 후 말했다.

"그럼 내가 왔다 갔다고 전해 줘."

"무슨 볼일로 왔었다고 할까요?"

곧바로 포기해서 다행이라는 표정이었다.

"일거리가 있으면 좀 받아볼까 해서 왔지. 요즘 술값이 떨어져서 좀 곤란하거든. 하핫!"

"우리가 당신한테 맡길 일이 뭐가 있겠습니까? 하는 일이라고는 구걸뿐인데."

"없으면 말고."

진평은 아쉬울 것 없다는 투로 손을 한 번 내젓고는 바로 돌아서서 성큼성큼 산을 내려갔다.

가까이서 관제묘를 둘러보는 것으로 귀령자에게서 들은 얘기의 진상을 파악했으니, 치근대기보다는 낚싯대를 던져두고 기다리는 쪽을 택한 것이다.

그가 떠난 뒤 관제묘 안에선 네 사람이 나왔다.

두 명은 거지로, 허리띠의 매듭이 세 개와 다섯 개인 것으로 보아 각각 분타주와 당주급인 듯했고, 다른 두 사람은 장검을 멘 청년 도사와 검은색 피풍의를 걸친 중년인이었다.

"저자는 누굽니까?"

청성파 청년 도사 장양명(張良明)의 물음에 개방 동릉 분타주 이웅(李雄)이 대답했다.

"삼도천이라는 자로, 이곳에서 유명한 건달입니다."

"그게 이름은 아니겠지요?"

"본명이나 사문내력에 대해서는 전혀 알려진 바가 없습니다. 누대에 걸쳐 동릉에 살아왔지만 지금은 일가친척 없이 노주에서 혼자 지낸다는 게 알려진 전부입니다."

"전에도 그가 여기 와서 일거리를 찾은 적이 있습니까?"

이웅은 고개를 가로저었다.

"삼도천의 행동은 도무지 종잡을 수가 없습니다. 어떤 때는 서너 달씩 사라지기도 하고, 어떤 때는 한 달 내내 술집에서 뒹굴기도 하는 등 제멋대로입니다. 게다가 워낙 이 일 저 일에 끼어들기 좋아하는 성격이라…….”

점창파 호법 손본(孫本)이 말했다.

“그의 무공이 대단한가 보군요. 개방 분타에 찾아와 안하무인격으로 설쳐대는데도 모두 구경만 한 걸 보면.”

그 말에 당주 오중개(吳仲丐)는 불쾌한 표정을 지었고, 분타주 이웅은 볼이 붉어졌다.

“우리가 그에게 반 푼쯤 양보하는 것은 두려워서가 아닙니다. 본래 동릉엔 오송회와 칠성방이 서로 이권을 차지하기 위해 다툰 지 오래되었는데, 어느 날인가 삼도천의 중재로 그들의 분쟁이 종식되었습니다. 그리고 놀랍게도 그날 이후 두 방회의 우두머리가 삼도천을 형님으로 부르기 시작했습니다. 그러다 보니 우리 입장에서도 그를 함부로 대할 수 없는 것입니다.”

손본이 다시 물었다.

“그가 거느린 세력이 있습니까?”

“그는 혼자입니다. 세력의 힘으로 누른 것은 아니란 뜻이지요. 들리는 소문에 의하면 술내기에 이겨서 양쪽 우두머리를 동생으로 삼고 싸움도 말렸다고 하는데, 그다지 믿을 만한 얘기는 못 됩니다.”

오중개와 장양명, 손본은 서로 얼굴을 바라봤다.

그리고 장양명이 웃음을 터뜨렸다.

“촌동네로 오니까 별일이 다 있군요. 하하!”

오중개가 맞장구를 쳤다.

"그러게 말입니다. 천방지축 건달 손에 좌지우지될 정도면 오송회니 칠성방이니 하는 것들이 어떤 수준인지 대충 알 것 같습니다."

이웅은 뭔가 항변하고 싶었지만 괜히 얘기를 꺼냈다가 당주에게 한소리 들을까 봐 꾹 참았다.

손본이 이웅에게 물었다.

"오송회와 칠성방 외에 다른 방회가 또 있습니까?"

"예. 동릉 청호(靑號)가 있기는 합니다만, 오송회나 칠성방에 비하면 세력이 미미합니다."

장양명이 놀란 표정을 지었다.

"아직도 백련교 잔당이 활개를 치고 있습니까?"

"활개를 칠 정도는 아닙니다."

"어쨌거나, 그것 또한 촌구석답군요."

이웅은 장양명의 말투가 마음에 들지 않았지만 대놓고 싫은 기색을 드러내지는 못했다.

장양명은 청성파 장문인이 아끼는 다섯 명의 적전제자 중에서도 그 무위가 특출하여 강호의 신진 후기지수로 한창 이름을 날리는 청년 고수였다.

그래서 배분이 높은 점창파의 손본과 당주 오중개조차도 그를 함부로 대하지 못했다.

이웅이 비록 네 사람 중 가장 나이가 많다지만, 강호에서는 단지 연장자라고 하여 대접을 받는 경우는 없었다.

손본이 말했다.

"삼도천에게 이번 일을 맡기면 되겠군요."

오중개와 장양명이 의외라는 표정으로 바라보자 손본이 그 이유를 설명했다.

"그가 정말 영향력을 지니고 있다면 오송회와 칠성방 인원을 모두 동원할 수 있을 겁니다. 그럼 우리는 전면에 나서지 않아도 되지요."

오중개가 반색을 했다.

"좋은 생각입니다! 안 그래도 우리 형제들만으로 동릉을 샅샅이 뒤지는 건 쉽지 않다고 생각하던 참인데, 그들에게 시킨다면 한꺼번에 해결되겠군요."

장양명이 덧붙였다.

"일이 끝나고 뒤처리하기에도 편할 것 같군요. 딸린 부하들이 없다면."

그의 입가에 잔인한 미소가 번지는 것을 보고 오중개와 손본이 함께 고개를 끄덕였다.

이웅은 한밤중에 갑자기 분타로 찾아온 그들이 도대체 뭘 하려는 건지 궁금하기 짝이 없었다.

하지만 어떠한 질문도 하지 않았다.

아는 게 많을수록 수명이 짧아질 수 있다는 강호의 생리를 잘 알기 때문이었다.

제2장
화를 자초하다

집에 도착한 진평은 깜짝 놀랐다.

나올 때의 그 집이 아니었다.

온 집 안이 깨끗이 청소되어 있는 것은 물론, 주방의 솥에선 구수한 냄새를 풍기며 밥이 익는 중이었고 설가영은 그 옆에서 고기와 야채를 볶고 있었다.

"오셨어요?"

"이, 이게 다 뭐야?"

"다리 건너에 가게가 있더라고요. 좋아하시는 걸 몰라서 그냥 돼지고기와 닭고기를 조금씩 사왔어요."

"쉬라고 했잖아."

"피곤하지 않아요."

설가영은 진평에게 의자를 권하여 앉히고 자기가 만든 음식들을 식탁에 늘어놓았다.

진평은 접시와 설가영의 얼굴을 번갈아 보기만 할 뿐 쉽게 젓가락을 들지 못했다.

집에 있는 줄도 몰랐던 수저들이 반짝반짝 광이 나는 걸 보면, 자신이 나가자마자 일을 시작한 모양이었다.

누군가 자기를 위해 손수 만든 밥을 차려준 것은 십 년 전 어머니가 돌아가신 이후 처음이었다.

"어서 드세요."

진평은 볶은 야채를 한 젓가락 집어 입에 넣었다.

설가영이 기대감 가득한 표정으로 물었다.

"어떠세요? 맛이?"

"간은 맞았네."

기대한 만큼의 칭찬이 나오지는 않았지만 설가영은 기쁜 표정을 지으며 다른 반찬들도 진평 앞으로 밀어놓아 주었다.

진평은 고기를 썬 모양이 마음에 안 든다는 둥, 탕이 없어서 목이 멘다는 둥 불평을 늘어놓으면서도 밥을 세 그릇이나 먹었다.

설가영이 그릇을 치우며 말했다.

"다행이에요. 제 요리를 마음에 들어 하셔서."

"배고플 땐 다 맛있어."

"시장기만으로 세 그릇이나 먹지는 않죠."

"난 고기보다 생선이 좋아."

진평은 마음에도 없는 엉뚱한 소리를 해대며 저자에서 사온 물건들을 꺼냈다.

거기서 향과 지전 다발이 나오자 설가영은 한숨을 내쉬었다. 돌아가신 할아버지 생각이 다시 난 것이다.

두 사람은 뒷마당에 향로를 놓고 나란히 앉아 설대인의 명복을 빌었다.

잔뜩 사온 지전을 다 태우는 동안 두 사람은 말이 없었다. 그러다가 마지막 지전이 하늘로 올라가는 것을 보며 설가영이 입을 열었다.

"고마워요."

진평은 대답하지 않고 다른 얘기를 했다.

"아까 쓰라고 했던 그 방에서 자. 이불과 갈아입을 옷은 내일 사다 줄게."

"아뇨. 있는 걸 빨아서 쓸게요."

"다리 건너에 다녀왔다고?"

"예."

"술은 안 사왔냐?"

"아뇨."

"다음부터는 대나무 숲 뒤에 있는 송가네 주점에 들러서 백주를 꼭 사다 놔. 거기 술이 제일 향이 깊거든. 아! 그 집 개가 사나우니까 조심하고.”

설가영은 입술을 삐죽거렸다.

정말로 자기를 하녀처럼 대하는 게 마음에 들지 않았던 것이다.

그래도 싫은 내색을 하지는 못했다.

“알았어요. 동이째로 사다 놓을게요.”

진평은 먼저 일어나 제 방으로 들어갔고, 설가영도 향로와 주방을 정리한 후 작은 방으로 가 침상에 누웠다.

그러나 그녀는 쉽게 잠을 이룰 수 없었다.

하루 사이에 워낙 많은 일들이 일어났기 때문이다.

이리저리 뒤척이다가 깊은 잠에 빠진 그녀는 갑자기 느껴지는 압박감에 화들짝 놀라 눈을 떴다.

무언가가 자기 입을 막고 있었는데, 사람의 손이 분명했다.

“우읍…….”

그녀가 몸을 비틀어대자 어둠 속에서 낮게 깔린 남자 목소리가 들려왔다.

“조용히 해.”

진평의 음성이라는 사실을 알고 그녀는 힘을 풀었다. 그런데 그의 목소리에서 긴장감이 느껴졌다.

“침대 아래 빈 공간이 있으니까 그 안에 숨어 있어. 아무 소리도 내지 말고, 숨도 크게 쉬지 마. 알았지?”

설가영은 입이 막힌 채로 고개를 끄덕였다.

진평은 침상 다리 사이의 널판을 치우고 설가영을 그 안으로 들어가게 한 후 다시 널판을 세워 흔적을 완전히 감추었다.

그가 갑자기 그런 행동을 하는 데는 이유가 있었다. 만만치 않은 고수들이 가까이 다가오는 것을 느꼈기 때문이다.

진평은 자신의 방으로 가서 나무 상자 속에 있던 쇠막대기 하나를 꺼내어 들고 마당으로 나갔다.

산꼭대기에 걸린 반달 덕에 사방은 어둡지 않았다.

그는 평상에 걸터앉아 가져온 쇠막대기를 입에 댔고, 산곡(散曲) 한 자락이 교교한 달빛 아래 낭랑히 울려 퍼지기 시작했다.

쇠막대기는 철적(鐵笛)이었던 것이다.

구성지게 이어지던 곡이 끝나자 박수소리가 들려왔다.

진평의 집 마당 안엔 언제 나타났는지 세 명의 남자가 서 있었는데, 그들은 바로 청성파의 장양명, 점창파의 손본, 개방의 오중개였다.

장양명이 천천히 박수를 치며 말했다.

"솜씨가 제법이구나. 소리에 깊이가 있어."

진평이 피식 웃으며 대답했다.

"너희들도 남의 집 담 넘는 솜씨가 제법이구나. 어디 가서 굶어 죽지는 않겠어."

그 말에 장양명의 안색이 굳었다.

오중개가 얼른 나서서 진평과 대거리를 했다.

"우린 개방에서 왔다. 네가 삼도천이지?"

"그렇소만."

"일거리가 필요하다고?"

일거리라는 말에 진평은 금세 반색을 했고, 말투까지 바꾸었다.

"하하! 이제 보니 내 재물을 훔치러 온 도적놈의 새끼들이 아니라 돈을 벌게 해줄 의뢰인들이었군요. 자, 자! 안으로 들어가십시다. 마침 귀한 차도 사다 놓았습니다."

혹시나 해서 한 번 낚싯대를 던져본 것뿐인데, 이렇게 곧바로 입질이 올 거라고는 그로서도 예상 못 한 일이었다.

세 사람은 서로 시선을 교환했다.

장양명은 진평이 도적놈의 새끼라고 한 것 때문에 격앙된 표정이었지만 손본이 그를 진정시켰고, 셋이 함께 집 안으로 들어갔다.

자리를 권한 진평은 주방 여기저기를 뒤지며 부산을 떨었다.

"차 주전자를 어디 뒀더라."

오중개가 손을 내저었다.

"차는 마시지 않아도 되니까 앉아."

"하핫! 그래도 되겠습니까?"

진평은 그들 앞에 앉았다.

"자! 무슨 일인지 들어봅시다."

오중개가 주변을 둘러본 후 낮은 어조로 말했다.

"사람을 한 명 찾아주었으면 한다."

"돈을 떼였소?"

오중개는 일일이 대꾸하지 않고 자기 얘기를 했다.

"일단 착수금으로 은 열 냥을 주겠다. 그리고 사흘 안에 찾아내면 은 백 냥을 더 얹어주겠다. 닷새 안에 찾으면 오십 냥, 열흘이 걸리면 서른 냥으로 웃돈이 줄어들겠지만, 그보다 더 걸리거나 결국 못 찾고 포기하더라도 처음 준 열 냥은 오롯이 네 것이다. 어떠냐?"

진평이 활짝 웃었다.

"그런 일이라면 제가 바로 적임자입니다. 찾을 사람이 죽어 널 속에 들어갔거나 물속 고기밥이 되었다면 모를까, 이곳 동릉 땅에서 숨 쉬고 돌아다닌다면 내가 반드시 찾아낼 수 있습니다."

"중요한 조건이 있어. 꼭 산 채로 잡아야 해."

"도망가지 못하게 다리를 부러뜨려 놓는 건 괜찮겠지요?"

"숨만 붙어 있으면 돼."

진평은 자신 있는 어조로 말했다.

"이 일은 성사되었다고 생각하십시오!"

"믿어도 되겠나?"

"물론입니다. 내일 해가 지기 전까지 찾아 드리겠습니다. 다만, 한 가지 문제가……."

"뭐가 문제인가?"

"제가 노름빚이 좀 많아서 말입니다."

오중개가 인상을 쓰며 물었다.

"얼마를 원하는 거냐?"

"착수금으로 은 오십 냥을 주시고, 하루 만에 찾으면 오백 냥, 사흘 걸려 찾으면 삼백 냥을 얹어주십시오."

오중개는 손바닥으로 탁자를 내리쳤다.

"그런 터무니없는!"

탁자가 박살나는 바람에 네 명은 자리에서 일어서야 했다.

진평이 말했다.

"착수금으로 탁자 값까지 쉰닷 냥을 받아야겠습니다."

"말도 안 되는 소리!"

오중개는 그렇게 큰돈을 줄 수는 없다고 생각했다.

그런데 장양명과 손본의 생각은 다른 듯했다.

그들의 표정을 본 오중개는 문득 깨달은 바가 있었다.

어차피 일이 끝난 뒤에 살인멸구(殺人滅口)할 계획이니까, 상대가 아무리 많은 금액을 불러도 상관이 없는 일이었다.

더구나 착수금을 쓰지 않고 가지고 있으면 그것까지 되찾을 수 있었다.

거기까지 생각이 미친 오중개가 선선히 고개를 끄덕였다.

"좋아! 일만 제대로 해준다면 돈은 원하는 만큼 주겠다."

"정말이십니까? 하하하! 과연 통이 크시군요."

진평은 세 사람에게 번갈아 포권하며 큰소리로 웃었다.

그러나 활짝 웃는 얼굴과 달리 그의 속마음은 냉정하게 가라앉아 있었다. 서로 시선을 한 번 교환하더니 그런 거액을 주겠다고 바로 태도를 바꾸는 것으로 보아 뭔가 다른 저의가 있음이 분명하기 때문이었다.

"찾아야 할 사람이 누구입니까?"

오중개가 목소리를 더욱 낮추어 말했다.

"여자인데, 남경 출신이고 나이는 스물. 이름은 설가영이라고 한다. 설무경이란 자의 손녀지."

진평은 놀라지 않을 수 없었다.

그러나 겉으로는 내색하지 않고 물었다.

"호오! 당신 같은 무림 고수들이 고작 여자 한 명을 찾으려고 은자 오백 냥을 아낌없이 쓴다니 참으로 놀랍군요. 혹시 그녀가 무슨 절세무공을 지닌 마녀라도 됩니까?"

같은 시각, 작은 방 침상 아래로 몸을 숨긴 설가영도 그들의 대화를 똑똑히 들을 수 있었다. 심장 뛰는 소리가 밖으로 들리지는 않을까 염려가 될 정도로 그녀는 놀라고 겁을 먹었다.

오중개가 대답했다.

"그녀는 무가의 자손이 아니야. 그러니까 겁먹을 필요는 없어. 단지 잔꾀가 많아서 잘 숨어다니기 때문에 못 찾는 것뿐이야."

"그렇게 똑똑한가요?"

"남경에서 항주로 가는 배를 탔고, 거기서는 다시 경사로 가는 배로 옮겨 탄 후 산동에서 종적이 사라졌어."

"흐음……. 그런 그녀를 왜 우리 동릉에서 찾으십니까?"

오중개가 헛기침을 한 번 한 후 말했다.

"우리 개방의 눈과 귀는 온 천하에 퍼져 있지. 그녀가 아무리 변장을 하고 배를 갈아타도 흔적을 완전히 지울 수는 없어."

"대단하군요."

"아무렴. 우리는 그녀가 객잔에서 버린 물건 중 이곳, 동릉까지 오는 길을 찾은 흔적이 남아 있는 지도를 발견했지."

진평은 고개를 끄덕였다.

"그럼 동릉 포구에 매복하고 있으면 되겠군요."

그것은 말처럼 쉬운 일이 아니었다.

동릉의 북쪽 포구는 오송회가, 남쪽 포구는 칠성방이 장악하고 있기 때문에 근처에 개방 방도가 얼쩡거리다가는 문제가 생길 수도 있었다.

"수로로 올지 육로로 올지 확실치 않아. 어쩌면 이미 도착해 있을 수도 있고."

"혹시, 그 지도도 추적을 따돌리기 위해서 일부러 심어놓은 것 아닐까요?"

"그럴 가능성도 있기 때문에 모두가 다 이곳으로 오지 않고 흩어져서 찾는 중이야."

진평이 잠시 생각한 후 물었다.

"그녀가 도대체 무슨 죄를 지었기에 당신들 같은 고수들이 셋씩이나 동원된 겁니까?"

장양명이 끼어들었다.

"그건 알 필요 없잖아? 넌 돈만 받고 시키는 일이나 하면 되는 거지."

진평은 미소 지었다.

"후후……. 그녀가 뭔가 값나가는 보물이라도 가지고 도망친 모양이군요."

진평의 미소를 보고 오중개가 말했다.

"그런 게 아냐. 그녀는 대역죄인이야."

보물과 연관이 있다는 그릇된 기대를 가지기라도 하면 그녀를 찾아낸 후 빼돌릴 수도 있기 때문에 사실을 밝히기로 한 것이다.

진평은 다시 한 번 놀랐다.

"대역죄라면……."

"황실을 능멸하고 조정에 죄를 지었지."

"그거 심각하군요."

"아무렴. 우리 같은 명문정파가 앞장서서 찾는 걸 보면 어떤 상황인지 대충 알겠지?"

개방을 명문정파라고 하는 건 어폐가 있었다.

청성파와 점창파는 구대 문파에 속한 명문이 분명하니 슬그머니 묻어가자는 수작인데, 장양명이나 손본 모두 별로 개의치 않는 표정이었다.

진평이 물었다.

"정확하게 죄목이 무엇인지 알 수 있을까요?"

"황실에 죄를 지었다는데, 뭘 더 알고 싶다는 게야?"

오중개의 음성에 짜증이 배어 나왔다.

진평은 입맛을 다셨다.

"뭐, 저야 어쨌든 사람만 찾아내면 되는 거죠."

"바로 그거야."

"내일 중으로 찾을 테니까 돈을 준비해 두십시오."

오중개가 반색을 했다.

"내일이라고? 하루 만에 되겠나?"

"나만 믿으십시오! 자랑 같지만, 내 말 한마디면 이곳 동릉을 완전히 뒤집어엎을 수도 있습니다."

진평이 호언장담을 하자 작은 방에 숨어 있던 설가영은 온몸에 식은땀이 흐르는 걸 느꼈다.

진평의 말이 이어졌다.

"하지만 돈은 꼭 제대로 지불해주셔야 합니다."

"하하! 그건 걱정 말게."

"괜히 하는 얘기가 아닙니다. 그녀를 배에 싣고 갈 테니까 강변에서 내가 보낸 사람에게 돈을 건네주십시오. 만약 한 푼이라도 비면 그녀의 발에 돌을 묶어서 강물에 던져버릴 겁니다."

그 말에 세 사람의 표정이 굳었다. 그런 식이라면 정말로 오백 냥을 준비해야 하는 것이다.

당황한 기색이 역력한 장양명, 오중개와 달리 손본은 침착했다.

"준비할 테니 걱정 말게."

"그럼 믿겠습니다. 자, 착수금 쉰닷 냥부터 주십시오."

손본은 불안해하는 오중개에게 돈을 주라고 턱짓을 했다.

오중개도 손본의 침착한 태도를 보고 안정을 되찾았다. 어쨌거나 여인을 찾는 게 중요하니까 건네받는 방법은 따로 대책을 숙고하면 될 일이었다.

진평은 오중개가 건넨 은자를 모두 세었다.

"닷 냥 빕니다."

"탁자가 무슨 닷 냥이나 한단 말이냐?"

"자단목으로 만들었습니다."

"이게 무슨 자단……."

오중개는 부서진 조각을 집어 들고 따지려 했지만 손본이 헛기침을 하자 결국 돈주머니를 열었다.

진평은 그들을 밖으로 전송하며 재차 확인했다.

"무슨 일이 있어도 내일 해 지기 전까지는 잡아올 테니까 거기에 맞춰 돈을 꼭 준비하십시오."

"돈 걱정은 말고 사람이나 찾아."

그런데 마당으로 나선 장양명이 갑자기 진평 앞을 가로막고

서더니 말했다.

"한 가지 의문점이 있는데……."

"뭡니까?"

"네가 과연 선금으로 은자 쉰 냥을 받을 만한 자격이 있을까 하는 게 궁금해졌어."

"하핫! 그거라면 이미 알아보고 온 것 아닙니까?"

"하지만 내 눈으로 직접 확인해보고 싶군."

순간, 장양명이 느닷없이 출수를 했다.

검결한 손가락으로 진평의 천돌혈을 곧바로 찔러 들어가는 날카롭기 그지없는 공격이었다.

그렇게 갑자기 손을 쓰는 게 정정당당한 일은 아니더라도, 그 솜씨만큼은 가히 명가의 제자다워서 손본과 오중개 모두 놀란 표정을 지었다.

그런데 더 놀라운 일이 벌어졌다.

진평이 그 공격을 피한 것이다.

비록 몸의 균형을 잃어 서너 걸음이나 볼썽사납게 물러나긴 했지만, 장양명의 손가락이 허공을 찌른 건 분명한 사실이었다.

"이런 젠장! 일을 시켜놓고 사람을 죽일 셈이요?"

"흐음……. 한 가닥 재주가 있다 이거지?"

장양명의 눈빛이 차갑게 가라앉았다.

원래는 진평의 목을 움켜쥐고 손이 발이 되도록 빌게 한 후에 적당히 놓아줄 생각이었다.

하지만 헛손질을 하고 말았으니 이것은 자신은 물론이거니와, 더 나아가 사부님과 문파의 체면 문제였다.

장양명은 도포의 앞자락을 걷어 올려 허리띠에 찔러 넣으며 살짝 무릎을 구부렸다.

그리고 한순간 몸을 날려 어느새 진평의 코앞에 이르렀는데, 바로 청성파가 자랑하는 비류보(飛流步)였다.

그러나 진평에게 도달하기 직전, 장양명의 몸은 한 차례 흔들리고 말았다.

진평이 뒤로 물러나는 게 아니라 몸을 움츠리며 오히려 한 발 앞으로 나서는 바람에 보법의 마무리가 절묘하게 방해를 받은 것이다.

장양명은 진평의 완맥을 움켜쥐려 했지만, 바짝 달라붙은 진평이 어깨로 가슴을 미는 바람에 손이 닿지 않았다.

곧바로 대맥혈로 향한 손가락 역시 허리의 완강한 힘에 비틀려 옷을 잡아 찢는 것으로 만족할 수밖에 없었다.

접근할 때만큼 날렵하게 뒤로 물러선 장양명의 손엔 진평의 찢어진 옷자락만이 쥐어져 있었다.

진평은 버럭 소리를 질렀다.

"내일 옷값까지 추가해서 준비하시오!"

장양명은 혼란스러움을 느꼈다.

처음의 기습과는 달리 이번엔 작정을 하고 달려든 것인데,

너무나도 허무하게 세 초식이 파해당한 것이다.

"이런 황당한 일이……."

진평이 땅바닥에 침을 탁! 뱉은 후 말했다.

"이만하면 실력이 있다는 걸 봤을 테니 여기서 그만 합시다. 옷값은 닷 냥이오."

하지만 장양명은 여기서 그만둘 생각이 없었다.

"그렇게는 안 된다!"

"흥! 이 옷이 이래 봬도 속에 비단을 댔기 때문에……."

"닥쳐라!"

장양명이 검병에 손을 얹었다.

비류보의 균형을 무너뜨린 건 단지 우연이라고 볼 수 있었다. 어깨로 민 것은 저자에서 무뢰배들끼리 싸우는 기술이었고, 마지막 점혈이 실패한 것은 상대가 그토록 무식하게 몸부림칠 거라고 예상 못한 자신이 공격 방향을 잘못 잡았기 때문이었다.

이제 검을 뽑아 갈고 닦은 송풍검법(松風劍法)을 펼쳐내기만 하면 이 고약한 건달의 버릇을 제대로 고쳐줄 수 있을 거라는 게 그의 생각이었다.

장양명의 눈가에 살기가 짙어지는 것을 보고 진평이 갑자기 심각한 어조로 말했다.

"검을 뽑으면 돌이킬 수 없게 된다."

장양명의 눈썹 끝이 올라갔다.

"협박하는 거냐?"

"어떻게 생각해도 좋은데, 네가 검을 뽑는 순간 우리의 계약은 무효가 되고 뒤이어 발생할 일들에 대한 책임도 네가 져야 돼."

장양명은 자기도 모르게 침을 꿀꺽 삼켰다.

진평의 달라진 태도.

이제까지와는 다르게 차분하고 담담해진 그의 어조에 왠지 모르게 주눅이 든 것이다.

그는 슬쩍 뒤를 봤다.

손본은 한 발이 앞으로 나와 있었고, 오중개는 타구봉을 비스듬히 뉘인 상태였다. 두 사람 모두 상황이 여의치 않으면 언제든 끼어들 수 있도록 준비를 하고 있는 것이다.

장양명은 그 사실에 또 화가 났다.

자신이 얼마나 못 미더워 보이면 저 두 사람이 나서려고 하겠는가. 이깟 시정잡배 하나 처리하는데 그들의 도움은 필요 없었다.

장양명은 힘차게 검을 뽑았다.

"흥! 좋다. 내가 책임을 지겠다. 일은 무슨 일이 일어난다는 게냐?"

소나무 문양이 새겨진 그의 검에서 맑은 울림이 길게 이어졌다. 진평은 그 검을 보며 나직이 한숨을 내쉰 후 대답했다.

"너희들 셋 모두 죽는 일."

그 말에 장양명, 손본, 오중개 세 사람이 거의 동시에 코웃음을 쳤다. 장양명이 섣불리 손을 뻗었다가 낭패를 보기는 했으나, 그것과 생사결은 엄연히 다른 얘기였다.

더구나 세 사람이 어디 보통 사람인가. 청성파의 촉망받는 적전제자와 점창파의 호법, 개방의 당주. 그들과 시골 나루터의 건달은 애당초 상대가 될 수 없었다.

그들의 비웃음에도 진평의 목소리에 흐트러짐은 없었다.

"기회를 주겠다."

"무슨 기회 말이냐?"

"셋이 한꺼번에 덤벼라. 조금이라도 살아날 가능성을 높이고 싶다면."

"하하하……!"

장양명, 손본, 오중개는 대놓고 큰소리로 웃었다. 허세가 너무 심하다고 생각한 것이다.

그러나 진평의 얼굴엔 웃음기가 없었다.

"싫다면 어쩔 수 없지."

그는 목을 좌우로 한 번씩 꺾은 후 철적을 고쳐 쥐었고 서서히 자세를 낮추기 시작했다.

순간, 세 사람은 가슴이 답답해지는 것을 느꼈다.

그들 앞에 선 것은 이제껏 너스레를 떨어대던 건달이 아니었다. 마치 거대한 바위, 혹은 산이 버티고 있는 것 같았다.

"간다."

짧은 한 마디가 온전히 전달되기도 전에. 진평의 모습이 시야에서 사라졌다.

"으으……!"

장양명은 자기도 모르게 신음을 토했다.

얼굴로 바람이 훅! 불어오는 게 느껴질 정도의 빠른 신법에 시작부터 기가 질렸고, 검을 휘둘러 엄밀한 검막을 펼쳐보았지만 진평의 철적이 닿을 때마다 검로가 흐트러져 상황이 점점 나빠지기만 했다.

어떤 초식을 써도 정확하게 빈틈을 파고드는 것으로 보아, 어쩌면 그가 청성파의 송풍검법을 낱낱이 다 알고 있는 건 아닌가 하는 생각까지 들었다.

"이런 터무니없는……."

장양명은 도움을 청하는 눈빛으로 뒤를 힐끔거렸다.

시골 건달 하나 어쩌지 못해서 도움을 청한다는 건 사천 땅을 넘어 대강 남북에 떨치기 시작한 후기지수의 명성에 먹칠을 하는 일이지만 당장은 살아남는 게 더 급했다.

그런 그의 귀에 진평의 음성이 들려왔다.

"집중력이 부족해."

그것이 장양명이 세상에서 들은 마지막 소리였다.

퍽! 소리와 함께 그의 두개골에 철적 모양의 깊은 홈이 패였고, 그의 몸은 두 발이 모두 땅에서 떨어져 공중으로 떠올랐다.

손본과 오중개는 경악성을 터뜨렸다.

장양명이 밀린다는 사실은 알았지만 이렇게 빨리 승부가 날 거라고는 예상을 못 했던 것이다.

놀라고 있을 여유는 없었다.

어느새 거리를 좁힌 진평이 철적으로 손본의 어깨를 내리찍고 있었다.

손본의 검은 철적과 부딪혀 잠깐 사이에 노란 불꽃을 십여 개나 만들어냈고, 공중에 떠올랐던 장양명의 몸이 그제야 털썩! 소리를 내며 땅에 떨어지고 있었다.

손본은 진평의 무공에 감탄했다.

장양명의 머리를 부술 때도 그렇고, 지금의 수법들도 그렇고, 그의 움직임은 투박하기 이를 데 없었다.

전형적인 거리의 왈짜패 몸놀림이었다.

그러나 일견 허술해 보이는 그 동작들이 교묘하게 공방의 요처를 서로 보완했고, 무엇보다도 실린 내공의 깊이가 놀라웠다.

손본은 사일검(射日劍)을 익힌 다른 동문들과 달리 변초가 복잡한 낙영비화검(落英飛花劍)을 대성했는데, 그 화려한 초식들이 진평의 철적 움직임 사이를 전혀 파고들지 못했다.

게다가 철적과 부딪힐 때마다 그 강렬한 반탄력 때문에 손바닥이 얼얼하고 손목이 시큰거릴 지경이다 보니 연신 뒷걸음질을 칠 수밖에 없었다.

손본의 이마에 땀방울이 맺혔다.

그리고 그 역시 구원을 청하는 표정으로 오중개를 바라보았다.

오중개는 두 사람을 번갈아 보며 눈동자를 굴리는가 싶더니 훌쩍 담 너머로 몸을 날렸다.

"내가 사람들을 불러오리다!"

도망치면서도 말만은 그럴듯했다.

*　　*　　*

양림촌의 좁은 길 위를 쏜살같이 달려 강변에 도착한 오중개는 타고 왔던 배로 뛰어오르며 외쳤다.

"당장 배를 띄워라! 어서!"

졸고 있던 거지는 화들짝 놀라 삿대를 찾았고, 마음이 급한 오중개는 제 손으로 직접 밧줄을 풀고 배를 밀었다.

배가 나루터를 벗어나자 그는 비로소 안도의 한숨을 내쉬었다.

오중개가 오늘날 당주 자리까지 오를 수 있었던 것은 빠른 형세판단과 결단력에 힘입은 바가 컸다.

계약이 한순간에 망가져 버린 게 누구 책임인지는 나중에 따지기로 하고, 일단은 달아나서 목숨을 구하는 게 상책이었다.

그는 절정고수 대열에 끼지는 못하지만, 고수를 알아보는 눈은 가지고 있었다.

장양명이 당할 때까지만 해도 그가 젊은 혈기 때문에 실수했을지도 모른다는 생각을 했다. 하지만 손본은 달랐다.

비록 운남(雲南)이 중원에서 멀리 떨어진 척박한 땅이지만, 그곳에서 쌓은 녹록지 않은 무명(武名)을 이미 총타의 정보로 확인한 바 있었다.

그런 노련한 고수가 쩔쩔맬 정도라면 삼도천의 솜씨는 진짜라고 할 수 있었다.

더구나 손본 같은 고수를 상대로 시장판의 막싸움에서나 볼 수 있는 동작들을 펼쳐냈다는 것은 이미 형(形)을 초월한 경지에 도달했다는 얘기였다.

약관의 나이에 그런 경지에 오르는 게 가능한지도 의문이었고, 정말 그렇다면 이런 시골에 사는 이유는 더더욱 의문스러웠다.

오중개는 세차게 고개를 가로저었다.

어쨌거나 당장은 이 섬을 벗어나는 게 급선무였다.

보고를 하고 총타의 고수들을 불러오면 아무리 날고 긴다 하는 고수라 해도 제압할 자신이 있었다.

그때, 배 뒤쪽에서 첨벙! 소리가 났다.

오중개는 깜짝 놀라 부하에게 물었다.

"뭐냐? 방금 무슨 소리였지?"

삿대를 쥔 거지가 검지로 수면을 가리켰다.

"저기 웬 나무판자가 하나 떨어졌는데요?"

"판자라고? 그게 어디서 떨어졌다는 거야?"

순간, 검은 그림자가 물 위로 날아오는 모습이 달빛에 비쳐 보였다. 그 그림자는 마치 한 마리 새처럼 수면 위의 판자를 밟더니 그 반탄력으로 다시 도약하여 눈 깜빡할 사이에 배 위로 올라섰다.

"크윽……!"

삿대를 젓던 거지가 신음과 함께 물에 빠졌다. 그 검은 새의 날갯짓 한 번에 목숨을 잃은 것이다.

오중개는 벌어진 입을 다물지 못했다.

"너, 너……, 네놈이……."

강물을 박차고 날아와 배 위에 올라선 사람은 바로 진평이었다. 오중개는 일위도강(一葦渡江)이니, 등평도수(登萍渡水)니 하는 말들을 들어보긴 했지만 정말 강물 위를 건너뛰는 사람이 있을 거라고는 상상도 해본 적이 없었다.

진평의 놀라운 경신공부 때문에 손본의 생사여부 따위는 머릿속에 떠오르지도 않았다.

진평이 철적으로 왼손바닥을 탁! 치며 말했다.

"얘기했잖아? 셋 다 죽을 거라고."

"으으……. 너, 너는 도대체 누구냐?"

"염왕(閻王)에게 물어봐."

"자, 잠깐만……."

오중개는 타구봉을 앞으로 내밀어 진평을 겨누며 말을 이었다.

"지금 네가 무슨 짓을 하는지 잘 모르는 모양인데, 우리는 대역죄인을 찾고 있다. 즉, 우리를 방해하면 너 또한 역적이 된다는 뜻이야. 그걸 바라지는 않겠지?"

"역적이라……. 너희들이 찾는 여인이 도대체 무슨 짓을 한 거지?"

"그, 그건 말해줄 수 없다."

"말하지 않겠다는 거야? 아니면 너도 모르는 거야?"

오중개의 표정 변화를 보고 진평은 피식 웃었다.

"뭔가 다른 내막이 있는 모양이군."

오중개는 계속 황실의 권위를 들먹이며 진평을 협박했다.

"대명제국의 백성인 이상 황실을 두려워하지 않는다고는 말 못하겠지? 내가 오늘 보고 들은 것은 전부 잊을 테니 이만 배에서 내려라. 그것이 위로는 천리에 순응하고, 아래로는 황제 폐하에게 충성을 다하는 길이다."

진평은 껄껄 웃었다.

"이봐. 세상엔 두 종류의 사람이 있어."

"그게 무엇이냐?"

"나, 그리고 타인."

오중개가 이해할 수 없다는 표정을 짓자 진평이 말을 이었다.

"나는 세상에서 오로지 나 자신에게만 충성을 바쳐. 그것도 쉬운 일이 아닌데 언제 남한테까지 신경 쓸 여력이 있겠어?"

"설마……, 황상도 두렵지 않단 말이냐?"

"타인 중의 하나일 뿐이지."

그리고 그 순간, 진평이 짧고 빠르게 무릎을 흔들자 배가 크게 출렁이면서 오중개의 몸이 공중으로 떠올랐다.

배 바닥이 부서지지 않는 한도 내에서 강하게 진각(震脚)을 하자 그 탄력이 배의 반대편으로 전해진 것이다.

"으어어……!"

오중개는 타구봉을 휘저으며 진평의 공격에 대비하려 했지만 두 발이 모두 바닥에서 떨어지고 보니 힘을 빌릴 곳이 없었다.

그의 타구봉이 배 바닥에 닿는 순간 진평의 신형이 흐릿해졌고, 둔탁한 파열음이 강 위로 울려 퍼졌다.

그리고 이어진 물소리는 단 일 초식에 목숨을 잃은 오중개가 강물에 빠지는 소리였다.

집으로 돌아온 진평은 설가영의 방으로 들어갔다.

순간, 날카로운 파공음과 함께 장검이 그의 목을 찔러 들어왔다.

"무슨 짓이야?"

진평이 중지로 검신을 튕기자 설가영은 그 반탄력을 이기지 못해 검을 놓치고 말았다.

그녀는 손목을 움켜쥔 채로 진평을 노려봤다. 원한과 독기 가득한 눈빛이었다.

진평도 인상을 썼다.

"왜 이래? 뭐 잘못 먹었어?"

"날 팔아먹으려고?"

"말도 안 되는 소리. 내가 왜 널 팔아?"

"그럼 그자들과 한 얘기는 뭐야? 내일 해 지기 전에 날 넘기겠다고 했잖아."

침상 아래 숨어 있던 그녀는 마당에서 시끄러운 일이 벌어지는 동안에도 두렵고 불안해서 꼼짝도 하지 못했다.

그러다가 사방이 조용해지자 달아나려고 나왔는데, 이곳이 강 한가운데 섬이라는 사실을 깨닫고 마음을 바꾸어 우선 진평을 죽이기로 한 것이다.

그런데 매복에 실패하고 말았으니, 지금 그녀의 심정은 참담하기 이를 데 없었다.

"그걸 믿었어? 어휴……. 답답해라. 말보다 직접 보여주지. 따라와 봐."

진평은 그녀를 마당으로 데려갔다.

설가영은 두 사람의 시체를 보고 크게 놀랐다.

"네가 저렇게 한 거야?"

"아무렴."

"저 사람들 굉장한 고수였을 텐데……."

"굉장하다고 할 정도는 아니었어. 어쨌거나 이제 내 말 믿겠지?"

설가영의 얼굴에서 두려움의 기운이 가셨다.

"그럼 아까 그 얘긴 뭐야? 돈을 준비하지 않으면 다리에 돌을 묶어서 강에 던진다는 둥, 구체적인 계획까지 얘기했잖아."

진평은 검지로 머리를 가리키며 말했다.

"그 목 위에 달린 무거운 물건으로 생각이란 걸 좀 해보렴. 저들에게 뭔가 신경 쓸 거리를 던져주어야 거기에 몰두하느라 우리가 도망가는 걸 눈치채지 못할 거 아냐. 내일 해 질 녘까지 거액을 준비하든지, 함정을 파든지 뭔가를 하느라 애쓰는 동안 우리는 여유 만만하게 빠져나가는 거지."

설가영의 입가에 비로소 미소가 돌아왔다.

"나와 함께 도망칠 생각이었구나?"

"당연하지. 그런데 너 말투가 어째 좀 거슬린다?"

"그럼 조용히 짐을 싸면 되지 저 사람들은 왜 죽였어?"

"저들이 선택한 거야. 도사 놈이 괜히 시비를 걸잖아. 그래서 생각했지. 어차피 대! 역! 죄! 를 지은 사람과 함께 다니다 보면 귀찮은 일이 많을 것 같은데, 내 얼굴을 본 사람을 굳이 살려둘 필요가 있을까? 그래도 인생이 불쌍해서 기회를 줬는데 그것마저 차버리더라고. 그래서 뒤탈 없는 방법을 택한 거야."

대역죄라는 말에 설가영의 표정이 살짝 굳었다.

"그건 모함이야. 자, 어서 이곳을 벗어나자!"

진평이 손을 내저었다.

"잠깐. 그전에……. 너 나한테 했어야 되는데 하지 않은 얘기들이 많이 있지?"

설가영은 잠시 망설이다가 고개를 끄덕였다.

"응."

"좋아. 우선 말투부터 고치고 시작하자."

설가영이 기어들어 가는 목소리로 대답했다.

"예."

사실, 처음에 하녀도 좋다고 한 것은 상대가 당연히 자신을 아내로 받아줄 거라는 생각에 그냥 덧붙인 말이었다.

연애 경험은 없지만 자신의 미모가 빼어나다는 사실에 대해서는 그녀도 자부심을 품고 있었다.

그런데 진평은 그녀의 기대대로 움직여주지 않았다.

"설대인은 어떻게 돌아가셨지?"

"얘기가 길어요."

"시간 많아."

설가영이 잠시 생각을 정리한 후 말했다.

"지난달 그믐날이었을 거예요. 새벽에 한 사람이 우리 집 문을 두드렸는데 몹시 낭패한 모습이었어요. 나중에 들은 바로는 할아버지와 동문수학한 친구였대요. 그는 할아버지와 뭔가 심각한 얘기를 나누었고 일각도 지나지 않아 떠났어요. 보따리 하나만 남긴 채로요."

"거기엔 뭐가 들어 있었지?"

"나도 몰라요. 할아버지는 집에 있는 게 위험하다고 저를 항주까지 데리고 가셨고, 당신이 닷새 동안 돌아오지 않으면 펼쳐 보라고 편지 한 장만 남긴 채 외출하셨어요. 그게 마지막이었어요."

설가영의 눈가가 붉어졌다.

진평이 잠시 사이를 두고 물었다.

"편지엔 뭐라고 적혀 있었어?"

"만약 당신이 돌아오지 않으면 동릉 양림촌에 사는 진평이란 사람을 찾아가라고요."

"그것 말고 또?"

"십 년 정도 숨어 지내다가 아무도 모르게 가서 물건을 태워버리라고 하셨어요."

진평은 이마를 찌푸렸다.

"그 물건이 뭔데?"

"나도 모른다니까요. 겉에서 보기엔 무슨 책 같았어요."

"그게 세상에 있어선 안 될 책이라면 직접 태울 것이지 왜 너한테 떠맡긴 거야?"

설가영은 대답하지 않았다.

그녀도 더 아는 게 없었던 것이다.

"숨겨둔 장소는 가르쳐주셨나?"

"예. 편지 말미에 적혀 있었어요."

"하지만 나한테는 말 안 해줄 거지?"

"기분 나쁜가요?"

"아니. 얘기 안 하는 게 더 고맙지."

공연히 남의 일에 더 깊이 간여하고 싶지 않았다.

진평이 잠시 생각한 후 물었다.

"그런데 왜 설대인이 죽었다고 생각하는 거지? 과년한 손녀를 더 이상 키우기 싫어서 떠나버린 것일 수도 있잖아."

설가영은 고개를 푹 숙였다.

"할아버지의 시신이 호수에서 발견되어 연고자를 찾는다는 방이 붙었었어요."

"저런……!"

설가영이 흐느껴 울기 시작하자 진평은 난감했다. 슬그머니 어깨에 손을 얹고 토닥여주었는데 그녀는 한참이 지나서야 울음을 그쳤다.

진평은 그녀가 진정된 것을 확인한 후 다시 물었다.

"직접 가서 할아버지의 시신을 확인했나?"

"아뇨. 장례도 치러 드리지 못하고 그냥 도망쳤어요."

감정이 격앙되었는지 설가영의 목소리가 다시 떨렸다.

"새벽에 찾아온 사람은 누구였지?"

"나도 몰라요. 처음 보는 사람이었는데 할아버지도 그에 대해서는 더 이상 얘기해주지 않으셨어요."

"행색이 무림인이었어? 아니면 관리였어?"

"무림인은 아니었던 것 같아요."

진평은 천천히 고개를 끄덕였다.

설대인은 무공을 모르는 학자였다.

그와 동문수학한 친구라면 역시 학자이거나 벼슬길에 오른 관리일 가능성이 높았다.

"배를 타고 왔다 갔다 한 이유는 뭐야?"

"할아버지가 그러셨어요. 무서운 사람들이 쫓아올 수도 있으니까 만약 일이 틀어졌다 싶으면 최선을 다해서 도망쳐야 한다고."

"대역죄는 또 무슨 소리야?"

"그건 정말 말도 안 돼요. 할아버지는 오로지 서화(書畫)와 바둑에만 관심을 두셨지 역모와는 아무 상관도 없는 분이셨어요. 남경부(南京府)에서 내게 왜 그런 토포령을 내렸는지 도무지 이해할 수 없어요."

"역모라는 말만 들어가면 구족(九族)까지 얽어 넣을 수 있으니까 꽤 유용한 수단이기는 하지."

"우리 주변에 수상한 사람이라고는 그날 찾아온 할아버지의 친구 말고는 없었어요."

"흐음……."

진평은 팔짱을 끼고 생각에 잠겼다.

설대인이 비록 최고의 바둑 상대이긴 했지만 원한을 대신 갚아줘야 한다거나 손녀를 책임져줘야 할 정도의 사이는 아니었다.

그러나 설가영과는 이미 약속을 해버렸고, 설대인의 죽음에 대해서도 강한 궁금증이 일었다.

설가영에 대한 토포령이 내려졌다면 관에서 적극적으로 그녀, 혹은 책으로 보이는 그 물건을 찾고 있다는 뜻이었다.

특히 진평의 흥미를 끄는 것은 청성파와 점창파와 개방이 그 앞잡이로 나섰다는 점이었다. 무림인은 본래 관부와 연관되는 걸 싫어하기 마련인데 세 문파가 합심해 움직였다는 사실이 진평의 호기심을 더욱 자극했다.

뭔가 심상치 않은 일이 벌어지고 있는 게 분명했다.

"좋아! 가서 그 물건을 보자."

제대로 아는 것도 없는 울보 아가씨를 붙잡고 있어봤자 답답하기만 할 뿐이었다.

"예? 그건 안 돼요."

"왜 안 돼?"

"무림 고수들이 나를 노리고 있을 거예요."

"걱정 마. 이젠 내가 네 곁에 있잖아."

설가영은 마당에 있는 시체와 진평의 얼굴을 번갈아 보았다. 이 남자라면 자신을 안전하게 지켜줄 수 있을지도 모른다는 기대감이 일기 시작했다.

"할아버지는 일단 숨으라고 하셨는데……."

"저자들이 벌써 여기까지 와서 너를 찾고 있는 판인데 어디 가서 숨으려고?"

"그, 그건……."

"내가 호위할 테니까 가서 그 책을 태워버리자. 그래야 설 대인도 편히 눈을 감으실 거야. 너에 대한 쓸데없는 토포령도 흐지부지될 거고."

더불어 자신에게 얹힌 혹도 떼어낼 수 있을 거라는 계산이 밑바탕에 깔려 있었다.

"그렇게 될까요?"

"틀림없다니까."

설가영의 마음이 흔들렸다. 어쩌면 할아버지가 진평을 찾아가라고 한 것은 바로 지금 같은 상황을 예견하고 남긴 말일지도 모른다는 생각이 들었다.

그녀는 결심했다.

"좋아요!"

그때, 진평의 눈썹이 꿈틀거렸다.

"쉿! 잠깐만."

긴장한 설가영이 자기도 모르게 상체를 숙이며 물었다.

"왜 그러세요? 무슨 일이죠?"

"누군가 다가오고 있어. 방으로 들어가서 아까 그 침상 아래 숨어 있어."

"아, 알았어요."

설가영을 들여보낸 진평은 마당 한가운데 서서 허리춤에 찔러 넣었던 철적을 뽑아들었다.

처음엔 굳은 표정이었지만 그의 입가엔 곧 미소가 번졌다.

"영감이었군."

발걸음 소리로 상대가 누군지 안 것이다.

잠시 후 대문이 살짝 열리면서 나이 든 거지가 얼굴을 들이밀었다. 바로 개방의 동릉 분타주 이웅이었다.

그는 주변에 다른 사람이 없는지 살핀 후 마당에 들어섰고, 곧바로 탄식부터 쏟아냈다.

"혹시나 해서 와봤는데 이런 꼴이라니……. 어쩌자고 이 사람들을 다 죽여 버렸어?"

"죽을 만한 짓을 했거든."

"무슨 짓을 했는데?"

"내 옷을 찢었지."

"으으……. 본방의 당주를 죽인 게 얼마나 큰일인지 알기나 하는 거야? 하긴, 아는 사람이라면 그렇게 배에다가 시체를 대충 던져놓고 오지는 않았겠지."

이웅은 본래 진평과 한통속이었다.

그러나 오송회 회주 귀령자, 칠성방 방주 강전 등과는 달리 부하들에게 그 사실을 비밀로 하고 있었다.

"애써 시체를 건진 건 영감을 위해 한 일이야."

"고맙긴 한데……. 에휴!"

이웅은 한숨을 내쉬었다.

떠내려가게 두어서 다른 누군가가 발견하게 되면 상황을 통제할 수 없지만, 자기가 직접 시체를 처리하면 몇 가지 선택을 할 수 있었다.

이웅은 습관처럼 장양명과 손본의 시체를 뒤지면서 혼자 중얼거렸다.

"아무도 모르게 처리해야 돼. 동릉에서 이런 사건이 벌어지면 안 된단 말이야. 편안하게 늙는 게 이렇게 힘든 일인가? 나 원 참."

"뭘 그렇게 구시렁거려?"

"나는 땅을 팔 테니까 나루터에 가서 시체들을 들고 와. 누가 보기 전에 얼른."

"내 마당에 묻으려고?"

"왜? 안 돼?"

"아니. 안 되는 건 아닌데 저쪽 감나무 아래는 파지 마."

"알았어."

진평은 훌쩍 담을 넘어 경공을 펼쳤고, 오래 지나지 않아 오중개와 노 젓던 거지의 시체를 양팔에 하나씩 끼고 돌아왔다.

그는 시체들을 바닥에 던져놓은 후 물었다.

"주머니에서 뭐 좀 나온 거 있어?"

"돈밖에 없어. 반씩 나눌까?"

"영감이 다 가져."

"고마워. 히히……."

이웅은 마당 구석에 세워진 괭이를 들고 와 땅을 파기 시작했다. 나이가 들었지만 완력이 대단해서 금세 커다란 구덩이가 패였다.

진평은 그 안으로 시체들을 밀어 넣으며 말했다.

"이 친구는 미안하게 됐어."

세 사람은 그렇다 쳐도, 노를 젓던 거지는 이웅의 부하인데 죽였으니 한마디 하지 않을 수 없었던 것이다.

그런데 이웅은 별거 아니라는 표정을 지었다.

"아! 그 녀석? 수금액이 조금씩 비는데 물증을 못 잡아서 어쩌지 못하던 놈이야."

"쳇! 이리될 줄 이미 알고 있었군."

"무림 고수 세 명이 삼도천을 찾아갔으니 좋은 결말이 나오기는 어려운 일이잖아."

"잘 풀릴 수도 있었어."

이웅은 옷이 더러워지는 걸 마다하지 않고 구덩이를 흙으로 덮어 마당을 원상복구 했다.

"나무는 잘 자라겠네."

발로 땅을 다진 그는 따로 챙겨 둔 검 두 자루를 진평에게 내밀었다. 바로 장양명과 손본이 쓰던 무기였다.

"보고는 내가 알아서 할 테니까 이 검 두 자루는 최대한 멀리 가서 처리해. 그 누구도 동릉을 의심하지 않도록"

"그렇게까지 해야 하나?"

이웅이 얼굴 가득 미소를 머금고 부탁했다.

"나 좀 봐주라. 노후를 편히 살자는 게 그렇게 과한 소망도 아니잖아? 그리고 지금 나를 도와주면 나중에 도움을 받을 수도 있는 거고."

"나중 말고 당장 도움이 될 얘기를 해 봐. 저 녀석들이 여기 온 이유 알아?"

대수롭지 않은 어조로 물었지만, 진평 입장에선 이웅까지 제거해야 할지, 아니면 그냥 살려둬도 괜찮을지를 판단할 중요한 질문이었다.

"몰라. 한밤중에 느닷없이 들이닥쳐서 방주령부를 들이대더니 무조건 협조하라고 하더라고."

"왜 그러는지 물어보지도 않았어?"

"그걸 뭐 하러 물어봐?"

"어련하겠어."

진평은 검을 받아 들며 말을 이었다.

"이건 내가 멀리 가서 버릴게. 하지만 그런다고 세 사람의 실종에 대한 의심이 완전히 사라지지는 않을 거야."

이웅이 투덜거렸다.

"그러게 왜 여기서 죽였어?"

"내 집에서 내 마음대로 살인도 못 하냐?"

말해놓고 보니 좀 이상해서 진평은 입을 다물었다.

"아이고……. 하고많은 동네 중에 내가 왜 동릉에 정착했을꼬."

이웅은 연거푸 한숨을 내쉬며 돌아갔다.

그가 멀어진 것을 확인한 진평은 설가영을 불러냈다.

"가자."

"지금요?"

"좋잖아? 달도 밝고."

진평은 바로 강변으로 나가 자신의 배를 띄웠고, 두 사람은 그렇게 동릉을 떠나게 되었다.

제3장
여산의 도둑

다음날 오전.

설가영은 고기 냄새에 눈을 떴다.

담요를 걷고 일어나 보니 화로 위에서 생선이 익어가고 있었다.

진평이 꼬치를 돌리며 말했다.

"소금이 없어. 싱거워도 그냥 먹어."

"아! 깜빡 잠들었네. 진소협은 안 주무셨어요?"

"내가 잠들면 배가 어디로 가라고?"

"그, 그런가요? 아! 그런데……."

설가영이 손 가리개를 이마에 대고 하늘을 살펴본 후 의아

한 표정으로 물었다.

"배가 지금 항주와 반대 방향으로 가고 있네요?"

"그건 또 어떻게 알았어?"

"제가 남경에서 동릉까지 오는 내내 해가 왼쪽에 있었는데 지금도 마찬가지잖아요. 어디로 가는 거죠?"

"친구 만나러."

설가영은 궁금했지만 더 묻지 않았다.

귀찮게 한다고 짜증을 낼까 봐 미리 조심하는 것이었다.

생선을 배불리 먹은 진평은 설가영에게 배 다루는 법을 가르쳐주었다. 돛을 다루는 것까지는 무리라 하더라도 최소한 조타라도 할 줄 알아야 교대를 할 수 있다는 생각에서였다.

그런데 설가영은 배우는 게 빨랐다.

반 시진도 안 되어 돛에 바람을 싣는 방법까지 익혀서 상당 수준까지 배를 다룰 수 있게 되었다.

"배의 반응이 생각보다 느리네요."

"무거워서 그런 거야. 서두르지 말고 흐름을 타야 돼. 배가 가려는 쪽으로 슬쩍 밀어준다고 생각해야지, 억지로 힘을 쓰면 안 돼."

"재미있어요."

그녀가 배를 다루는 동안 진평은 잠시 눈도 붙이고 더 큰 생선도 잡아 올릴 수 있었다.

그렇게 꼬박 하루하고도 반나절을 향해한 배는 여산(廬山)

포구에 도착했다.

한적한 곳에 배를 묶은 진평은 먼저 죽립 하나를 구해와 설가영에게 던져주었다.

"그걸 써."

그녀의 미모가 워낙 뛰어나기 때문에 사람들의 시선을 끌 가능성이 컸다. 쫓기는 입장에선 피해야 할 일이었다.

설가영이 죽립을 깊이 눌러 쓰고 끈을 단단히 묶어 얼굴을 가리자 진평이 앞장서서 도시로 들어갔다.

여산은 거대한 파양호(鄱陽湖) 입구에 자리 잡은 도시라 항구의 규모부터 동릉과 달랐다. 배와 화물만 많은 게 아니라 인구도 많았고, 저자의 규모도 그에 비례하여 컸다.

왁자지껄한 포구와 시장골목을 지나 한참을 걸은 진평은 만금전장(萬金錢莊)이라는 현판이 붙은 커다란 장원 앞에 도착했다.

그가 안으로 들어서자 문 뒤에 있던 건장한 체격의 사내가 깜짝 놀란 표정으로 달려나왔다.

"형님! 연락도 없이 여긴 어쩐 일이십니까?"

"황포괴(黃袍怪) 안에 있나?"

"물론입니다!"

사내는 진평을 안내하며 장원 안쪽에 대고 소리를 질렀다.

"다들 나와 봐. 파사(巴蛇) 형님이 오셨다!"

장원이 금세 시끄러워졌다.

설가영이 따라 들어가며 물었다.

"파사는 또 뭔가요?"

진평이 씩 웃으며 대답했다.

"이곳에서의 내 별명."

회랑을 돌아들어 가자 누런 장포를 걸친 삼십대 중반의 뚱뚱한 사내가 환한 미소를 지으며 달려와 진평을 맞았다.

"오셨군요! 형님."

장원 안엔 전장과는 어울리지 않는 덩치 큰 사내들이 많았는데, 그들도 우르르 몰려나와 다들 반가운 낯을 보였다. 그러면서도 황포 사내의 뒤로 자연스럽게 줄을 맞춰 서는 것으로 보아 평소에 기율이 몸에 밴 것 같았다.

그들은 바로 장강수로맹(長江水路盟)에 속한 파양채의 식구들이었다.

만금전장은 파양채가 경영하는 여산 분타와 같은 곳이었고 부채주 중 한 명인 당원정(唐流丁)이 장주를 맡고 있었다.

얼굴 가득 미소를 머금고 있던 당원정이 진평 옆에 선 설가영을 보고 약간 경계하는 표정을 지었다.

진평이 말했다.

"내 일행이야. 먼 길을 왔으니까 따로 좀 쉬게 해줘."

"알겠습니다."

당원정이 안쪽으로 손짓을 하자 시녀 두 명이 나와서 설가영을 좌우에서 부축했다.

설가영은 당황했고, 진평이 그녀를 안심시켰다.

"걱정 말고 따라가."

설가영은 그가 시키는 대로 할 수밖에 없었다.

당원정이 진평에게 말했다.

"제가 당장 배를 보내서 큰형님과 작은형님을 모셔오도록 하겠습니다. 두 분 모두 반가워하실 겁니다."

진평은 고개를 가로저었다.

"아냐. 바로 떠나야 하니까 부르지 마."

"예? 섭섭하게 무슨 말씀이십니까?"

"바쁜 일이 좀 생겼어."

"그래도 오늘 밤 제 술 한 잔 받을 여유는 있으시죠?"

"그야 당연하지."

"하하하! 어서 들어가십시다."

만금전장엔 때아닌 잔치가 벌어졌다.

진평과 대작하는 사람은 당원정 한 사람뿐이지만, 고기와 술을 넉넉히 내어 다른 식구들도 배불리 먹고 마시도록 한 것이다.

술 석 잔을 거푸 들이켜 목을 씻은 진평이 물었다.

"뭐 새로운 소식 좀 있나?"

"별것 없습니다. 장강은 예나 지금이나 그저 묵묵히 흐를 뿐이지요. 하하!"

"그래도 사람은 늘 바뀌지."

"그 말씀을 듣고 보니, 요즘 들어 운남 사투리 쓰는 자들이 자주 눈에 띄긴 합니다."

"운남이라면?"

"점창파 놈들이죠."

"무슨 일이라도 생긴 건가?"

"모르겠습니다. 사천의 아미와 청성, 운남의 점창은 옛날부터 중원의 중심에서 활약하고 싶어 안달하는 문파 아닙니까? 아미파는 잠잠한데 점창과 청성의 도사들이 장강을 따라 오가는 게 근래 자주 눈에 띕니다. 왜 그렇게 나대는지 모르겠습니다. 할 일 없으면 도관에 틀어박혀 재(齋)나 지낼 것이지 원 참."

진평은 천으로 둘둘 말아 가지고 온 물건을 탁자 위에 올려놓았다.

"이것들을 좀 처리해 줘."

궁금해서 펼쳐 본 당원정이 탄성을 발했다.

"이건 청성파의 송풍검 아닙니까? 어라? 이건 점창파의 표식인데. 형님! 또 한 건 하셨군요?"

"별것 아닌 자들이었어."

"일반 제자들이 쓸 수 있는 검이 아닌데요? 누구였습니까? 둘이 한꺼번에 덤볐나요?"

진평은 손을 저어 그의 호들갑을 진정시킨 후 물었다.

"그것들이 엉뚱한 곳에서 발견되게 할 수 있지?"

"물론입니다. 이놈은 몽골, 이놈은 서역에서 나오도록 하겠습니다."

"그건 너무 멀고."

"하하! 적당한 곳에서 발견되고, 그 과정을 되짚어 오는 데 십 년쯤 걸리도록 만들겠습니다. 염려 놓으십시오."

"고마워."

이로써 이웅의 고민은 해결해줬다고 할 수 있었다.

당원정은 검을 천으로 말아 뒤로 치워두고는 물었다.

"이것 때문에 여기까지 오신 건 아니죠?"

진평이 잠시 사이를 두고 물었다.

"금각(金脚)은 요즘 뭐 하고 지내?"

"그 녀석이야 늘 하던 짓 하고 있죠. 형님 오셨다는 얘기 들으면 당장 달려올 겁니다. 알릴까요?"

진평이 고개를 끄덕이자 당원정은 사람을 불러 심부름을 시켰다. 그리고 잔에 새로 술을 따르며 넌지시 물었다.

"아까 그분은 형수님입니까?"

"아냐."

"굉장한 미인인 것 같던데요?"

"생긴 건 그래도 혹이지. 아주 큰 혹."

"우리 아이들이 질투 좀 하겠습니다. 하하!"

진평이 당원정과 대작하는 동안 설가영은 목욕을 하고 있었다.

처음 진평과 헤어진 후 집 안의 복잡한 길을 빙글빙글 돌아 들어 갈 때만 해도 잔뜩 긴장했지만, 두 시녀가 계속 공손하게 대해서 마음이 풀린 데다 향유를 뿌린 따듯한 목욕물을 보니 씻고 싶은 생각이 간절하게 일었다.

그녀는 결국 욕조에 들어갔다.

그리고 끝날 무렵이 되자 시녀들이 비단으로 지은 새 옷을 가지고 왔다.

"저희들이 머리를 빗겨 드리겠습니다."

설가영은 혼자 할 수 있다고 했지만 시녀들이 간곡한 어조로 말했다.

"저희들이 일을 태만히 한 게 알려지면 나중에 곤란하게 되니 제발 맡겨주세요."

설가영은 그녀들이 하자는 대로 맡겨둘 수밖에 없었다.

그런데 갑자기 문이 벌컥 열리면서 사람들이 안으로 들이닥쳤다. 설가영은 깜짝 놀라 옷깃을 여몄다. 기척도 없이 방에 들어온 건 두 명의 젊은 여인이었다.

화장이 다소 짙고 옷의 장식이 화려한 것으로 보아 기녀들인 것 같았는데 두 사람 모두 눈에 띄게 아름다운 외모의 소유자였다.

만금전장은 이웃한 건물들을 사들여 담에 문을 내는 식으로 크기를 계속 확장했는데, 만옥루(萬玉樓)라는 기루도 그렇게 한 건물로 이어져 있었다.

이 두 사람은 바로 그곳에서 온 여인들이었다.

그녀들은 설가영을 위아래로 훑어본 후 말했다.

"흥! 오라버니를 홀릴 만도 하네."

"그러게 말이야."

두 여인의 매서운 눈빛엔 질투의 감정이 가득 담겨 있었다. 설가영은 뭔가 잘못되었다는 생각을 했다.

"당신들은 누구죠?"

"난 초란, 이쪽은 상아야."

"그, 그렇군요."

"우리가 누군지 밝혔으면 네 이름도 대야지."

설가영은 난감했다.

쫓기는 처지에 이름을 말해줄 수는 없었다. 그렇다고 준비해 둔 가명이 있는 것도 아니라서 어쩔까 망설이다가 짐짓 화가 난 척했다.

"당신들 무례하군요!"

"어라? 이게 성깔을 부리네?"

"그분 품 안에 있다고 눈에 뵈는 게 없는 모양이지? 야! 여기 오라버니한테 한 번 안겨보지 못한 사람 있으면 나와 보라고 그래."

시녀 한 명이 눈치 없이 손을 들었다.

그걸 보고 초란이 버럭 소리를 질렀다.

"너희 둘은 나가!"

시녀들이 총총히 물러가자 초란과 상아는 기세등등하게 팔을 걷어붙였다.

"한판 붙어보자!"

"네가 그분에게 무슨 여우 짓을 했는지는 몰라도, 우리한테는 안 될 거야."

설가영은 어이가 없었다.

어떻게 대처해야 좋을지 결정도 내리지 못한 상황인데 상아가 갑자기 손을 뻗어 왔다.

손톱을 바짝 세우고 열 손가락을 갈퀴처럼 구부려 휘두르는 것은 우선 머리채를 움켜쥐기 위함이고, 설령 그것이 실패한다 해도 얼굴에 손톱자국을 깊이 남길 수 있는 양수겸장의 공격이었다.

그러나 상대는 여염집 여자가 아니었다.

어려서부터 어머니에게 외가의 무공을 배운 설가영은, 비록 실전경험이 부족하다고 해도 기본공만큼은 잘 다져져 있었다.

손목을 비스듬히 당겨 상아의 무게중심을 무너뜨리는 동시에 달려드는 초란을 향해 밀어버림으로써 둘을 한꺼번에 쓰러트렸다.

상대가 칼 밥 먹고 사는 사내들이라면 당해내기 힘들었겠지만, 아녀자 둘 정도를 제압하는 건 일도 아니었다.

초란과 상아의 얼굴이 딱딱하게 굳었다.

파사가 웬 여자를 데려왔다는 말을 듣고 둘이 힘을 합쳐 혼내주자고 달려왔는데, 이제 보니 무공을 할 줄 아는 여자라 도리어 자기들이 당하게 생긴 것이다.

그러나 설가영은 그들을 때릴 마음이 없었다.

"뭔가 오해가 있는 것 같은데. 난 그의 연인이 아냐."

두 기녀는 바로 꼬리를 내렸다.

"아! 그러셨어요?"

"죄송합니다. 저희는 그런 줄도 모르고."

초란이 머뭇거리다가 물었다.

"그럼 파사 오라버님과는 왜 동행하시는 건가요? 혹시 무슨 일 때문에 고용되셨나요?"

"그렇다고 할 수 있지."

대충 그 정도로 넘어가는 게 좋을 것 같았다.

초란과 상아는 서로를 부축하여 일어섰는데, 처음과는 달리 표정이 많이 풀려 있었다.

설가영은 두 기녀에게 묻고 싶은 게 많았다.

"그에게 왜 파사라는 별명이 붙었지? 혹시 뱀처럼 음흉한 성품이라서 그런 건가?"

"어머! 호호호……."

두 여인은 손으로 입을 가리며 웃었다.

"언니는 오라버니에 대해 아무것도 모르시나 보다."

"동행한 지 이제 이틀째라서."

"그러셨구나. 파사는 전설에 나오는 큰 뱀의 이름이에요."

"전설?"

"예. 코끼리를 잡아먹고 산다는 뱀이죠. 오라버니의 배포가 정말 크다고 해서 파양채 두령님이 붙여준 별명이에요."

"아! 그런 뜻이었군."

그때 상아가 초란에게 귓속말을 하자 두 여인이 깔깔거리며 한참을 웃었다.

설가영의 입장에선 사람을 앞에 놓고 저희들끼리 귀엣말을 하니 기분이 좋을 리 없었다.

"방금 무슨 얘길 한 거지?"

"언니는 모르셔도 돼요."

그 말을 들으니 더 마음이 상했다.

"당장 말하지 못해?"

그녀가 으름장을 놓자 상아가 기어들어가는 목소리로 말했다.

"오라버니한테는 배포 말고도 파사처럼 큰 게 하나 더 있다고 했어요."

설가영의 얼굴이 빨갛게 상기되었다.

그러자 초란이 손짓을 하며 웃었다.

"이 언니 정말 재미있다. 배가 크니까 배꼽도 크다는 얘긴데, 뭔가 다른 걸 상상하나 봐. 호호호!"

"어머! 어쩌면 좋아. 호호호!"

둘이 발까지 구르며 웃어댔지만 설가영은 화를 낼 수도, 주먹을 휘두를 수도 없었다.

'아! 이래서 공자(孔子)님도 여자와 소인배는 가까이하지 말라고 하셨구나.'

그녀의 인상이 펴지지 않자 눈치 빠른 초란과 상아는 알아서 웃음을 멈추었다.

그리고 친근한 얼굴로 다가왔다.

"아이들이 머리를 손대다가 만 것 같은데 저희들이 깔끔하게 마무리해 드릴게요."

"일없어."

그러나 두 기녀는 이미 설가영의 머리를 만지작거리고 있었다.

"언니. 세 번 꼬아서 올리는 구름 머리 해본 적 있어요? 마무리로 옥잠을 꽂으면 정말 예쁜데. 언니는 목이 길어서 더 잘 어울릴 거야."

"일없대도."

두 번 거절했지만 기녀들은 머리를 빗어 말리면서 꼬기 시작했다. 설가영도 구름 머리라는 게 어떤 건지 궁금해서 더 이상은 거부하지 않았다. 생각해보면 누군가 자기 머리를 만져주는 것도 정말 오랜만의 일이었다.

"언니. 머릿결도 참 좋다."

"그러게. 흑단 같아."

설가영이 그들에게 물었다.

"파양채라면 수적들 아닌가?"

"호호! 이 집안에서 적(賊)이란 단어를 입에 올리는 건 별로 현명한 행동이 아니에요. 언니."

"맞아요. 조심하세요."

설가영은 다른 질문을 했다.

"그와 파양채는 무슨 관계지?"

"오라버니가 파양채의 은인이시죠. 그것도 아주 큰."

"좀 더 자세히 얘기해 봐."

"언니. 만상도(萬象刀) 갈연청(葛宴清)이라고 알죠?"

"응? 응……."

설가영은 대답을 얼버무렸다.

그녀는 강호의 일에 어두웠다.

어머니에게 배운 검술을 매일 연공하긴 했지만 그것은 건강을 위해서였을 뿐, 강호행을 목적으로 한 것이 아니었다. 사실, 집 밖으로 나가본 일도 별로 없을 정도이니 갈연청이란 이름을 들어봤을 리가 없었다.

"오라버니가 바로 그 무시무시한 마두를 한주먹으로 때려죽이셨어요."

"대단하군."

설가영은 대충 맞장구를 쳐주었다.

"정말 굉장한 일이죠. 그때 파양채에서 만상도의 칼에 죽은 형제만 스물이 넘었는데……."

상아가 초란의 말을 가로챘다.

"오라버니가 아니었으면 아마 그날로 파양채가 세상에서 사라졌을 거야. 소채주도 세 명이나 죽었잖아."

"맞아. 채주님도 무명으로만 따지자면 만상도에는 미치지 못하니까 그랬을 수도 있지."

단신으로 장강수로맹에 속한 수채를 몰살시키는 건 아무나 할 수 있는 일이 아니었다.

"그자는 왜 파양채로 쳐들어간 거지?"

"한 사람을 내놓으라고 했는데 말을 듣지 않으니까 직접 잡겠다고 갔던 거죠."

"그게 누군데?"

"금각신조(金脚神蚤)라는 아주 날랜 도둑이죠."

"도둑?"

"예. 그가 만상도의 아내와 눈이 맞아서……."

상아가 또 끼어들었다.

"눈만 맞았나? 배도 맞았지."

"호호호! 그러게 말야."

설가영이 눈살을 찌푸리며 물었다.

"파양채 두령은 남의 아내를 탐한 자를 왜 감싸준 거지? 만상도 같은 고수를 화나게 하면 감당하기 어려울 거라는 사실을 알았을 텐데."

"동생이거든요."

"친동생은 아니고 이복동생이죠."

"아! 그래서 진, 아니 파사소협에게 도움을 청한 건가?"

"오라버니는 거래 때문에 수채에 먼저 와 있었어요. 그분이 숨은 고수라는 사실은 채주님도 몰랐었나 봐요. 그런데 수채 식구들이 위험하게 되니까 나서신 거죠."

"그랬군."

초란이 가슴 앞에 두 손을 모으고 콧소리를 내며 말했다.

"아! 나도 그 대결을 봤다면 얼마나 좋았을까? 수채에서 직접 본 소채주와 형제들은 그때 얘기만 하면 다들 입에 침이 마를 지경이에요."

설가영은 진평의 무공이 대단하다는 사실에 안도감을 느꼈다. 그 정도 실력이면 할아버지가 남긴 일을 마무리 짓는 것도 그다지 어렵지 않을 거라는 생각이 든 것이다.

그녀가 다시 기녀들에게 물었다.

"그가 파양채에 거래 때문에 가 있었다고?"

"예. 오라버니의 원래 일이 그거니까요."

"그가 하는 일이 뭐지?"

"뭐긴 뭐겠어요. 상인이죠."

설가영은 고개를 갸웃거렸다.

"그가 상인이라고?"

"언니는 오라버니에게 고용되었다면서 그것도 모르세요? 돈이 어디서 나와서 언니한테 줬을 것 같으세요?"

"상인이라……."

"평상시 검소한 차림으로 다니시니까 사람들은 잘 몰라보죠. 하지만 속은 알찬 거상(巨商)이세요."

상아가 말했다.

"도자기 거래를 주로 한다고 하셨어요."

초란이 의외라는 표정을 지었다.

"아냐. 나한테는 양곡상이라고 했는데?"

설가영은 이해할 수 없었다.

진평의 집은 낡아서 벽 여기저기에 빗물 샌 흔적이 있었고 세간도 보잘것없어서 부(富)의 흔적을 찾기는 어려웠다. 할아버지도 그런 언급을 한 적이 없었기에 더더욱 믿어지지 않았다.

그러나 돈 냄새 잘 맡고, 사람 상대하는 데 닳고 닳은 기녀들이 믿는 걸 보면 재산이 많다는 게 거짓말은 아닐 거란 생각이 들었다.

설가영이 진평의 정체를 궁금히 여겨 생각에 잠긴 사이 초란과 상아는 기녀란 직업에 적용되는 기술적인 문제에 대해 열띤 토론을 시작했다.

한시도 입을 쉬지 않는 그녀들 때문에 설가영은 곧 곤란에 처하게 되었다. 그것은 그들의 대화가 손가락과 혀의 사용에 대한 세부적인 정공법과 변초들이었기 때문이다.

설가영 입장에선 관심 없는 척하면서 새겨듣는 건 어렵지 않았지만, 질문을 참는 건 정말 힘들었다.

내실에선 진평이 한 사람을 만나고 있었다.

"형님! 오셨군요."

한 사내가 득달같이 달려들어 진평의 품에 안겼다.

"오랜만이야."

"왜 이제야 오셨습니까!"

"좀 떨어져."

본래는 진평보다 대여섯 살 정도 나이가 많지만, 키는 어깨 정도밖에 안 오고 비쩍 마른데다 큰 눈에 하관이 짧고 수염이 없어서 일견 더 어려 보였다.

그의 이름은 홍패(洲貝).

금각신조라는 별호를 가진 유명한 도둑이었다.

"형님! 이번엔 꼭 저를 데려가 주십시오. 이 세상 끝까지 따라다니면서 형님을 모시는 게 제 평생소원입니다."

"안 그래도 네 힘이 좀 필요해서 부탁을 하려던 참이야."

홍패는 손을 내저었다.

"부탁이라니요. 천부당만부당합니다. 제 목숨은 형님이 주신 거니까 그냥 아무 때나 달라고 하십시오. 그럼 바로 내어드리겠습니다."

"하하! 네 목숨은 필요 없어. 네 솜씨가 필요하지."

"말씀만 하십시오. 황궁 담이라도 넘겠습니다."

"일단 술부터 한잔하지."

"좋습니다!"

그렇게 시작된 술자리는 다음날 새벽이 되어서야 끝났다.

진평은 잠시 눈을 붙이고 일어나 이미 떠날 채비를 마친 홍패와 함께 후원을 지나 별채로 갔다.

설가영의 방으로 가 기척을 하자 그녀가 나왔다.

그런데 문이 열리는 순간 진평은 입을 쩍 벌렸다.

그리고 한참 동안 그 입을 다물 수 없었다.

비단 저고리에 남옥과 홍옥 노리개를 걸고 머리는 구름 모양으로 쪽을 지었는데, 마치 선녀가 내려온 듯 아름답기 그지없었다.

옆에서 홍패가 쿡쿡 찌르며 형수님을 소개시켜달라고 하는데도 진평이 여전히 넋을 놓고 있자 설가영의 입가에 살짝 미소가 번졌다.

'그럼 그렇지.'

진평이 계속 하녀 취급하는 데 내심 불만을 가지고 있던 그녀였다. 이제 자신의 미모를 일부 과시했으니 앞으로는 대우가 달라질 거라는 기대감이 일었다.

진평이 침을 한 번 꿀꺽 삼킨 후 중얼거렸다.

"가슴만 약간 더 컸으면……."

"뭐라고요!"

"아! 드, 들었어? 귀도 밝군."

진평은 머리를 세차게 좌우로 흔든 후 말을 이었다.

"지금 길을 떠날 참인데 그런 차림으로 나서면 어쩌겠다는 거야? 당장 머리 풀고, 화장 지우고, 옷도 갈아입어."

설가영은 나직이 한숨을 내쉬었다.

지난밤 두 기녀와 함께 한 시간은 그동안 끔찍한 일들만 겪은 그녀에게 달콤한 휴식과도 같았다.

하지만 머리, 화장, 옷 중 무엇 하나 장원 밖으로 가지고 갈 수 있는 것은 없었다.

제4장
불타는 남경

진평의 배 안.

홍패가 노를 잡고 진평은 강물에 낚싯대를 드리웠다.

그리고 한쪽 구석에선 허름한 서동(書童) 차림의 청년이 구시렁거리며 숯을 피우고 있었다.

설가영은 홍패가 도무지 마음에 들지 않았다.

우선 그가 입으라고 가져온 옷이 너무 낡아서 싫었고, 쓰라고 준 인피면구는 정말 사람 얼굴 가죽을 벗겨 만든 것 같아서 소름이 끼쳤다.

진평은 바뀐 모습이 마음에 든다고 했지만, 설가영 본인은 거울을 보고 소스라치게 놀라서 두 번 다시 눈길을 주지 않았다.

"이번엔 메기다!"

진평은 낚아 올린 고기의 배를 능숙하게 가르고 물에 씻어 설가영에게 건네주었다.

"잘 구워봐."

"이제 배 안 고파요."

"너 먹으라는 게 아냐. 우리 술안주야."

설가영이 투덜거렸다.

"쳇! 그놈의 술."

"뭐라고?"

"아, 아뇨. 고기를 술에 담그면 비린내가 사라질 것 같은데. 그렇게 해 드릴까요?"

"그러기엔 술이 아깝지."

설가영이 고기에 꼬치를 꿰며 작은 목소리로 물었다.

"저 사람은 왜 데려가는 거죠?"

"함께 가니 좋잖아? 배도 맡길 수 있고."

"도둑이라면서요?"

"그런데?"

"게다가 남의 아내를 탐한 사람이라면서요?"

"그건 또 어디서 들었어?"

"어쨌거나 사실이죠?"

"그렇긴 하지."

"그런 불미스러운 일로 자기 가문에 재앙을 몰고 온 사람과 왜 동행하는 거죠?"

"그야 능력이 있고, 내가 그 능력을 필요로 하니까."

설가영은 이해할 수 없었다.

"할아버지가 남기신 물건은 남의 집 담 너머에 숨겨져 있는 게 아니에요. 그냥 가서 땅을 팔 삽 한 자루만 있으면 된다고요."

"그것 때문에 필요한 게 아냐."

"그럼 뭐죠?"

"넌 알 필요 없어. 그보다 고기나 뒤집어."

"쳇!"

멀찍이서 그런 두 사람의 모습을 보고 홍패가 말했다.

"형님! 형수님! 전 여기 없다고 생각하십시오. 사랑놀이건, 사랑싸움이건 마음껏 하셔도 됩니다. 하하하!"

설가영은 그에게 눈을 흘겼다.

그나마 머리도 만지고 화장도 했을 때는 진평이 반짝반짝 빛나는 눈으로 자신을 봐줬지만, 지금은 병색이 완연한 추남의 몰골을 하고 있으니 사랑은커녕 외면이나 하지 않으면 다행이라 할 수 있었다.

'이렇게 된 게 다 너 때문이야!'

그러나 홍패는 설가영의 속마음을 아는지 모르는지 마냥 사람 좋은 미소만 보이고 있었다.

진평이 말했다.

"겉으로 드러난 사실만 보면 그가 남의 아내를 넘본 게 맞지만, 속사정은 다를 수도 있는 거야. 그 갈씨 늙은이가 평소 자기 아내를 어떻게 대했는지, 그 여인이 결혼 전에 홍패와 어떤 사이였는지를 알아야만 제대로 된 판단을 내릴 수 있는 거라고."

"둘이 어떤 사이였는데요?"

"직접 물어봐. 그리고…… 고기 탄다니까! 넌 어떻게 그거 하나 제대로 못 하냐?"

"불이 너무 세서 그래요."

"그러게, 왜 그렇게 숯을 많이 피웠어?"

설가영은 잔소리 듣는 게 싫어서 얼른 화제를 돌렸다.

"진소협. 직업이 뭐예요?"

"그건 또 왜 물어?"

"궁금해서요."

진평은 검지를 세우고 말했다.

"우선, 진소협이란 호칭은 지금 이 시간부터 금지야. 내 성과 이름 모두 남에게 알려지길 원치 않으니까."

"그거 이상하네요. 사람들은 저마다 사해팔황에 이름을 알리고 싶어 안달인데 그걸 왜 꼭꼭 감추려고 하죠?"

"저마다 사정이 있는 거니까 자꾸 캐묻지 마."

설가영이 잠시 생각한 후 물었다.

"할아버지한테는 왜 본명을 가르쳐줬어요?"

"설대인은 존경받을 만한 바둑솜씨를 지니고 계셨지. 그런 분에게 어떻게 이름을 숨길 수 있겠어?"

설가영이 고개를 끄덕이며 다시 물었다.

"그럼 앞으로 소협을 어떻게 불러요?"

"지금 남자 행색이니까 형님이라고 해."

"여자로 돌아갔을 때는요?"

"오라버니라고 하면 되지."

"그건 싫어요!"

초란, 상아와는 다르게 대하고 싶었다.

"그럼 주인님이라고 해."

"으으……. 끝내 날 하녀 취급할 작정이군요."

설가영은 인상을 썼다. 그런데 면구 때문에 찡그려 우는 표정이 되어 버렸다.

진평이 당연하다는 듯 말했다.

"길을 막고 물어봐라. 여자가 아내냐, 하녀냐 둘 중 하나를 고르라고 선택권을 준다면 백이면 백, 전부 다 하녀를 택할 거야."

"왜요?"

"마누라는 귀찮거든."

"으으……. 지금 바꾸면 안 되나요?"

진평이 정색하고 엄중한 어조로 말했다.

"늦었어!"

그런 걸 물러줄 수는 없었다.

설가영으로서는 억울하고 한스러운 일이었지만 더 이상 따지거나 조르지는 않았다.

사실, 생면부지인 자신과 얼떨결에 한 약속을 지키기 위해 살인까지 불사하는 것은 보통 사람으로서는 흉내 낼 수 없는 일이었다.

그런 진평에게 호칭 문제로 계속 투정을 부릴 정도로 설가영이 염치없고 어리석지는 않았다.

그러나 기분이 풀린 것도 아니라서 그 이후로는 입을 꼭 다물고 아무 말도 하지 않았다.

은근히 진평이 달래주길 바랐지만 그런 일은 벌어지지 않았다. 자꾸 질문하지 않아서 오히려 다행이라는 듯 그녀를 거들떠보지도 않았고, 홍패에게 아무 사이도 아니니까 형수님이란 단어 쓰지 말라고 거듭 강조하는 바람에 설가영을 대하는 그의 태도까지 바뀌게 만들어버렸다.

설가영은 그래도 흔들리지 않고 침묵 투쟁을 계속해나갔다. 사흘 내리 아무 말도 안 했지만 진평은 답답할 게 하나도 없다는 듯 유유자적 낚시를 하고, 술을 마시고, 가끔씩 철적을 불곤 했다.

그러다가 결국 설가영이 입을 열 수밖에 없는 상황이 벌어졌다. 배가 남경 포구로 향한 것이다.

"잠깐만! 여긴 남경이에요."

"알아."

"우리가 갈 곳은 항주예요. 여기가 아니라."

"먼저 여기서 할 일이 있어."

"하지만 여긴 나를 알아보는 사람이 있을 거예요. 어쩌면 우리 집 근처에 사람들이 숨어서 내가 오기를 기다릴지도 모르고요."

"지금의 널 알아볼 사람은 아무도 없어. 정 불안하면 배에서 기다리던가."

혼자 있는 건 더 두려웠다.

결국 설가영은 진평, 홍패와 함께 배에서 내렸고 불안한 심정으로 자기가 나고 자란 고향 거리를 지나게 되었다.

남경은 이십 년 전 천도를 하기 전까지 제국의 수도였던 도시라 문물이 번화하기 이를 데 없었다.

으리으리한 대저택들도 많아서 제국 초기의 영화를 고스란히 대변하고 있었다.

진평은 먼저 관아를 찾아가 둘레를 유람하듯 천천히 한 바퀴 돈 후 근처의 객잔으로 들어가 차를 주문했다.

그리고 설가영에게 물었다.

"넌 여기 살았으니까 잘 알겠지. 이곳의 승선포정사는 어떤 인물이지?"

"어디나 비슷하지 않을까요? 이런저런 일들로 백성들에게 욕을 많이 먹죠."

"안찰사는?"

"그는 세간에 두루 인망을 얻고 있어요. 법을 집행함에 있어 권세 있는 자들에게 오히려 더 엄한 판결을 내리는 편이거든요."

"그렇군."

진평은 턱짓을 했고, 홍패가 일어서더니 어디론가 갔다가 한참이 지나서야 돌아왔다. 두 사람이 시킨 음식을 다 먹고 따로 차 한 잔을 마실 정도의 시간이 흐른 뒤였다.

"어때?"

진평의 물음에 홍패가 어깨를 한 번 으쓱해 보였다.

"조금 까다롭네요. 흐으……. 함정과 매복은 별거 아닌데, 번을 서는 병사의 수가 많고 간격도 촘촘합니다."

설가영은 깜짝 놀랐다.

"설마……. 포정사사(布政使司)의 담을 넘으려고?"

홍패가 인상을 쓰며 검지를 입술에 갖다 댔다.

그녀의 목소리가 좀 컸던 것이다.

설가영은 얼른 입을 다물었다.

그리고 이해할 수 없다는 눈빛으로 진평을 바라봤다.

진평은 그녀에게 설명을 해주지 않았다.

대신 홍패와 교대라도 하듯 자리에서 일어서더니 훌쩍 객잔 밖으로 나가 버렸다.

그가 돌아올 때까지 홍패는 음식을 시켜먹었고, 설가영은 불안한 마음으로 기다리는 수밖에 없었다.

진평이 늦어지자 홍패는 방을 잡았다.

“피곤할 텐데 좀 쉬어.”

“졸리지 않아.”

설가영이 쏘아대도 홍패는 계속 웃는 낯이었다.

“나 때문이라면 나가 있을게. 히히…….”

말끝마다 실없는 웃음을 덧붙이는 것도 그의 습관인 듯했다.

“흥! 그럴 거면 애당초 방을 두 개 잡지.”

“여기서 자고 갈 게 아니니까 그럴 필요는 없지.”

“정말 관아의 담을 넘을 거야?”

“아까 보니까 꿀에 절인 대추를 팔던데 사다 줄까?”

홍패가 말을 돌리자 설가영도 입을 다물었다.

더 물어봤자 소용없음을 안 것이다.

진평이 돌아온 것은 해시(亥時)가 다 되어서였다.

헝겊으로 둘둘 만 물건을 식탁 위에 턱! 올려놓았는데, 크기나 무게, 형태로 보아 박도(朴刀)인 듯했다. 헝겊 사이로 배어나온 피가 아직 선홍색인 것으로 보아 칼을 사용한 지 얼마 지나지 않은 것 같았다.

설가영은 침을 꿀꺽 삼켰다.

설마하니 그 칼로 돼지나 개를 잡고 오지는 않았을 것이기에 자기도 모르게 긴장이 되었다.

진평이 습관처럼 목을 한 바퀴 돌리며 홍패에게 말했다.

"자정이야."

"알았습니다. 히히."

홍패는 품 안에서 몇 개의 대롱을 꺼내더니 그것을 손목의 가죽 토시에 끼웠다.

설가영은 입안이 자꾸 말라 거푸 차만 들이켰다.

포정사사의 담을 넘는 것은 조정에 대한 반역행위로 해석될 수 있었다.

자신이 그런 자들과 일행이라는 사실은 심각하게 숙고해야만 할 문제였다.

'내가 어쩌다 이렇게 된 거지?'

강호란 곳이 험악하기로 도지산(刀之山)이나 검지림(劍之林) 같다는 얘기는 진즉부터 들어왔지만, 자기와는 상관없는 일이라고 생각했다.

그런데 불청객이 찾아온 그날 이후 할아버지는 돌아가셨고, 자신은 살아남기 위해 지금 위험한 두 남자와 어울려 다니고 있는 것이다. 이 모든 것들이 꿈이고, 힘껏 눈을 뜨는 것으로 자신의 방 침상에서 깨어날 수만 있다면 정말 더 바랄 게 없을 것 같았다.

하지만 이루어질 수 없는 소원이라는 걸 그녀 자신도 잘 알고 있었다.

자정이 가까워져 오자 진평은 탁자에 놔둔 박도를 집어 들고 설가영에게 말했다.

"여기서 꼼짝 말고 기다려. 늦어도 한 시진 안엔 돌아올 거야. 만약 축시(丑時)가 되어도 우리가 오지 않으면……."

설가영이 그의 말을 끊었다.

"그런 말 하지 말아요!"

돌아오지 못할 경우에 어찌하라는 식의 얘기는 두 번 다시 듣고 싶지 않았다. 할아버지에게 들은 걸로 족했다.

진평이 아무리 위험한 남자라고 해도 상관없었다. 또다시 혼자가 되는 것만큼은 정말 피하고 싶었다.

"축시까지 무조건 여기로 와요. 명령이에요!"

진평은 어이가 없었다.

"하하! 뭐 이런 하녀가 다 있어?"

홍패도 웃었다.

"형수, 아니. 우리 막내가 매가 좀 부족한가 봅니다. 헤헤."

"돌아와서 때려주기로 하지."

진평은 씩 웃은 뒤 창을 통해 밖으로 나갔고, 홍패가 바로 뒤를 따랐다.

설가영은 그들의 모습을 보려고 창가로 갔는데, 잠깐 사이에 두 사람 모두 종적이 묘연했다.

대신 소란스러워지는 거리가 그녀의 시야에 들어왔다.

평소엔 볼 수 없던 병사들이 서너 명씩, 십여 명씩 몰려다니는 게 눈에 띄었고, 멀리에선 비명과 고함이 계속해서 들려왔다.

남경의 밤거리엔 어울리지 않는 소리들이었다.

어수선한 분위기 때문에 여기저기에서 불이 밝혀졌고, 잠에서 깨어난 사람들로 인해 주변은 더욱더 술렁거렸다.

그때 서쪽 하늘이 훤하게 밝아왔다.

창밖으로 고개를 내밀어 보니 큰불이 난 것 같았다.

'도대체 무슨 짓을 벌인 거야?'

뛰어다니는 병사의 수는 계속 늘어났다.

그리고 급기야는 갑주(甲冑)를 차려입은 기병들까지 거리를 질주했다.

설가영은 태어나서 쭉 남경에 살았지만 이런 난리는 처음이었다. 그녀뿐만 아니라 창밖으로 머리를 내민 사람들 모두가 놀라고 겁먹은 얼굴로 좌우를 두리번거리고 있었다.

설가영은 진평이 포정사사 담을 넘기 위해 뭔가 사고를 쳤다는 사실을 짐작했다. 하지만 달랑 두 사람이 관아의 담도 넘고 동시에 도시를 발칵 뒤집어 놓는 큰불까지 낼 수 있을 것 같지는 않았다.

'여기에도 그의 친구들이 있는 걸까?'

그럴 가능성이 높았다.

설가영은 자신의 검을 꺼내어 검병을 꽉 움켜쥔 채 진평이 돌아오기만 기다렸다.

그렇게 시간이 얼마나 흘렀을까.

갑자기 바로 옆에서 낯익은 목소리가 들려왔다.

"들어가게 좀 비켜."

진평이었다.

설가영은 얼른 옆으로 물러섰고 진평과 홍패가 나란히 들어왔다. 그들이 무사히 돌아왔다는 사실이 기뻐 설가영의 얼굴 가득 미소가 번졌다. 더욱 고무적인 일은, 상처나 싸운 흔적이 보이지 않는다는 점이었다.

"일은 잘 끝났나요?"

"응. 바로 떠날 건데. 준비됐지?"

"물론이에요."

세 사람은 창을 통해 객잔을 빠져나갔다.

그리고 인적이 드문 골목으로만 돌아 포구로 향했다.

도시는 온통 소란스러웠지만 그들 세 사람의 움직임은 은밀하고도 신속하게 이루어졌다.

한참을 달려 어느 호숫가 옆에 이르렀을 때 진평이 걸음을 멈추고 말했다.

"여기서 잠시 쉬어가지."

설가영은 거칠어진 호흡을 골랐다.

진평과 홍패의 날랜 발을 따라가느라 숨이 턱에까지 차던 참이었다. 어머니에게 경공도 배웠지만 두 사람과 보조를 맞출 정도는 되지 못했다.

자기를 생각해준 게 고마워서 진평에게 막 한마디 하려고 했는데, 주변에 낯선 그림자들이 보였다.

설가영은 깜짝 놀라 검 자루를 움켜쥐었다.

자기는 누군가 따라온다는 사실도 몰랐는데 어느새 주변은 완전히 포위되어 있었다.

진평이 멈춘 것은 설가영에게 숨 돌릴 시간을 주기 위해서가 아니라 사람들이 없는 곳을 찾아 추격자들에게 모습을 드러낼 기회를 주기 위함이었던 것이다.

둘러선 사람은 모두 이십여 명.

옷차림과 무기가 저마다 제각각이었는데, 방위를 점하고 선 모습을 보면 꽤 오랜 시간 훈련을 함께한 사이인 듯 빈틈이 없었다.

설가영은 싸움에 경험이 없지만 그들이 내뿜는 살기에 숨이 막힌다는 사실 하나만큼은 확실히 느낄 수 있었다.

진평이 포위망 뒤에 서 있는 승려에게 물었다.

"너희들은 누구냐?"

그러자 포위망이 좌우로 갈라지며 주홍빛 승복을 걸친 사십 대 후반의 승려가 앞으로 나섰다.

그는 큰 키에 팔이 길고 손에는 육중한 월아산(月牙鏟)을 들고 있었는데, 짙은 눈썹 아래 부리부리한 눈이 사람을 위압적으로 쏘아봤다.

"그건 우리가 물을 말이다. 네놈들은 도대체 뭐 하는 자들이기에 감히 관아에 쳐들어가 조정 대신을 서까래에 묶어놓고 함부로 도적질을 하였느냐?"

진평이 피식 웃었다.

"질문에 질문으로 답하는 건 버릇없는 짓이라고 생각하지 않나? 아! 이것도 질문인가? 하하!"

승려는 더 이상 말을 길게 하지 않았다.

그가 월아산을 들었다가 땅에 내리찍자 날에 걸려 있는 고리들이 일제히 쩔그렁 소리를 냈고, 그걸 신호로 포위하고 있던 자들이 일제히 몸을 날렸다.

설가영은 황급히 검을 뽑았다.

그때 머릿속엔 한 가지 생각이 떠올랐다.

'이미 늦었다!'

포위한 자들의 겉모습은 지극히 평범했지만 쓰는 무공은 그렇지 않았다. 검이 검집에서 아직 반도 안 나왔는데 벌써 오른쪽 사내의 단창이 자신의 견정혈에 박히고 있었다.

그러나 창날이 닿기 직전.

상대는 비명을 지르며 뒤로 쓰러졌다.

설가영은 진평의 도움이라 생각했는데, 그는 다른 자들을 상대로 칼을 휘두르고 있었다.

단창 든 사내를 물리친 것은 홍패였다.

또 다른 한 명이 장검을 휘두르며 달려들었지만, 그 역시 비명을 지르며 쓰러졌다.

설가영은 놀라지 않을 수 없었다.

체격도 자기만큼밖에 안 되고 무기도 들지 않은 홍패가 손 한 번 휘저은 것만으로 단번에 적을 제압하니, 어쩌면 진평보다 더 고수일지도 모른다는 생각이 들었다.

그때 우두머리 승려가 외쳤다.

"암기를 조심해라!"

홍패는 손목에 장치한 침통으로 독침을 날리는 것이었다.

상황을 파악한 적들은 엄밀히 방어하며 접근했는데, 그래도 소용이 없었다.

홍패는 금각이란 별호답게 보법과 신법에 있어 가히 독보적인 움직임을 보였다.

설가영을 가운데 두고 현란하게 동으로, 서로 돌면서 적과의 거리를 좁혔다 벌렸다 시선을 교란했고, 그 와중에 손을 크게 움직이지도 않으면서 독침을 날렸다.

그의 암기는 일반적인 우모침(牛毛針)보다 가늘었다. 게다가 날까지 어두워서 거의 눈에 보이지 않았고, 상대가 대비한다는 사실을 알고 나서는 급소가 아닌 엉뚱한 방향으로 날렸기 때문에 막는 입장에선 여간 까다로운 게 아니었다.

혈도에 맞지 않는다 해도 독이 묻어 있다면 결국 죽을 수도 있는 일인지라 함부로 거리를 좁히지 못했다.

홍패가 그렇게 시간을 끌며 설가영을 보호하는 사이, 진평은 놀라운 움직임을 보이고 있었다.

육중한 파공음과 함께 박도가 바람을 가를 때마다 어김없이 한 사람씩 쓰러져나갔고 그 희생자가 칠팔 명에 이르자 승려가 황급히 월아산을 흔들어 살아남은 자들을 뒤로 물러서게 했다.

그리고 놀란 어조로 말했다.

"용비십구도(龍飛十九刀)! 이제 보니 넌 곤륜파(崑崙派)의 제자였구나!"

진평의 입가로 미소가 번졌다.

"놀랍군. 그걸 알아보다니."

말과는 달리 그다지 놀란 표정은 아니었다.

승려가 호통을 쳤다.

"감히 조정에 반하다니! 곤륜산이 멀고 험하다 하여 황군의 북소리가 미치지 못할 거라 생각하는 게냐?"

진평은 냉소를 지었다.

"한 번 가보던가."

승려가 남은 부하들에게 손짓을 했다.

"저놈을 꼭 잡아야 한다! 진을 발동해라."

그러자 홍패와 설가영은 내버려두고 진평 한 사람만을 가운데 둔 합격진이 금방 만들어졌다.

설가영은 도와야 하지 않느냐는 눈빛으로 홍패를 보았지만, 그는 오히려 뒤로 물러섰다. 겁먹어서가 아니라 방해되지 않도록 비켜주려는 의도였다.

진평은 합격진 구성원이 점한 방위를 한 차례 둘러본 후 천천히 고개를 끄덕였다.

그리고는 곧바로 몸을 날리면서 칼을 휘둘러 측면에 있던 자의 팔을 잘라버렸다.

"크아악……!"

비명은 연이어 터졌다.

그들의 진법은 본래 한 사람이 공격당할 때 다른 방위를 점한 동료들이 배후를 찔러 돕는 방식으로 만들어져 있었다.

자신들보다 실력이 뛰어난 고수를 만났을 때 써먹기 위해 오랜 시간 훈련을 한 것인데, 진평에게는 아무 소용이 없었다.

그의 움직임이 너무나 빨랐기 때문이다.

급격한 방향전환을 할 때마다 시선으로도 따라가기 어려울 정도였으니 공격은 불가능했다.

우두머리 승려는 안 그래도 큰 눈을 더 크게 부릅떴다.

진평의 바뀐 도법 때문이었다.

강맹하던 용비십구식과 달리 변(變)과 쾌(快)를 요체로 삼는 도법이 빠른 발과 완벽한 조화를 이루고 있었다.

"해남파(海南派)의 사상쾌도(四象快刀)!"

승려는 부하들이 몰살당한다는 사실보다 진평이 해남파의 무공을 완벽하게 시전하고 있다는 사실에 더 놀랐다.

용비십구도를 펼칠 때는 곤륜파의 제자임을 믿어 의심치 않았는데, 지금 보니 해남파 무공의 정수를 꿰뚫고 있었다.

"어, 어떻게……."

소림이나 무당의 무공이라면 속가제자를 통해 세상에 알려지는 경우도 있지만, 곤륜파나 해남파는 중원에서 그 문도를 만나기가 극히 어려웠다.

더구나 용비십구도나 사상쾌도는 일반 제자들이 배울 수 있는 무공도 아니었다.

승려가 벌어진 입을 다물지 못하고 있는 사이, 진평을 포위했던 자들은 결국 전멸을 당하고 말았다.

진평이 칼을 빙글빙글 돌리며 말했다.

"명령이 내려지기 전엔 죽는 한이 있더라도 물러설 수 없다는 건가? 꽤 지독하게 훈련을 시켰군."

"너, 너는 도대체 누구냐?"

"네가 먼저 정체를 밝히면 나도 얘기해주겠다."

"흥!"

승려는 월아산의 밑동을 차 한 바퀴 돌리더니 곧바로 진평을 겨누고 찔러 들어갔다.

진평의 얼굴에서 웃음기가 사라졌다.

승려의 무공이 만만치 않았기 때문이다. 월아산과 칼이 연거푸 부딪혀 노란 불꽃을 만드는 사이 진평은 다섯 걸음이나 뒤로 물러섰다.

육중한 병기를 젓가락처럼 다루는 완력도 대단했고, 초식의 변화도 정묘했다.

"제법이구나."

진평이 그 와중에도 칭찬을 하자 승려는 냉소를 지었다.

"일단 네놈의 팔부터 하나 자르고 나서 다시 애기를 해보자꾸나."

설가영은 홍패의 소매를 잡아당겼다. 진평이 밀리고 있으니 독침이라도 던져서 도와주라는 의미였다.

그러나 홍패는 전혀 걱정하는 표정이 아니었다.

그 이유는 곧 밝혀졌다.

진평의 도법이 느려지는가 싶더니 승려의 월아산이 휘청거리며 옆으로 밀려났다.

승려는 당황하는 기색이 역력했다.

진평의 박도는 저자의 대장간에서 흔히 살 수 있는 다섯 근짜리로, 자신의 월아산과 비교하면 무게가 열 배 가까이 차이 났다.

그런데도 밀렸다는 사실이 도무지 이해되지 않았다.

'설마…….'

그 차이를 상쇄시킨 것이 내공의 심후함이라면 말이 되긴 하지만, 이제 약관의 청년이 자신보다 훨씬 깊은, 최소한 두 배 이상의 내공을 보유하고 있을 거라고는 상상이 되지 않았다.

그러나 그의 믿음과는 별개로 진평의 칼은 백 근, 천 근의 무게로 월아산을 눌러왔다.

"으으……."

승려의 보폭은 점점 벌어졌고 기혈은 격탕했다.

그리고 한순간 그의 눈이 빛났다.

이대로 예정된 패배를 당하느니 마지막 반전을 노려보기로 마음을 정한 것이다.

승려는 계속 뒤로 밀리며 당황한 모습을 보이다가 갑자기 월아산의 자루를 비틀었다.

"죽어랏!"

육중한 월아가 떨어져 나가면서 빠른 속도로 튀어나온 것은 돌돌 말려 있던 뾰족한 날이었다.

예상치 못한 상황인 데다 날의 움직임이 섬전 같아서 홍패마저도 다급한 신음을 토할 정도였다.

하지만 진평의 반응도 그에 못지않게 빨랐다.

몸을 회전시키며 도막(刀幕)을 펼쳐 암기를 빗겨 흘림과 동시에 떨어지는 월아를 발등으로 받았다가 무릎을 쭉 뻗어 상대에게 날렸다.

승려는 자신의 기습이 그렇게 쉽게 무위로 돌아가고, 거기에 더해 진평이 반격까지 해올 거라고는 예상을 못 했다.

"크윽……!"

진평이 발로 날린 월아가 그의 가슴에 박혔고, 그 무게를 이기지 못한 승려는 서너 걸음이나 물러선 뒤에야 겨우 균형을 잡고 섰다.

"끄응……."

그는 박힌 월아를 뽑아 바닥에 내동댕이쳤다.

그러자 상처에서 핏줄기가 솟구쳤다.

"이런, 이런……."

진평은 혀를 찼다.

원래는 상대를 사로잡을 생각이었는데 기습에 다소 과하게 반응한 것이 그만 그를 죽음으로 내몬 것이다.

출혈 상태로 보아 살릴 길은 없을 것 같았다. 지혈한다 해도 시간을 거의 벌기 어려울 정도의 상처였다.

진평이 칼로 그를 겨누며 물었다.

"뭘 노리고 여기까지 온 거냐?"

"흐흐흐……."

승려 역시 자신의 죽음을 예감했다.

그는 진평을 노려보며 웃기만 할 뿐 아무 말도 하지 않았고, 오래지 않아 그대로 숨이 끊어지고 말았다.

홍패가 얼른 다가가서 그의 품을 뒤졌다.

"이것밖에 없습니다."

진평이 받아 든 것은 녹색 실로 묶은 홍옥패였다. 테두리를 따라 구름 형상이 새겨져 있고 가운데 십오(十五)라는 글자가 새겨져 있을 뿐 다른 특이점은 보이지 않았다.

설가영이 물었다.

"그게 뭐죠? 이 사람들은 또 누구예요?"

"일단 이곳을 피하자."

세 사람은 다시 달리기 시작했고, 포구에서 자신들의 배를 탄 후 남경을 벗어났다.

제5장
밝혀진 배후

배가 강심으로 나가자 남경 시내가 한눈에 들어왔다.

큰불이 아직도 꺼지지 않고 있었는데, 강 쪽에서 보니 한 곳이 아니라 여러 장소에서 동시에 화재가 발생한 것이었다.

설가영이 진평에게 물었다.

"형님이 저렇게 만든 건가요?"

진평은 미소 지었다.

"너한테 형님 소리 들으니까 기분이 묘한데?"

"그렇게 부르라고 했잖아요."

"그래. 앞으로 계속 그렇게 불러."

"어쨌거나 형님 솜씬가요?"

"아냐. 남경엔 예전부터 세력 다툼을 하는 문파 방회들이 수없이 많았어. 난 그들 중 둘을 골라 마음껏 싸우도록 자리를 마련해준 것뿐이야. 난장판은 그들의 작품이지."

"그냥 싸우란다고 싸웠단 말인가요?"

관군도 몰려들 정도의 큰 소란이 단지 진평의 말 한마디에 의해 이루어졌다고는 믿을 수 없었다.

진평은 갑판에 던져둔 칼을 발로 툭 차며 말했다.

"양측이 싸우는 데 가장 큰 걸림돌이 되는 자를 내가 대신 치워주었지. 돈도 안 받고."

"아! 그래서 그때 칼에 피가 묻어 있었던 거군요."

설가영은 비로소 이해를 했다.

하지만 두 세력 간의 힘의 균형추를 단번에 기울일 정도의 인물이라면 대단한 고수였을 텐데 그렇게 쉽게, 저녁 먹고 잠깐 산책하고 오듯 해치운 건 정말 놀랍다는 생각이 들었다.

그녀의 질문이 이어졌다.

"포정사사 안에선 뭘 발견했죠?"

어쩌면 할아버지가 죽고 자기가 쫓기게 된 이유를 밝혀줄 단서가 나왔을지도 모를 일이었다.

"미심쩍은 문서들이 있더군."

"문서를 찾으러 갔던 건가요?"

진평은 고개를 끄덕였다.

"본래 관리들이란 근거가 될 서류 없이는 책임져야 할 일을 절대로 하지 않거든."

"저에 대한 문서를 찾으셨나요?"

"서류상으로 연결이 되지 않는데도 포정사가 직결로 처리했기에 그를 잡아 좀 물어봤지."

그 과정이 우호적이지 않았을 거라는 건 조금 전 추격해온 자들의 얘기를 통해 짐작할 수 있었다.

"매달아 놓고 약간의 고통을 주었는데 입을 열지 않더군."

홍패가 끼어들었다.

"세 번이나 기절하면서도 끝내 말하지 않은 걸 보면 그놈 진짜 독한 놈입니다. 흐흐흐……."

"더 독한 자들에게 밉보이기 싫어서 견딘 거겠지."

"더 독하다면……."

"동창(東廠)."

홍패와 설가영 모두 크게 놀랐다.

"동창이라고요? 아! 그럼 아까 그자들이……."

진평은 고개를 끄덕였다.

"맞아. 그들이 바로 동창 소속이야."

"그걸 어떻게 확신하시죠?"

진평이 홍옥패를 꺼내어 보이며 말했다.

"여기 구름 문양이 새겨져 있잖아."

"동창이 그걸 상징으로 삼나요?"

"황제를 상징하는 동물이 뭐야?"

"그야 용(龍)이죠."

"용이 가는 데는 항상 뭐가 따르지?"

설가영은 고개를 갸웃거렸다.

"하지만 그것만 가지고는……."

동창이란 말에 그녀의 표정은 심각하게 변했다.

개국 초, 태조 홍무제에겐 금의위(錦衣衛)라는 무서운 사병(私兵)이 있었다.

조정 대신들의 일거수일투족을 감시하던 그들은 후에 창위(廠衛)란 이름으로 독립했고, 영락제가 북경으로 천도하여 동안문(東安門) 쪽에 자리 잡은 이후부터는 동창(東廠)이라 불리게 되었다.

동창은 모두에게 공포의 대상이었다.

본래는 고관대작들을 감시하고 황실에 반하는 세력을 찾아 제거하는 게 임무지만, 제국이 안정되어 황제에게 위협을 가하려는 자들이 없게 된 후에도 그들은 계속해서 세력을 키워 나갔다.

자기들 비위를 거스르는 자는 귀족, 서민 가리지 않고 혹독하게 다루는 권력 유지의 도구로 변질된 것이다.

황제의 총애를 받는 그들 앞에 두려운 것은 없었다. 말이 되건 안 되건, 증거가 있건 없건, 동창의 눈 밖에 나면 패가망신을 각오해야만 했다.

그런 사정을 알기에 설가영의 불안은 커질 수밖에 없었다.

"어떻게 동창이라고 확신하시죠?"

"그는 내가 보여준 두 가지 도법을 정확히 알아봤어. 당금 무림에서 곤륜파와 남해파의 도법을 모두 견식한 사람은 아마 한 손으로 꼽아도 손가락이 여럿 남을 거야. 하지만 집단적으로 모여 교육을 받았다면 달라지지."

"동창에서 가르쳤다는 건가요?"

"그들은 구파일방을 위시한 강호 대부분의 문파 방회의 무공을 알고 있거든. 게다가 아까 그자의 월아산 초식들은 방천극(方天戟) 다루는 법에 뿌리를 두고 있었어. 군문(軍門) 출신이라는 뜻이지."

설가영은 나직이 한숨을 내쉬었다.

정말 동창과 얽힌 일이라면 얘기가 심각해질 수밖에 없었다. 그 누구도 동창과는 척을 지고 싶어 하지 않기 때문이다.

진평이 미소 지으며 물었다.

"웬 한숨이야?"

"그들이 동창이라고 해도 할아버지나 저의 일과는 관련이 없을 거예요. 그렇죠?"

"연관이 있다고 봐야지. 동창이 배후가 아니었다면 개방, 청성, 점창의 세 개 문파를 한꺼번에 움직였을 리가 없잖아."

"그럼 저를 찾는 게 동창이라는 뜻인가요?"

"그렇다고 봐야지."

"아……!"

그녀가 더 깊은 한숨을 내쉬었다.

진평이 웃으며 말했다.

"혹시 우리 약속 때문이라면 걱정 마."

설가영이 반색을 했다.

"상대가 동창인데도요?"

"하하! 동창 아니라 염왕(閻王)이라고 해도 나를 막지는 못해."

설가영은 환하게 웃었다.

설령 허풍이라고 해도 이 순간만큼은 너무나도 믿음직스럽고 마음이 든든했다.

마음을 놓은 그녀가 질문을 바꾸었다.

"아까 곤륜파와 해남파의 도법을 모두 견식한 사람은 손에 꼽을 정도라고 하셨죠?"

"그랬지."

"그런데 형님은 어떻게 두 도법을 모두 펼쳐낼 수 있죠? 그것도 완벽하게."

설가영으로서는 진평이 싸우는 모습을 처음으로 직접 본 것이었다. 동릉에서 점창파와 청성파 도사를 죽일 때는 숨어 있었기 때문에 싸우는 과정을 볼 수 없었다.

그녀의 눈에 비친 진평의 움직임은 가히 경이적이었다. 그녀 역시 검술을 익혔기에 진평의 무공수위가 엄청나다는 것 정도는 가늠할 수 있었다. 흉악한 흑도의 사내들이 삼도천이니, 파사니 하며 형님 대접을 하는 게 다 이해가 되었다.
"난 원래 다 알아."
"그러지 말고 얘기해주세요. 혹시 동창에서 무공을 익히셨나요?"
"뭐? 하하하! 그럴 리가 없잖아? 내가 뭐가 아쉬워서 씨주머니도 없는 놈들에게 머리를 조아리겠어?"
"그, 그런가요? 하지만 그게 아니라면 어떻게 두 문파의 도법을 모두 익히고 있는 거죠?"
"부모님에게 배웠어."
"아! 그랬군요."
아버지가 곤륜파의 제자고 어머니가 해남파의 제자였다면 가능한 일이었다.
해남도와 곤륜산이 워낙 멀리 떨어져 있어서 그렇게 만나 결혼할 가능성이 지극히 희박하다는 생각이 들긴 했지만 설가영은 더 이상 질문을 하지 않았다.
대답해주고 싶지 않다면 어차피 계속 질문해봤자 돌아올 건 짜증밖에 없을 것이기 때문이었다.
진평이 말했다.
"설대인이 숨겨놓은 물건이 무엇인지 꼭 봐야겠군."
그가 설가영과 함께 길을 나선 것은 청성, 점창, 개방이 한데 몰려다니는 이유에 대한 궁금증 때문이었다.
그런데 그 배후에 동창이 있음을 알게 된 지금은 생각이 바꿔었다. 뭔가 큰 건수가 있을 거라는 기대감이 진평의 가슴을 설레게 만들었다.

남경을 빠져나온 배는 마침 불어온 서풍을 타고 빠르게 하류로 순항했고, 해가 뜰 무렵엔 벌써 진강(鎭江) 근처까지 이르게 되었다.

잠시 잠들었다가 눈을 뜬 설가영은 진평이 홍패의 등에 약 발라주는 모습을 보게 되었다.

그의 등에는 어제 싸움에서 생긴 것으로 보이는 상처가 길게 남아 있었다.

빠른 보법과 독침으로 적의 접근을 막았지만 그 와중에 누군가의 무기에 스친 것 같았다.

설가영은 미안한 마음이 들었다. 자기를 보호하려고만 하지 않았다면 다치지 않았을 것 같았기 때문이다.

"괜찮은가요?"

홍패는 기름종이로 싼 금창약을 흔들어 보였다.

"이 약이 아주 잘 들어. 히히."

설가영은 고맙다는 말을 하고 싶었지만 차마 입이 떨어지지 않았다. 얼마 전까지만 해도 톡톡 쏘아붙이다가 갑자기 태도 변화를 보이면 이상할 것 같았기 때문이다.

약 바르기를 마친 진평이 말했다.

"난 이제부터 잘 거니까 내가 스스로 일어날 때까지 깨우지

마. 절대로."

부상당한 홍패를 쉬게 하고 밤새 배를 다루느라 피곤했던 것이다.

그는 호로병에 남아 있던 술을 한입에 털어 넣고는 선실에 누운 지 얼마 지나지 않아 코를 골기 시작했다.

수면의 물결에 시선을 두고 있던 설가영은 슬그머니 선미 쪽으로 가서 홍패 맞은편에 앉았다.

"동창이 뭘 원하는 걸까요?"

미안하다거나 고맙다는 말을 하기는 멋쩍지만 일단 먼저 말을 거는 것만으로도 심경의 변화를 드러낸다고 볼 수 있었다. 자신을 위해 대신 칼을 맞아준 사람인데, 도둑이면 어떻고 간부(姦夫)면 어떤가 하는 게 그녀의 바뀐 생각이었다.

홍패도 저간의 사정을 짐작하는지 씩 웃으며 대답했다.

"힝! 그놈들 속을 누가 알겠어. 어쨌거나 놈들이 설쳐대면 강호에 혈풍이 불지언정 득 될 일은 하나도 없을 거야."

"무림인들도 동창을 싫어하나요?"

"당연하지."

"의외네요. 관(官)과 무림은 서로 불가근불가원(不可近不可遠)이라는 얘기를 들었던 것 같은데."

홍패가 코웃음을 쳤다.

"우리 흑도의 형제들은 태어날 때부터 관과 원수지간이야. 하물며 동창이라면 그중에서도 제일 우두머리니까 가장 미워

할 수밖에."

"그럼 다른 문파들은요?"

"이른바 명문정파들은 한때 놈들과 손발이 척척 맞아서 잘 지낸 적도 있었어. 흐으……."

"언제요?"

"백련교 잔당을 소탕하던 시절에는 무림맹이 결성되어 척마멸사(拓魔滅邪)니, 파사현정(波邪顯正)이니 떠들어대면서 아주 기고만장했었지."

설가영이 흥미롭다는 표정으로 물었다.

"조정에서 지원을 해줬었나요?"

"아무렴. 도사나 화상들이 직접 농사를 짓지 않고도 잘 먹고 잘 사는 게 다 그때 받은 봉토 덕분이지."

"그랬군요. 그런데 지금은 왜 동창을 싫어하죠?"

홍패가 입맛을 다시며 말했다.

"막상 백련교의 잔당들이 지리멸렬되고 나니까 조정에선 무림맹이란 존재를 껄끄럽게 생각하기 시작했어. 쫓을 토끼가 없는데 사냥개들이 너무 사나워진 상태였거든. 히히……. 그래서 동창이 암암리에 그 힘을 조금씩 깎았지. 각 문파의 무공도해를 바치라는 요구부터 시작해서 시시콜콜한 것까지 참견과 견제를 했고, 나중엔 이간질까지 동원해서 결국 무림맹을 조각조각 와해시킨 거야. 실컷 이용당하고 나서 버려졌으니 누가 좋아하겠어? 동창이라면 이를 갈지."

"그럼 청성, 점창, 개방은……."

"흐흐……. 그들이야 원래 변방의 문파들이라 불러만 주면 좋다고 달려가는 거지. 그나마 아미파는 같은 사천땅에 있으면서도 자존심을 지켰으니 대단하다고 할 수 있지. 여장부들이 사내들보다 나아. 하하!"

"그렇군요."

무림에 대한 얘기라도 주고받다 보니 홍패와 한층 가까워진 느낌이 들어 설가영의 마음도 편해졌다.

진평은 해가 서쪽으로 기울 때쯤 일어났다.

설가영이 얼른 준비한 음식을 내밀었다.

"시장하시죠?"

접시가 놓인 나무판을 받아든 진평이 탄성을 토했다.

"이걸 다 네가 준비했어?"

"배에 있는 재료로 만들다 보니 부족한 게 많아요."

"확실히 그래 보이는군. 홍패! 이리 와. 피 흘린 사람부터 많이 먹어야지."

설가영이 대신 조타를 맡고 진평과 홍패는 그녀가 만든 음식을 남김없이 다 먹어치웠다.

홍패가 입술을 쓱 닦으며 엄지를 치켜들었다.

"솜씨가 대단합니다."

진평이 웃으며 속삭였다.

"칭찬해주면 노력을 게을리할지도 몰라."

"알겠습니다. 아! 짜다."

선미 쪽에 있던 설가영은 홍패의 평에 별로 개의치 않았다. 이미 먹는 동안 두 사람의 표정을 통해 반응을 확인했기 때문이다.

조타노를 홍패에게 넘겨준 설가영이 진평에게 다가가 진지한 어조로 말했다.

"형님. 저 무공 좀 가르쳐주세요."

"뭐?"

"형님 같은 고수는 처음 봤어요."

"그래서, 고작 음식 한 상으로 내 밑천을 사겠다고?"

"어젯밤의 경우만 해도 그래요. 내가 한 사람 몫을 충분히 했다면 작은형님도 다치지 않았을 거 아니에요?"

작은형님이란 말에 진평과 홍패가 마주 보고 웃었다.

설가영이 지금은 인피면구를 쓰고 있지만 사실 그 속은 보기 드문 미녀라는 사실을 두 사람 모두 알고 있었다. 그런 그녀에게서 나오는 형님 소리가 재미있기도 하고 귀엽기도 해서 절로 웃음이 나온 것이다.

"그래. 어제 같은 경우엔 차라리 짐짝을 지고 다니는 게 나았지. 그건 찔리고 베여도 괜찮으니까."

설가영은 입술을 한 번 삐죽인 후 말했다.

"그러니까 짐보다 낫게 되도록 좀 도와주세요."

"난 제자를 거두고 싶은 마음이 없어."

"정식으로 사제지간이 되겠다는 건 아니에요. 난 이미 가문의 검술을 익혔으니까 약간의 지도와 조언만 해달라는 거죠."

"그래? 한번 해봐."

설가영은 갑판의 삭구와 밧줄들을 한쪽으로 밀어놓은 후 자신의 검을 뽑아 몇 가지 형(形)을 보였다.

"어때요?"

"호오! 제법인데?"

설가영이 살짝 의뭉스런 미소를 지으며 물었다.

"이 검술의 내력이 어찌 되는지 맞출 수 있나요?"

"내 실력을 시험해보겠다는 건가?"

"월아산 쓰는 승려를 보고 동창 사람이란 걸 확신하는 것 같던데, 과연 얼마나 신빙성이 있을지 궁금해요."

진평이 피식 웃은 후 대답했다.

"그 검술을 만든 사람은 처음에 무당파의 제자로 시작했어. 하지만 정수는 배우지 못했지. 아마 무슨 사정 때문에 속가제자로 만족해야 했던 모양이야."

설가영은 가만히 고개를 끄덕였다.

어머니에게서 들은 얘기와 같았기 때문이다.

진평의 말이 이어졌다.

"그 후 이름난 스승들을 초빙하여 무당검의 기초 위에 변초들을 하나씩 더했는데, 겉은 화려해졌지만 정작 고수를 만나면 별 쓸모없는 검술이 되고 말았지."

설가영이 발끈한 표정을 지었지만 진평은 개의치 않고 계속 해서 얘기했다.

"다행히 최근에 누군가 손을 봐서 군더더기를 많이 덜어냈군. 제대로만 익히면 꽤 쓸 만하겠어."

"내가 이 검술의 오의를 어느 정도 깨달았다고 보세요?"

"오의? 하하하……! 지금 너는 그저 형을 흉내 내는 수준에 불과해."

설가영의 일그러진 표정이 면구 밖으로까지 드러나자 진평은 슬그머니 어조를 바꾸었다.

"뭐, 내공도 탄탄하고, 기초도 그만하면 잘 익혔으니까 가망이 아주 없어 보이지는 않지만……."

"그럼 가르쳐주세요!"

진평은 고개를 가로저었다.

"그럴 시간 없어. 정 배우고 싶으면 홍패를 먼저 스승으로 모셔. 그가 더 가르칠 게 없어지면 그때 내가 가르쳐주지."

설가영은 검을 검집에 꽂았다.

사실, 그녀가 무공을 가르쳐달라고 한 건 동창이라는 무시무시한 적과 재회할 가능성 때문이기도 했지만 진평과 좀 더 많은 시간을 보내고 싶은 의도가 컸다.

그런데 홍패라니. 실망이 이만저만이 아니었다.

그녀는 밤이 지나고 다음 날 해가 뜰 때까지 무공 얘기를 두 번 다시 꺼내지 않았다.

그러나 강폭이 넓어지고 오가는 배들이 늘어 항주가 점점 가까워짐을 알 수 있게 되자 그녀의 마음도 변했다.

"작은형님. 제 검술에 뭐가 더 필요하죠?"

홍패는 뒤통수를 긁었다.

"난 검술에 대해 잘 모르는데."

"그래도 뭔가 배울 게 있으니까 큰형님이 시키신 것 아닐까요?"

옆에 있던 진평이 껄껄 웃었다.

"긍정적인 자세는 좋군."

홍패가 어깨를 한 번 으쓱한 후 말했다.

"검술은 아니더라도 강호에서 살아남는 법 정도는 조언해줄 수 있지."

"그게 뭔데요?"

설가영의 눈이 반짝였다. 지금 자신에게 가장 필요한 것이라 생각되었기 때문이다.

"우선 가장 중요한 원칙은, 타인과 시선을 마주치지 않는 거야."

"예?"

"진짜 중요한 얘기니까 옷깃에 받아 적어."

"그게 가장 중요한 생존수단이라고요?"

"그렇다니까. 하루에도 수십, 수백 명의 목숨이 스러지는 곳이 바로 강호무림이라는 사실은 알고 있지?"

"예."

"죽고 죽이는 가장 큰 이유가 뭔지 알아?"

"글쎄요."

"바로 건방지다는 거야. 어디서 감히 내 시선을 마주 보냐, 이거지. 흐흐……."

"호호! 정말요?"

너무 어이가 없어서 여자 목소리로 웃고 말았지만 홍패의 표정은 진지했다.

"농담이 아냐. 무공을 익힌 사람들은 저마다 자존심이 강한 데다 약간의 살기에도 민감하게 반응하기 때문에 상대의 눈을 똑바로 쳐다보는 건 도전한다는 의미로 받아들여진다고."

"아무리 그래도 그렇지. 쳐다봤다는 것만으로 바로 검을 뽑는다는 건가요?"

"개인이라면 자존심을 꺾을 수도 있겠지만, 문파에 소속되어 있다면 그렇게 못해. 사문의 명예를 지켜야 하거든. 설령 목숨을 잃더라도 응전해야 돼. 그게 무인의 삶이야."

설가영은 이제껏 그런 세상에서 살아보지 못했지만, 얘기를 듣고 보니 그럴 것 같기도 했다.

"시선만 주의하면 되나요?"

홍패가 헛기침을 한 후 대답했다.

"흐흐……. 강호란 그렇게 단순한 곳이 아냐. 평생 땅만 보고 다녀도 상대가 날 죽이려고 덤빌 때가 있어."

"그럴 때는 어쩌죠?"

"빨리 뛰어야지."

"경공을 말하는군요."

"맞아. 아무리 매서운 검도 닿지 않으면 소용없는 법. 경공이야말로 최고의 생존수단이지."

"작은형님은 별호 중 금각이란 글자가 들어가니 빠르기로는 세상에 견줄 사람이 없겠어요. 그렇죠?"

홍패는 진평 쪽을 본 후 씩 웃었다.

"이제껏 형님을 제외하고는 그 누구에게도 따라잡힌 적이 없지."

설가영 역시 진평 쪽을 본 후 말했다.

"지금의 나는 검술이 아니라 경공을 익히는 쪽이 더 낫다는 뜻에서 작은형님에게 보낸 거군요."

진평이 미소 지었다.

"이해가 빠르군."

"좋아요. 배우겠어요."

그녀 생각에도, 어줍잖게 싸운다고 설쳐대는 것보다 잽싸게 피하고 달아나는 쪽이 일행에게 더 도움이 될 것 같았다.

홍패가 약간 걱정스러운 표정으로 물었다.

"정말 배우려고? 상당히 오랜 시간이 걸릴 텐데. 견뎌내야 할 것들도 만만치 않고."

"그래도 일단 시작하면 언젠가는 도달하겠죠."

"그야 그렇지. 히히."

"뭐부터 하면 되죠?"

홍패가 갑판에 있던 밧줄을 잘라서 던져주었다.

"다리를 묶어."

"예?"

"발가락과 발목의 힘만으로 움직이도록 무릎과 정강이를 단단히 묶어. 그것부터 시작이야."

설가영은 쉽게 이해가 되지 않았지만 일단 믿고 시키는 대로 했다.

다리를 묶고 나니 서 있는 것조차 힘들어서 자꾸 넘어졌는데, 진평과 홍패는 도와주기는커녕 물결이 잔잔할 때는 일부러 배를 흔들곤 했다.

* * *

항주(杭州).

제국 초기에 사람들이 상유천당 하유소항(上有天堂 下有蘇杭)이라 한 것은 전란으로 물자가 부족해 매 끼니를 걱정해야 하는 다른 곳들과 달리 소주와 항주에는 강남의 풍부한 물산이 넘쳐났기 때문이었다.

그러나 지금에 이르러서는 먹고 사는 문제가 아닌 도시의 번화함과 아름다움이 천당과 비견되고 있었다.

특히 소주보다 항주가 더 각광받는 것은 골목골목 이어지는 수로와 서호(西湖)의 풍광 덕분이었다.

서호가 훤히 내려다보이는 객잔의 이 층 창가.

진평과 설가영이 잉어찜을 가운데 놓고 마주 앉아 있었다.

"생강 말고 또 뭐?"

"글쎄요. 팔각회향(八角回香)도 들어간 것 같고, 아주 약하지만 소회향(小回香) 맛도 나는 것 같고……."

"어쨌거나 똑같이 만들 수 있겠지?"

설가영은 손을 내저었다.

"그건 무리예요. 이렇게 큰 주루의 숙수(熟手)들은 저마다 비법을 간직하고 있는데 내가 어떻게 한 번 먹어보고 그 맛을 재현할 수 있겠어요."

진평이 씩 웃으며 말했다.

"그래도 일단 시작하면 언젠가는 도달하겠지?"

"그, 그야 그렇겠죠."

"좋아! 한 번에 모르겠으면 열 번을 먹는 거야. 실시."

"배부른데요?"

"내가 웃고 있을 때 먹어. 표정 바뀌면 피차 힘들어진다."

진평이 설가영에게 생선찜을 억지로 먹이고 있는 사이, 바깥 상황을 살피러 갔던 홍패가 돌아왔다.

"형님, 형님! 제가 누굴 봤는지 아십니까? 아마 못 믿으실 겁니다."

"누구기에 호들갑이야?"

홍패는 차를 벌컥벌컥 들이켠 후 말했다.

"화산파(華山派) 장문인을 봤습니다."

"정말?"

"그렇습니다. 한충보(韓忠普) 그자가 분명합니다. 제자들까지 거느리고 아주 위세가 당당하던데요."

진평은 이마를 찌푸렸다.

일파의 장문인이 산을 내려오는 것은 흔치 않은 일인데, 혹시 설대인의 그 물건과 연관 있는 것은 아닌지 신경이 쓰였던 것이다.

홍패가 말을 이었다.

"그뿐이 아닙니다. 풍뢰노조(風雷老祖)도 봤습니다."

진평은 더욱 놀란 표정을 지었다.

"확실한 거야?"

"틀림없다니까요."

"새외쌍마 중 하나가 항주에 왔다면 다른 반쪽인 귀영객(鬼影客)도 근처에 있을 텐데."

"저도 그 생각이 들어서 주위를 살펴봤는데, 어디에 숨어 있는지 도통 보이지 않더라고요."

홍패는 기분 나쁘다는 듯 몸을 한 차례 떨었다.

두 사람의 표정이 심각해지는 것을 보고 설가영이 조심스럽게 물었다.

"그들이 고수인가요?"

진평은 고개를 끄덕였다.

"평생 한 번 만나기도 쉽지 않은 고수들이지."

"하지만 큰형님한테는 안 되겠죠?"

진평이 씩 웃으며 대답했다.

"장강의 몇몇 포구에서 힘깨나 쓴다 해도 남경이나 항주, 북경이나 양주 같은 큰 도시로 나오면 얘기가 전혀 달라. 모래알처럼 많은 게 고수고, 하늘 밖에 또 하늘이 있는 법이야."

"아……! 그렇군요."

설가영은 찻잔을 계속 만지작거리며 불안감을 드러냈다. 고수들이 항주에 모인다는 건 아무리 생각해도 길보다 흉이 많을 것 같았기 때문이다.

진평이 홍패에게 물었다.

"다른 일은?"

"예. 어딜 가나 남경에서 벌어진 혈사 얘기를 하고 있습니다. 금정문(金頂門)이 하룻밤 사이에 멸문당했다는 사실에 다들 놀라는 눈치입니다."

"포정사사에 관련된 얘기는?"

"전혀 없습니다. 포정사가 봉변을 당했고, 사상자도 많이 생겼는데 거기에 대한 어떠한 소문도 들을 수 없었습니다."

"과연 동창답군."

진평은 의자에 등을 묻고 한동안 생각에 잠겨 있다가 설가영에게 물었다.

"그곳이 어디라고?"

"삼태산(三台山) 중턱이에요. 여기서 멀지 않아요."

"좋아. 일단 가보자."

세 사람은 셈을 치르고 주루를 나와 호수 서쪽에 있는 나지막한 산을 향해 걷기 시작했다.

삼태산은 크기가 작고 능선이 완만하여 보통 걸음으로도 한 시진이면 정상까지 오를 수 있을 것 같았는데, 정작 세 사람은 산으로 들어갈 수 없었다.

관군이 진영을 펼치고 있었기 때문이다.

군막 삼사십 개를 세우고 주변에 목책까지 둘러쳐서 산으로 들어가는 진입로를 완전히 막아놓은 상태였다.

설가영이 당황한 어조로 말했다.

"하필이면 이곳에서 훈련이라니. 공교롭기 짝이 없네요. 이를 어쩌죠?"

진평은 고개를 가로저었다.

"이건 우연이 아냐."

"그럼요?"

"설대인의 종적이 드러났던 게 분명해. 돌아가신 게 호숫가라고 했지?"

"아! 맞아요. 바로 이 근처예요."

"저 산에서 내려오는 모습을 누군가 본 거야."

"그럼 동창이 관군을 동원하여 저렇게 진을 치도록 만들었단 말씀인가요?"

"훈련이야 어디에서 해도 되니까 핑계 대기 좋지."

설가영은 발을 동동 굴렀다.

"그럼 어쩌죠? 할아버지 말씀대로 십 년 뒤에나 찾으러 와야 할까요?"

"그럴 수는 없지. 군막에 비해 병사의 수가 적은 걸 보면 그들을 동원하여 산을 샅샅이 뒤지고 있는 게 분명해. 산이 아무리 넓어도 수백 명이 열흘이고, 한 달이고, 일 년이고 반복해서 뒤지다 보면 흔적이 드러날 수밖에 없어. 십 년 뒤에 오면 물건은 없을 거야."

"아! 그러면 안 되는데."

진평이 엄지로 홍패를 가리켰다.

"걱정 마. 금각이 있잖아."

"관군이 깔려 있는데 가능할까요?"

홍패가 피식 웃었다.

"저것들은 허깨비야. 사방이 탁 트인 사막이라면 모를까, 여긴 나무도 있고 바위도 있으니까 날 찾아낼 수 없어."

"다행이에요!"

"물건은 어디 가서 가져오면 돼?"

"시내를 따라 올라가다 보면 채운담(彩雲潭)이라는……."

설가영이 갑자기 말을 멈추었다.

그리고 심각한 눈빛으로 진평을 보며 물었다.

"그 물건을 찾고 나면 저는 어떻게 되는 거죠?"

"뜬금없이 그게 무슨 소리야?"

"큰형님은 그 물건에 대한 궁금증 때문에 짐짝만도 못한 저를 여기까지 데리고 오신 거잖아요. 그런데 그걸 찾고 나면……."

진평은 껄껄 웃었다.

"하하! 그게 무슨 소리야? 날 그렇게밖에 안 봤단 말야?"

"아뇨. 형님이 한 번 한 말은 반드시 지키는 분이라는 사실은 알지만, 그래도……."

상대가 동창이라는 생각 때문에 불안감을 지울 수 없었던 것이다.

진평이 미소 지으며 말했다.

"넌 예뻐."

"예?"

설가영의 볼이 빨갛게 달아올랐다. 면구를 쓴 게 다행이라 생각될 정도로 얼굴이 화끈거리고 가슴은 두근거렸다.

진평이 그런 감정이 담긴 눈빛을 보인 적은 있지만 직접 말로 한 것은 또 달라서, 그녀의 마음을 흔들어 놓기에 충분했다.

진평의 말이 이어졌다.

"너 정도 미모의 여인을 아내로 맞이하는 건 쉽지 않은 일이지. 하지만 너 같은 미모의 하녀를 두는 것은 훨씬 더 어려운 일이야. 그런 기회를 내가 왜 던져버리겠어?"

"으으……. 하녀."

설가영은 주먹을 쥐고 부르르 떨었지만, 어쨌거나 버리지 않겠다는 말인지라 더 이상 따지지는 않았다.

그녀가 홍패에게 물었다.

"기문둔갑에 대해 좀 아세요?"

"당연하지! 도둑이 그저 몸놀림 빠르고 손재주 좋으면 되는 줄 아는 사람이 많은데, 나처럼 유명해지려면 그것만 가지고는 부족하지. 기문진법도 파해할 줄 알아야 진짜 귀한 보물을 훔칠 수 있는 법이야."

"다행이네요. 채운담에 가면 구궁팔괘의 배열에 어긋난 돌이 하나 보일 거예요."

"그 아래 있는 거야?"

"아뇨. 거기를 생문으로 삼아서 태일오륜진(太一五輪陣)을 배열하면 태일의 자리에 있을 거라고 하셨어요."

홍패가 난감한 표정으로 진평을 한 번 쳐다본 후 물었다.

"태일오륜진이 뭔데?"

"아! 그건 사상(四象)이 아닌 오행(五行)을 바탕으로 변화하는 거예요. 하지만 구궁팔괘의 중궁 자리를 비운다는 점이 특이하죠. 게다가 일반적인 방식과 달리 진술축미를 각각 손,

건, 간, 곤방에 대입하기 때문에 혼동하기 쉬워요. 이것만 기억하세요. 진술과 축미는 상충하기 때문에 가장 먼 곳으로 떼어놓아야 한다는 것. 아시겠죠?"

홍패가 입맛을 다시며 중얼거렸다.

"그, 그러니까 그게 구궁팔괘진과는 좀 다르구나."

"중궁이 없다고 생각하세요. 구궁이 아닌 십이궁으로 생각하면 훨씬 쉽게 이해할 수 있죠."

홍패는 진평 쪽을 보며 말했다.

"형님이 다녀오셔야겠는데요."

진평 역시 쭈뼛거리며 설가영에게 물었다.

"그 태일오륜진이라는 건 누가 만든 거야? 처음 들어보는 것 같은데."

"할아버지와 제가 바둑 두다가 생각나서 만들었어요. 바둑알로만 진법을 구현하는 건 뭔가 부족해서 판을 집어넣어 변화를 더해봤죠. 방위를 비트니까 다양한 활용을 할 수 있었는데, 결국 오행의 변화에서 벗어나지는 못하더라고요."

"그러니까 손, 건, 간, 곤이 서로 마주 본단 말이지?"

"예. 십이궁이라고 생각하세요."

"사상 대신 오행을 집어넣었는데 어째서 십궁이 아니라 십이궁이야?"

"오행이 거저 생긴 게 아니잖아요. 사상에서 나왔기 때문에 토를 넷으로 해야 맞는 거예요. 보세요."

설가영은 나무 막대기를 주워 땅바닥에 선을 그리며 설명하기 시작했다. 진평은 설명이 다 끝나기도 전에 손을 내저었다.

"됐어. 다음에 함께 가도록 하지."

"저들이 찾을지도 모른다면서요?"

"이런 진법 안에 숨겨두었다면 당분간은 안전할 거야."

진평도 기문진 공부를 한 적이 있었다.

그러나 설가영처럼 사상과 팔괘의 변화를 자유롭게 주물러 댈 정도는 아니었다.

그들이 그렇게 진법 얘기를 하는 사이 세 명의 사내가 다가왔다. 처음엔 지나가는 행인인 줄 알았는데 똑바로 일행 앞으로 와서 섰다.

두 명은 장사꾼 차림이고 다른 한 사람은 도사 행색으로, 저마다 허리에 칼과 검을 차고 있었다.

그들 중 도사 차림의 사내가 날카로운 눈빛으로 진평 일행을 훑어본 후 물었다.

"너희들은 누구고, 여기서 무얼 하는 게냐?"

진평이 슬쩍 빠지고 홍패가 나서서 대거리했다.

"우리야 서호가 좋다는 말을 듣고 불원천리 찾아온 유람객이오만, 당신들은 누구기에 길을 막고 그런 질문을 하는 게요?"

평소와 달리 강한 억양의 사천 사투리가 튀어 나와서 설가영은 하마터면 웃음을 터뜨릴 뻔했다.

도사가 약간 긴장이 풀린 표정으로 말했다.

"이곳은 관군의 주둔지다. 얼쩡거리다가는 적의 간세로 오인 받을 수 있으니, 호수 구경이나 하고 이쪽으론 얼씬도 말거라."

말투에서 관리 냄새가 물씬 났다.

홍패는 눈치 빠르게 저자세를 취했다.

"적이라니요? 무슨 난리라도 났답니까?"

"뭘 자꾸 묻는 게냐? 내륙에 사는 너희들은 잘 모르겠지만, 절강과 복건의 해안엔 수시로 왜구들이 출몰한단 말이다."

"아! 그렇군요. 알겠습니다."

사투리로 불필요한 충돌을 피한 세 사람은 호숫가로 돌아가 새로 객잔을 잡기로 했다.

산은커녕 근처로만 다가가도 변복한 관원들이 달려들 정도이니 작전을 새로 짤 필요가 있었다.

그런데 가는 내내 진평과 홍패 모두 말이 없는 것을 보고 설가영이 궁금하여 물었다.

"형님. 무슨 일이라도 있습니까?"

진평은 가만히 검지를 가로저었다.

방해하지 말라는 뜻이었다.

관리들과 헤어져 오는 사이에 미행이 붙었고, 그 수가 계속 늘어나고 있었다.

정말 유람객이 맞는지 확인하려는 것 같았다.

급기야 호숫가로 가는 길목에서 거지 대여섯 명이 몰려나와 길을 가로막았다.

"적선 좀 하고 가십시오."

진평은 한눈에 그들이 개방 방도임을 알아보았다.

삼태산을 지키는 관리들 외에 따로 동창에서 거지들을 시켜 이중, 삼중으로 확인을 하는 듯했다.

진평은 거지들보다 주변의 기척을 먼저 살폈다.

과연, 어둠 속에 숨어 있는 자를 감지할 수 있었다. 그가 이 거지들을 보낸 게 분명했다.

진평은 홍패에게 턱짓을 했다.

"동전 몇 개 나누어주렴."

홍패도 눈치를 채고 전대에서 돈을 한 줌 꺼내어 거지들 앞으로 던졌다.

"그거 가지고 가서 밥이나 사 먹어."

그러나 개방 방도들은 돈을 거들떠보지도 않았다.

"우리가 거지라고 너무 무시하네."

"그러게 말야. 돈을 주려면 두 손으로 공손히 바쳐야지. 이렇게 땅에 뿌리면 쓰나?"

말도 안 되는 시비를 거는 것으로 보아 곱게 보내줄 마음이 없는 듯했다.

홍패는 난감한 표정으로 진평을 바라봤다.

거지들을 혼내주다가 자칫 동창의 주의를 끌 수도 있다는 사실이 마음에 걸린 것이다.

진평이 잠시 생각한 후 결정을 내렸다.

"분수를 모르고 까불어대는 놈들에겐 매가 약이지."

홍패의 입가로 미소가 번졌다.

진평의 방식이 그 역시 마음에 든 것이다.

거지들은 서로 시선을 교환했다.

"매를 때리시겠다?"

"아이고! 무서워 죽겠네."

그들은 너스레를 떨어가며 타구봉을 들어 진평 일행을 겨누었고 좌우로 펼쳐 포위진형을 갖추었다.

세 명 대 여섯 명.

개방 내에서도 가려 뽑힌 방도들인 듯, 그들의 자세엔 빈틈이 보이지 않았다.

진평이 말했다.

"난 말야. 거지들을 보면 늘 궁금했어. 팔다리가 멀쩡한데 왜 일을 하지 않고 빌어먹을까?"

"흥! 그건 네놈이 상관할 바가 아니다!"

거지들이 거의 동시에 봉을 뻗어 진평의 삼대 요혈을 찔러 들어갔고 진평도 즉각 몸을 날렸다.

그가 향한 방향은 타구봉의 정면.

거지들은 무기를 향해 달려드는 진평의 행동에 깜짝 놀랐다. 그리고 곧바로 더더욱 놀라운 일이 벌어졌다.

진평이 몸을 팽이처럼 회전시키는가 싶더니 타구봉들을 튕겨내고 거지들 바로 앞까지 간격을 좁혔다.

"차라리 강도질을 하면……."

"크악……!"

진평의 손에 잡힌 첫 번째 거지의 팔이 뒤틀리며 부러졌다. 금나수에 잡힌 몸을 회전시켜 충격을 완화할 여유도 없이 팔이 돌아가 버린 것이다.

"강도를 잡는 포두(捕頭)나 순포(巡浮)들이……."

"으악!"

두 번째 거지는 타구봉을 휘둘러 진평을 공격하려 했지만, 어느새 뒤로 돌아가는 진평의 손에 잡혀 몸의 균형이 무너졌고, 발바닥에 찍혀 정강이가 부러지고 말았다.

생짜로 뼈가 부러지는 고통에 그는 눈을 뒤집으며 기절하고 말았다.

"녹이라도 받아먹지."

"끄아악……!"

"커헉!"

세 번째 거지와 네 번째 거지는 진평의 당기는 힘에 끌려 서로 얼굴을 부딪치는 바람에 코가 부러지고 이빨이 박살나면서 뒤로 나동그라졌다.

남은 두 거지는 다소 거리가 있어서 진평을 향해 봉을 휘두를 수는 있었지만 곧 동료들과 다를 바 없는 신세가 됐다.

을(乙)자 모양으로 손목을 꺾는 진평의 금나수에 봉 두 개가 얽히는가 싶더니 한 명은 딸려 들어가고 한 명은 얼른 봉을 놨다.

딸려 들어간 거지는 진평의 손아귀에 잡혀 어깨가 탈구되었고, 손을 놓았던 거지는 진평이 던진 봉에 맞아 늑골이 부러졌다.

눈 깜빡할 사이에 여섯 명에게 골절상을 입힌 진평의 말이 이어졌다.

"너희들은 세상에 득 될 일이 하나도 없잖아?"

마지막으로 진평은 손에 쥐고 있던 타구봉을 어두운 숲 속으로 힘껏 던졌다.

쿵! 소리 이후 잔가지가 부러지고 나뭇잎 떨어지는 소리가 들려온 것 외에 다른 반응은 없었다.

숨어서 지켜보던 자는 이미 사라진 것이다.

여섯 명의 개방 방도들은 신음을 토하며 몸도 제대로 일으키지 못했다. 진평의 무위에 놀란 그들은 겁에 질린 표정으로 그저 진평의 처분만을 기다릴 뿐이었다.

진평이 그들에게 물었다.

"좀 더 구걸하기에 떳떳한 몸으로 만들어주랴?"

"아, 아닙니다! 제발 살려주십시오."

"꼴 보기 싫으니까 당장 꺼져."

거지들은 황급히 일어나 기절한 동료를 부축하고 달아났다.

다들 몸이 정상이 아닌지라 타구봉을 챙겨 갈 정신도 없었다.
거지들이 사라지자 홍패가 웃으며 말했다.
"형님. 못 보던 무공입니다."
"마침 빈손인데다 보는 사람도 있고 해서 써봤어."
"씨름에 금나수를 더하신 겁니까?"
"대충 비슷해."
설가영은 무공보다 다른 데 관심이 있었다.
"누가 봤다는 거죠?"
"저쪽에 한 놈이 숨어 있었어. 아마 동창의 졸개였을 거야. 몸놀림이 꽤 빨랐거든."
설가영이 놀란 어조로 물었다.
"그런데 형님 실력을 보이면 어떻게 해요?"
"그럼 거지들 작대기에 맞아?"
"동창에서 봤다면 우리를 의심하지 않겠어요?"
진평은 고개를 가로저었다.
"삼태산 근처에 얼쩡거리는 사람이 우리 세 명뿐이라면 그럴 수도 있겠지만, 지금 항주엔 고수들이 상당히 많이 모여 있어. 거지들을 때려눕혔다고 해서 특별히 의심을 받지는 않을 거야."
설가영이 손가락을 탁 퉁기며 말했다.
"아! 그래서 특이한 무공을 쓰셨군요. 남경에선 도법으로 흔적을 남겼으니까 이곳과 서로 연관 짓지 못하도록."

"이해가 빠르군."

설가영이 말했다.

"어쨌거나 저들의 눈에 띄게 되었으니까 당분간 어디 숨어 있는 게 좋지 않을까요?"

진평은 고개를 가로저었다.

"아니. 이왕 이렇게 되었으니 저들이 내게 오도록 해야지. 숨을 이유는 없어."

설가영은 천천히 고개를 끄덕였다.

이쪽에서 접근이 어렵다면 상대의 접근을 유도하는 것도 하나의 방법이 될 수 있었다.

문제는 상대가 동창이라는 건데, 진평과 함께라면 왠지 두려울 게 없을 것 같았다.

제6장
뇌정산장

진평은 대로변에 있는 객잔에 방 세 개를 잡고 술과 음식을 잔뜩 시켜 떠들썩하게 먹고 마셨다.

그의 입장에선 설대인이 남긴 책을 찾지 않더라도 동창 소속 관원을 잡아 입을 열게만 한다면 같은 결과를 얻을 수 있었다.

숲으로 타구봉을 던져 도발한 것도 그들의 움직임을 유도하기 위해서였다.

동창이 뒤에 숨은 채 개방이나 청성, 점창파의 제자들만 보낸다면 꽤 귀찮겠지만, 그래도 배후가 나올 때까지 계속 상대해줄 생각이었다.

접근은 곧바로 이루어졌다.

"초면에 실례입니다만, 합석을 해도 될까요?"

진평은 앞에 선 사람들을 보고 의아함을 느꼈다.

한 명은 곱게 늙었다는 말이 딱 어울리는 초로의 학사였고, 그 뒤에 선 청년은 유생차림으로 등에 긴 목갑을 메고 있었다.

개방의 거지도 아니고, 차림새로 보아 청성파나 점창파의 문도도 아니었다.

"사해는 형제라는데 안 될 이유가 무엇이겠소."

호기심이 동한 진평은 흔쾌히 응하고 점소이에게 의자 두 개를 더 가져오라고 시켰다.

노학사는 정중하게 포권을 한 후 앉았다.

"오래 벼르던 항주 구경을 왔는데, 무슨 일인지 호수 주변엔 빈방이 없더군요. 게다가 이름난 식당에 자리 잡기도 힘들어 이렇게 결례를 범하게 되었습니다."

"종종 있는 일이지요. 괘념치 마십시오."

호숫가 객잔들이 붐비는 것은 평소에 비해 무림인의 수가 늘어났기 때문이었다. 홍패가 얼핏 한 번 둘러본 것만으로도 화산파 장문인을 비롯한 여러 고수들을 발견했을 정도이니 드러나지 않는 사람은 훨씬 많을 게 분명했다.

진평은 상대가 유람객이 아님을 알았다. 차분한 호흡, 안정된 몸가짐은 상당한 내공을 짐작게 했다.

특히 목갑을 기대어 세운 유생의 기도가 특이했다. 있어도 없는 듯, 부드러우면서도 강인한 기질은 그 깊이를 짐작하기 어려웠다.

진평은 그들에게 술 한 잔씩을 권한 후 물었다.

“북경에서 오셨습니까?”

“하하! 역시 강남 말투는 흉내 내기 힘들군요. 그렇습니다. 저는 경사에 사는 황모(黃某)라고 합니다. 그리고 이쪽은 제 의제입니다.”

진평도 상대가 밝힌 수준에 맞춰 자신을 소개했다.

“장강을 오가며 장사하는 진모라고 합니다. 이 두 사람은 내 동생들입니다.”

“그러셨군요. 요즘은 장사가 좀 어떠십니까?”

“글쎄요. 면포 가격이 올라 안휘성과 호북성 상인들은 살판이 났지만 전 죽을 맛입니다.”

진평은 면포 거래에 대한 세부사항을 얘기하기 시작했는데, 각 항구마다 다른 도매가와 소매가까지 상세하게 알고 있어서 누가 보기에도 경험 풍부한 장사꾼의 모습이었다.

황학사는 의외라고 느꼈는지 한동안 말이 없었다.

그러다가 단도직입적으로 얘기를 꺼냈다.

“실은 우연히 지나가다가 진대협께서 거지들 훈육하는 모습을 보았습니다.”

진평은 손을 내저었다.

“대협이란 말씀은 감당할 수 없습니다.”

놀라운 일이었다. 또 다른 사람들이 자신의 이목을 속이고 근처에 있을 거라고는 생각 못한 일이었기에 긴장이 되었다.

황학사가 어조를 부드럽게 하여 다시 말했다.

"사실, 저희들은 이곳에서 몇 가지 할 일이 있습니다. 바쁘지 않다면 우리를 도와주셨으면 합니다만."

"글쎄요……."

진평은 말꼬리를 흐리면서 두 사람을 다시 한 번 자세히 살펴보았다.

일단 동창과는 관계가 없는 것 같았다.

자신의 눈과 귀를 피할 정도의 능력을 지녔다면 동창 내부에서도 상당히 직급이 높을 텐데, 그렇다면 환관이거나 금의위 출신의 관료여야만 했다.

그러나 황학사의 기질은 그들과는 거리가 멀었다.

겸손하면서도 자존심을 굽히지 않고, 부드러우면서도 강인한 기품은 환관이나 오랜 궁궐생활을 한 관리에게선 절대로 나올 수 없는 것이었다.

'동창이 아니라면 누굴까?'

궁금증은 증폭되었다.

"마침 싣고 온 물건을 다 처분하여 시간이 남긴 합니다만. 무슨 일인지 알아야 돕든가 말든가 하지 않겠습니까?"

황학사는 좌우를 살핀 후 작은 소리로 말했다.

"저희들은 간악한 자들과 큰 싸움을 앞두고 있습니다. 진대협께서 우리를 도와주신다면 정의의 편에서 영광의 승리를 쟁취하게 될 것입니다."

진평은 고개를 가로저었다.

"원래 나는 정의롭고, 나와 마주 선 적들은 다 간악하기 마련이지요. 하하!"

황학사의 표정이 잠시 굳었지만 곧바로 온화한 미소를 되찾은 후 말했다.

"금전적으로도 꽤 이익이 될 것입니다."

진평의 입가로 미소가 번졌다.

"이제 말이 좀 통하는군요."

황학사는 장사꾼에게 정의보다 은자를 얘기하는 게 더 효과적이라는 사실을 간파한 것이고, 진평은 제대로 장사꾼 흉내를 내게 된 것이었다.

"금액만 맞으면 우리를 도와주시겠습니까?"

"금원보냐 은원보냐에 따라 지옥에 가서 염왕의 수염을 뽑아올 수도 있습니다."

"하하! 좋습니다. 내친김에 거처를 우리의 장원으로 옮기는 게 어떻겠습니까? 자세한 얘기는 거기서 하지요."

"그럽시다."

객잔을 잡으러 돌아다녔다던 사람들이 자기 장원을 가지고 있다니 앞뒤가 맞지 않았지만 진평은 개의치 않았다.

그가 일어서자 홍패와 설가영도 따라 일어섰다. 상대의 정체도 모르면서 초청에 응한다는 게 영 불안한 표정이었다.

진평은 그들을 향해 눈을 찡긋해 보였다.

안심하라는 뜻이었다.

동창이 관을 움직여 삼태산을 겹겹이 에워싼 지금, 동창 이외의 세력이 큰 싸움에 대비하여 외부의 고수를 초빙하고 있다면 그건 필시 무슨 연관이 있는 게 분명했다.

진평이 객잔을 나서며 갑자기 생각났다는 투로 말했다.

"그런데 아까 그 거지들이 패거리를 불러 와서 귀찮게 하지나 않을까 걱정이 됩니다."

황학사가 미소 지었다.

"그 일이라면 마음 놓으십시오. 우리 장원 근처엔 얼씬도 못할 테니까요."

황학사가 진평 일행을 안내해 간 곳은 호수의 남쪽이었다.

울창한 숲을 지나 도착한 언덕엔 담 높은 장원이 한 채 서 있었는데 현판에 특이하게도 '뢰(雷)' 자 한 글자만 새겨져 있었다.

진평은 탄성을 토했다.

"아! 여기는 뇌정산장 아닙니까?"

"맞습니다."

강호엔 검의 고수가 많지만 강남에선 뇌정검(雷霆劍) 구서위(具徐偉)를 일절로 꼽고 있었다.

그가 세운 무패의 신화를 깨기 위해 많은 검객이 도전을 했지만 아직까지 그 누구도 구서위를 이긴 자는 없었다.

그러나 그가 이룩한 검의 경지와는 달리, 그의 사람됨에 대해서는 알려진 바가 거의 없었다.

높게 쌓아올린 담만큼이나 폐쇄적인 성격이라 문을 닫아걸고 오로지 검술 연마에만 몰두한다는 소문이 퍼져 있을 뿐이었다.

황학사가 다가가자 장원의 문이 열렸다. 벽에 뚫린 작은 구멍으로 밖을 내다보고 안에서 연 듯했다.

일행이 들어가는 동안 똑같은 색의 무복을 입은 여섯 명의 청년들이 좌우로 늘어서 공손히 머리를 숙였다.

제자를 거두지 않는다는 소문이 맞다면 이들은 뇌정산장에 소속된 사람은 아닐 것이었다.

산장 내부는 밖에서 보는 것보다 훨씬 넓었다.

그리고 주인의 취향 탓인지 곧고 바른길은 하나도 없었다. 온통 가산(假山)과 정원석이 가득해서 이리 돌고, 저리 휘어지는 길들뿐이었다.

나름대로 정원의 풍광을 감상하기에는 그것도 괜찮은 것 같았다. 모름지기 한눈에 다 들어오는 경치란 신비감이 없기 마련인데, 통로가 꼬불꼬불하다 보니 모퉁이를 돌 때마다 작은 연못이며 석탑이며 분재를 발견하는 재미가 쏠쏠했다.

그렇게 한참을 들어가자 황학사와 비슷한 나이로 보이는 한 남자가 걸어 나와 일행을 맞았다.

"어서 오십시오!"

작은 키에 다부진 어깨와 긴 허리, 강인해 보이는 턱에 흰 수염을 기르고 있는 그는 바로 이 장원의 주인인 뇌정검 구서위였다.

"장주. 내가 소개시켜 줄 사람이 있소."

황학사는 구서위와 막역한 사이인 듯 편하게 얘기하는 데 반해 구서위는 다소 경직된 표정이었다. 어쩌면 본래 성격이 그래서 편하게 웃는 표정은 지을 수 없는 것인지도 몰랐다.

황학사가 두 사람 사이에서 말했다.

"이쪽은 이 장원의 주인 구대협이고, 이쪽은 장강에서 면포 장사를 하는 진대협입니다. 서로 인사하시지요."

진평은 포권을 했다.

"명성은 익히 들었습니다."

구서위도 마주 포권을 했지만 아무 말도 꺼내지 않았다. 면포 장사하는 진가라는데 뭐라 할 말이 없었던 것이다.

그는 안쪽으로 더 들어가 진평 일행에게 머물 건물을 정해 준 후 집주인의 임무를 다했다는 듯 바로 가버렸다.

황학사가 말했다.

"일단 오늘 밤은 푹 쉬고, 내일 아침 일찍 얘기합시다."

"그렇게 하지요."

황학사가 나가고 세 사람만 남게 되자 설가영이 그동안 참고 있던 질문들을 한꺼번에 쏟아냈다.

"저 사람은 누구죠? 우리 여기서 지내도 괜찮은 것 맞아요? 그 키 작은 장주는 유명한 사람인가요? 큰 싸움이란 게 도대체 뭘까요?"

진평은 피식 웃었다.

"숨넘어가겠다. 나도 지금은 아는 게 없어. 하지만 뭔가 재미있는 일에 끼어든 건 확실해."

진평은 창밖을 내다보았다.

뇌정검까지 가세했다면 큰 싸움이란 게 상상 이상일 수도 있다는 생각이 들었다.

다음 날 아침.

깔끔하게 차려진 아침을 먹고 차 한 잔을 마실 즈음 황학사와 목갑을 든 청년, 그리고 또 한 명의 사내가 진평 일행을 찾아왔다.

주객으로 자리를 나누어 앉은 후 황학사가 말했다.

"먼저 확실히 하고 넘어갈 일이 있습니다."

"말씀해 보십시오."

"일단 저희들과 뜻을 함께하기로 결심하면, 일이 끝날 때까지 일탈 행위는 용납이 안 됩니다."

"당신들의 명령에 따라야 한다는 뜻입니까?"

"우리는 명령을 내리기보다는 하나의 목표를 위해 힘을 모으길 바랍니다. 다만, 우리 쪽의 정보를 다른 데 가서 발설한다거나 하면 곤란하지 않겠습니까?"

"그럼 언제까지 당신들에게 묶여 있어야 한다는 겁니까?"

진평의 약간은 삐딱한 말투에 새로 가세한 사내의 얼굴에 불쾌감이 드러났다.

그는 사십대 중반으로, 혈색 좋은 피부와는 달리 수염엔 백발이 많이 섞여 있었다. 눈빛은 날카롭고 턱은 뾰족해서 황학사나 청년과는 다르게 살기를 내뿜는 인상이기도 했다.

황학사가 그에게 눈짓을 한 후 말했다.

"이번 일만 끝나면 그 후엔 아무런 제약도 없습니다. 세운 공로에 따라 저희들과 함께 경사로 가서 좀 더 큰일을 할 수도 있고, 아니면 여기서 작별하면 됩니다."

진평은 고개를 끄덕였다.

"좋습니다. 이제 무슨 일인지 들어봅시다."

"우선 내 이름은 황여방(黃呂方)이라고 합니다. 내 의제는 양우건(楊羽乾), 그리고 저쪽 친구는 고정광(高定廣)입니다."

진평은 턱짓으로 아는 체를 했다.

그러나 황학사, 황여방의 말은 이어지지 않았다.

진평 쪽도 이름을 제대로 밝히라는 뜻이었다.

진평이 헛기침을 한 번 한 후 입을 열었다.

"나는 본래 형제 중 세 번째입니다. 친구들 사이에선 호림(虎林)이라고도 불리는데, 감당하기 어려운 별명이지요. 하하! 이쪽은 나의 의제 홍팔(洪八), 이쪽은 짐작하셨겠지만 내 몸종인데, 계집이라 달리 이름은 없고 그냥 매향(梅香)이라 부르고 있습니다."

설가영은 깜짝 놀라 마주 앉은 세 사람을 바라보았다. 그런데 그들은 자신이 여자라는 사실을 이미 알고 있었다는 듯, 눈길조차 주지 않았다.

그녀는 진평을 살짝 흘겨보았다.

'매향이 뭐야? 매향이…….'

그래도 다른 두 사람의 가명보다는 나은 것 같았다.

황여방이 말했다.

"원래. 진삼과 홍팔 대협이었군요."

"그렇습니다."

말없이 진평을 노려보고만 있던 고정광이 물었다.

"면포 장사를 하신다고요?"

"그렇습니다."

"그런데 어째서 소주가 아닌 항주로 오셨소?"

"송강부와 하남부는 세도가와 손잡은 거상들이나 재미를 보지, 우리처럼 작은 상인들은 이문이 남질 않습니다."

"그건 여기도 사정이 비슷하지 않소이까?"

"아니지요. 항주는 상납면포에 대한 관리가 허술한 편이라 파시(罷市)에 풀리는 물량이 제법 많습니다."

고정광은 황여방을 향해 가만히 고개를 끄덕였다. 얘기를 들어보니 진짜 장사꾼이 맞다는 사실을 확인해준 것이다.

질문은 거기서 그쳤다.

파시의 물건을 취급한다는 것은 엄연히 불법인지라 더 캐묻는 것은 실례가 될 수 있기 때문이었다.

황여방이 본론으로 들어갔다.

"진대협의 장사를 방해하는 대가로 얼마를 드리면 되겠습니까?"

"얼마나 오래 걸리느냐에 따라 다르겠지요."

"빠르면 며칠, 길면 서너 달 걸릴 겁니다."

"상대는 누굽니까?"

"고수들이 아주 많다는 사실만 말씀드리겠습니다."

진평은 못마땅한 표정으로 황여방과 양우건, 고정광을 차례로 바라보았다.

"누구와 왜 싸우는지는 알 필요 없다. 그냥 가서 목숨을 걸기만 해라. 그런 뜻입니까?"

"그렇습니다."

진평은 냉소를 지었다.

"목숨을 요구하는 것치고는 좀 심하군요."

그래도 세 사람의 표정엔 변화가 없었다.

진평은 손가락으로 차탁을 두드리며 계속 못마땅한 표정을 유지하다가 입맛을 다신 후 말했다.

"은 오백 냥을 주십시오."

"그렇게 하겠소."

진평은 속으로 놀랐다.

그렇게 큰돈을 깎거나 흥정하려는 시도조차 없이 곧바로 승낙했을 뿐만 아니라, 세 사람 모두 당황하는 기색이 전혀 없었기 때문이다.

"백 냥은 선불로 받겠습니다."

"그렇게 합시다."

이번에도 즉각 대답이 나왔다.

"그럼 우리들 몫으로 삼백 냥을 갖다 주십시오. 무거운 건 질색이니까 은표(銀票)가 좋겠습니다."

그제야 황여방과 고정광이 당황한 기색을 보였다.

"삼백 냥이라고요?"

진평은 태연하게 고개를 끄덕였다.

"방금 한 사람당 오백 냥이라는 제안에 좋다고 하셨고, 또 선급으로 백 냥씩 받겠다는 말에도 응하지 않으셨습니까? 우린 세 사람이니까 삼백 냥 아닙니까?"

졸지에 세 배로 부풀려진 금액.

그러나 황여방은 시간을 끌지 않고 승낙했다.

"좋습니다! 드리지요. 하지만, 우리는 거래하는 전장이 없으니 대신 금으로 드리겠습니다."

진평은 그가 괜히 호기를 부리거나 거짓말하는 게 아님을 목소리와 태도를 통해 알 수 있었다.

'이거 제대로 걸렸구나!'

이젠 돈이 문제가 아니었다.

누구와 왜 싸워야 하는지 말해주지 않아도, 심지어 등을 떠밀며 나가라고 해도 진평은 기어이 눌러앉아 자초지종을 모두 알아내리라 마음먹었다.

황여방이 말했다.

"잠시 후 사람 편에 보내겠습니다. 그리고 함께 일할 동지들을 소개시켜 드릴 테니 제 수하를 따라오십시오."

"그렇게 하지요."

세 사람이 일어서자 진평도 따라 일어나다가 그만 실수로 찻잔을 넘어뜨리고 말았다.

찻물이 튄 곳은 공교롭게도 양우건의 옷이었다.

방에 들어와서 지금까지 마치 조각상처럼 아무런 감정변화도 드러내지 않았을 뿐만 아니라, 심지어는 숨소리조차 거의 내지 않은 그가 어떤 반응을 보일지 궁금하여 진평이 일부러 잔을 건드린 것이었다.

그러나 결과는 실망스러웠다.

"어이쿠! 미안합니다."

"괜찮습니다."

양우건은 갑작스러운 상황에도 불구하고 아무 반응을 보이지 않았다. 옷이 젖고 나서 손등으로 툭! 한 번 털었을 뿐이었다.

낮게 깔린 목소리를 들은 게 유일한 소득일 뿐, 그의 움직임은 확인할 수 없었다.

그들 세 사람이 나가고, 진평은 주먹을 불끈 쥐었다.

"좋아! 나도 준비를 좀 해야 되겠군."

홍패가 물었다.

"무슨 준비요?"

진평은 침상에 올라가 가부좌를 틀며 말했다.

"이 친구들 보통이 아냐. 몸을 풀어 두어야 할 것 같으니까 호법 좀 서 줘."

그러더니 대답도 듣지 않고 바로 운기조식을 시작했다. 자세를 잡자마자 바로 호흡이 안정되고 진기가 순환하는 것은 진평 특유의 집중력 덕분이었다.

홍패와 설가영은 진평을 본 후 서로를 마주 봤다.

낯선 곳에서 함부로 운기조식에 들어가는 게 불안하기도 했지만, 한편으로는 진평이 자신들을 믿는다는 사실에 뿌듯하기도 했다.

홍패가 설가영에게 물었다.

"아까 그 세 명 중에서 누가 제일 센 것 같아?"

"양우건이요."

"흐흐……. 왜 그렇게 생각하지?"

"모르겠어요. 그냥 느낌이 그래요. 만약 그가 적이라면 언제 손을 썼는지도 모르고 당할 것 같아요."

"흐음……. 그럼 두 번째 고수는?"

"겉보기엔 고정광 같은데……, 그렇게 쉬우면 질문을 안 하겠죠? 사나운 기색을 드러내는 사람보다는 온화한 얼굴 뒤에 실력을 숨긴 황여방이 더 고수일 것 같아요. 맞죠?"

"히히! 틀렸어. 똑똑한 척하기는……. 고정광은 제대로 된 살수야. 그가 죽이겠다고 마음먹으면 황여방 정도는 꼼짝없이 당하고 말걸?"

"그걸 어떻게 알아요?"

"사람을 많이 관찰하다 보면 다 알게 되어 있어. 난 직업이 직업이니만큼 남들보다 관찰력이 더 뛰어난 편이지. 히히."

"그렇군요. 홍팔 형님."

"아! 하필이면 홍팔이 뭐냐? 안 그래? 매향아."

"으으……. 기녀 이름 같아요."

"기녀도 그런 촌스런 이름은 안 써."

"쳇! 진삼도 별로예요."

"크크크……. 그건 그래. 진삼이 뭐냐? 진삼이."

"진삼이 뭐 어때서?"

갑자기 들려온 진평의 목소리에 두 사람은 화들짝 놀랐다. 진평이 어느새 침상에서 내려와 팔다리를 뻗으며 몸을 풀고 있었다.

"무슨 운기조식을 하다 마십니까?"

"다 한 거야."

"허어! 그것참 빠르네요."

"오래 하는 건 따로 있어."

"아! 그렇군요."

진평이 몸을 다 풀 즈음 인기척이 나고 회색 무복의 청년 세 명이 들어왔다. 그 중 가운데 청년이 은쟁반을 탁자에 올려놓았다. 붉은 비단이 깔린 쟁반 위에는 닷 냥짜리 금덩이 세 개가 놓여 있었다.

진평은 그것들을 집어 홍패와 설가영에게 하나씩 던져주고 하나는 자기 소매 안에 넣었다.

홍패가 눈이 동그래져서 물었다.

"이건 왜 주십니까?"

"옆에서 들었잖아. 그건 너희들 몫이야."

"하핫! 이러지 않으셔도 되는데……."

홍패는 벌어진 입을 다물지 못했다.

설가영 역시 노랗게 반짝이는 금덩이의 중량감이 싫지 않았다. 함께 다니는 것만으로 큰돈이 생겼으니, 이보다 더 수지맞는 일도 없을 것 같았다.

회색 무복의 청년들이 말했다.

"다들 기다리고 계십니다."

"좋아. 가볼까?"

세 사람은 그들을 따라 중정(中庭)으로 향했다.

* * *

뇌정산장의 구불구불한 길을 지나 도착한 곳엔 십여 명에 달하는 사람들이 먼저 자리를 잡고 앉아 있었다.

진평 일행이 들어서자 모두의 시선이 그들에게 쏠렸다.

진평은 여유 만만한 미소를 지었지만 홍패는 누구와도 시선을 맞추지 못했고, 설가영은 아예 땅을 보고 걸었다.

그만큼 그 자리에 모인 사람들의 안광은 날카로웠다.

도사와 승려, 속인들 모두가 범상치 않은 기도를 드러내서 마치 무림대회라도 열린 듯한 분위기였다.

황여방이 일어나 마당 한가운데로 내려온 후 진평을 모두에게 소개했다.

"여기 이분은 장강을 오르내리며 면포 장사를 하는 호림공자 진대협이라고 합니다. 오늘부터 우리와 함께 하기로 했습니다."

그러자 모두 자리에서 일어나 진평에게 포권을 해 보였다. 진평도 한 바퀴 돌며 그들에게 포권을 했고, 이어서 황여방이 한 사람 한 사람을 소개시켜 주었다.

진평은 그들 중에 들어본 이름이 꽤 많다는 사실에 은근히 놀랐다. 뇌정검 구서위에 못지않은 명성을 지닌 자도 있었다.

혼자인 사람도 있고, 문도를 거느리고 온 사람도 있었는데, 대부분 정사 양도의 중간 혹은 정파 쪽 사람들이었다.

황여방이 자리를 가리키며 말했다.

"우리는 매일 이 시간, 이곳에 모여 차를 마시고 한담을 나

눕니다. 진소협도 오늘부터 참여하십시오."

차탁엔 의자가 하나뿐이었다.

홍패와 설가영은 진평 뒤에 가서 시립했다. 문도들과 함께 나온 사람들은 다들 그렇게 하고 있었다.

시녀가 다기를 놓고 차를 따르고 가자 자유로운 분위기에서 환담이 이어졌다.

진평은 관찰을 통해 그들이 두 부류로 나뉘어 있다는 사실을 알 수 있었다.

한 무리는 황여방, 고정광과의 친분을 과시하기라도 하듯 큰소리로 떠들어대는 자들로, 대부분 북경 말씨를 쓰는 것으로 보아 황여방과 함께 온 듯했다.

그리고 다른 한 무리는 어떻게든 황여방과 친해 보려고 애쓰는 자들로, 저마다 억양이 중구난방이었다.

아무 말도 하지 않는 사람은 두 명.

양우건과 이 장원의 주인인 구서위였다.

구서위의 뒤엔 약관의 청년이 서 있었는데 생긴 게 구서위와 똑같아서 누가 말해주지 않아도 부자지간이라는 사실을 알 수 있었다. 다만, 키는 아버지보다 훨씬 컸다.

시녀들이 계속 빈 찻잔을 채우고, 과자와 과일을 가져왔기 때문에 이 모임이 언제쯤 끝날지는 진평도 알 수 없었다.

그때, 한 명이 말을 걸어왔다.

"진소협은 장사를 한다 했소?"

"그렇습니다."

진평은 소개받을 때의 기억을 더듬었다. 그는 양주 맹가장(孟家莊)의 가주 맹승교(孟承嶠)였다.

"돈 버는 재미가 어떻습니까?"

황여방 둘레엔 북쪽 출신 고수들이 진을 치고 있으니, 무료한 시간을 보내느니 강남 사람들끼리라도 대화를 좀 해보자는 의도였다.

그런데 진평이 뭐라 대답하기도 전에 끼어드는 사람이 있었다.

"흥! 상인 따위가 이 자리에 앉다니……."

정원이 일시에 조용해졌다.

노골적인 적개심을 드러낸 사람은 산동에 근거를 둔 철한문(鐵悍門)의 문주 왕문덕(王文德)이었다.

사람들의 시선이 온통 자신에게 쏠리자 그는 득의한 표정으로 황여방과 고정광을 한 번씩 본 후 목소리를 높여 말했다.

"상인이란 것은 근본부터 글러 먹은 자들입니다. 명예를 목숨보다 중시하는 우리 영웅들이 모인 자리에 감히 낄 자격이 없습니다."

진평은 이마를 찌푸렸다.

조용히 지내고 싶은데 먼저 도발을 해오니 반응을 하지 않을 수도 없었다. 그는 일어나서 왕문덕에게 포권을 한 후 부드러운 말투로 물었다.

"문주님은 왜 그렇게 생각하십니까?"

왕문덕은 자신에게 집중된 관심을 잠시 음미한 후 마치 진평을 꾸짖기라도 하는 듯한 어조로 말했다.

"농민들이 땀 흘려 가꾼 곡식이며 옷감을 싼값에 사다 비싼 값에 팔아먹는 게 정당한 일은 아니지 않소? 직접 생산하지도 않으면서 이익을 챙기는 것은 절대 명예로운 행동이 될 수 없소."

진평은 어이가 없었다.

무림인이라는 사람이 어찌 이렇게 고리타분한 생각을 가지고 있는지 기가 막힐 노릇이었다.

그가 차분한 어조로 대답했다.

"농민들에겐 늘 미안하고 감사한 마음을 가지고 있습니다. 하지만 천상 떠돌아다니기를 좋아하는 팔자이다 보니 한 곳에 진득하니 붙어 있지를 못하고 이리저리 오가는 직업을 택했습니다. 하하!"

진평은 웃으며 자리에 앉았다.

이쯤에서 끝내자는 뜻이었다.

그러나 왕문덕은 더 길게 얘기하고 싶었다.

"농민은 땅이 내고 하늘이 키우는 곡식을 돌보고 산출하니 가히 생생지도(生生之道)라 할 것이고, 학자와 무사는 백성을 다스리고 나라를 지키니 그 또한 천리에 합당하다 할 것이오. 세상에 쓸데없는 것이 바로 상(商)이니, 업 중에서도 말업(末

業)이라 함이 마땅하오."

진평이 참지 못하고 말했다.

"농민이 본(本)인 것은 인정하나, 학자와 무사가 무슨 자격으로 그들의 피와 땀을 갈취하는지는 도통 모르겠습니다. 자기들이 땅의 주인이라는 이유만으로 손가락 하나 까딱 않고 있다가 일 년간 애써 지은 농작물을 빼앗아 가니 도적놈도 그보다 더한 도적놈이 없을 것입니다. 그에 비하면 차라리 상인이 낫지요."

왕문덕의 낯빛이 붉어졌다. 수염까지 빳빳하게 일어서는 것으로 보아 화가 단단히 난 듯했다.

그는 발까지 굴러가며 호통을 쳤다.

"땅의 주인이 그 소출의 일부를 받는 것은 국법으로도 정해진 일이다. 그것이 어찌 도적질이라는 말이냐?"

철한문 역시 다른 대부분의 문파들과 마찬가지로 소작료를 받아 재정을 꾸리고 있었다. 그러다 보니 도적이란 단어가 자신을 향한 말이라고 생각한 것이다.

"곡식이란 땅이 내고 하늘이 키우는 거라고 하지 않았소? 그런데 그 위에 줄을 긋고 내 땅에서 나왔으니 이만큼 내놔라! 하는 걸 도적 말고 달리 뭐로 부르겠소? 아! 강도가 더 나으려나?"

"이놈! 무엄하다."

진평의 눈이 가늘어졌다.

"초면에 이놈, 저놈 하는 게 더 무엄한 것 아닌가?"

"흥! 전호(田戶)들은 어리석고 나약해서 능히 자기 땅과 나라를 지킬 수 없다. 그래서 더 배우고, 더 무예를 닦은 사람이 그들을 지켜주고 대신 소출을 받는 것인데 무엇이 잘못되었다는 말이냐?"

"그거야 애당초 그들에게 글과 무공을 가르치지 않았기 때문이지. 사람 자체가 어리석은 것은 아니지 않은가."

"말도 안 되는 소리!"

왕문덕은 분개한 표정으로 좌우를 둘러보았다.

이곳에 모인 사람들은 혼자이건 일파의 문주이건 넉넉한 토지를 가진 사람이 많기 때문에 다들 자신에게 동조해줄 거라 기대한 것이다.

그러나 그가 기대한 만큼의 호응은 없었다.

왕문덕의 생각은 현실과 너무 동떨어진 면이 있었다.

황여방이 자리에서 일어나 손을 내저었다.

"자, 자. 공연한 논쟁으로 화의를 해치는 것은 바람직하지 못합니다. 그 얘기는 이쯤에서 그만두는 게 어떻겠습니까?"

진평과 왕문덕의 말투가 거칠어지는 것을 보고 급히 중재에 나선 것이다.

그가 나서자 왕문덕도 더 이상은 성질을 부릴 수 없었다. 그렇다고 맞은편에서 입가에 조소를 머금고 있는 건방진 애송이를 그냥 내버려두는 건 자존심이 허락하지 않았다.

"좋습니다. 황대인의 체면을 봐서 더 이상의 논쟁은 하지 않겠습니다. 다만, 무인의 명예가 어떤 것인지 한 수 가르쳐주고 싶은데, 그건 괜찮겠지요?"

말이 아니라 손을 쓰겠다는 뜻이었다.

"피를 보거나 내상을 입는 일이 있어선 안 될 것입니다."

황여방의 반응은 의외였다.

논쟁을 말리던 사람이 권장지각으로 다투는 무공대결은 오히려 권하는 느낌으로 말했기 때문이다.

그런데 거기엔 이유가 있었다.

지주와 소작농이 어쩌니저쩌니 말싸움을 해봐야 다른 사람들의 심기를 불편하게 할 뿐이지만 무공을 겨룬다면 모두 눈을 크게 뜨고 관심을 가질 게 분명했다.

그리고 이곳에 모인 사람들은 모두 다 무림인이다 보니 정도의 차이는 있을지언정 왕문덕처럼 상인을 깔보는 경향이 있었다. 그들 앞에서 진평이 자기 자리를 잡으려면 실력을 보여주는 것 말고는 다른 방법이 없었다.

또 개인적으로는 지난번에 어두워서 확실히 보지 못했던 진평의 움직임을 이번에는 제대로 볼 수 있다는 기대감도 더해져서 나온 결정이었다.

왕문덕은 그런 사정을 알 리가 없었다.

오로지 모두가 보는 앞에서 산동 철한문의 무공을 자랑할 기회가 왔다는 데만 온 신경을 집중했다.

그는 뒤에 서 있던 제자에게 턱짓을 했다.

"하진(何眞). 네가 나가라."

"예! 사부님."

거대한 체격을 지닌 삼십대 후반의 사내가 몸집에 어울리지 않는 날렵한 신법으로 청석판이 깔린 마당에 내려섰다.

진평은 황급히 손을 내저었다.

"이러실 필요 없습니다. 명예를 존중해 드릴 테니 불필요한 싸움은 피합시다."

왕문덕이 냉소를 지었다.

"비무는 싸움이 아니오."

그리고 덧붙였다.

"종종 다치거나 불구가 되는 경우도 있지만, 그건 본인의 능력이 부족해서 그런 것이니 누구를 탓하겠소."

하진이 진평에게 부상 입힐 경우에 대비하여 미리 얘기를 해두는 것이었다.

진평은 고개를 가로저었다.

"어쨌거나 난 철한문과 원한을 만들고 싶지 않습니다."

왕문덕이 진평을 자극했다.

"흥! 그렇게 겁이 많으니 묘림(猫林) 소리를 듣지."

그러자 마당 한가운데 서 있던 철한문의 제자 하진이 익살스럽게 고양이 울음소리를 흉내 냈고, 군웅들은 폭소를 터뜨렸다.

진평은 입맛을 다셨다.

"기어이 매를 번단 말이지?"

그가 마당으로 나서 하진과 이 장의 거리를 두고 마주 서자 모두의 시선이 두 사람에게 모였고, 침 삼키는 소리가 들릴 정도로 조용해졌다.

진평은 주변을 한 바퀴 둘러보았다.

고수들과 수행하는 제자들, 그리고 회색 무복을 입은 무사들까지 모두 자신을 지켜보는 게 적잖이 부담되었다. 그들이 눈을 부릅뜨고 자신의 초식을 살펴볼 것이 분명했기 때문이다.

진평이 생각에 잠겨 있자 하진이 코웃음을 쳤다.

"여러 영웅들 앞에 서니까 두려운 모양이지?"

진평은 그에게 검지를 까닥였다.

"말 섞기 귀찮다. 빨리 끝내자."

"흥! 건방진 놈!"

그러자 구경하고 있던 홍패가 설가영 쪽을 봤고, 그녀는 고개를 끄덕였다. 정말로 건방지다는 게 싸움의 이유가 된다는 사실을 확인한 것이다.

하진은 오른 주먹에 왼손바닥을 대고 천천히 앞으로 내밀었다. 포권과 비슷한 이 동작은 철한문이 자랑하는 와릉권(瓦楞拳)의 기수식이었다.

와릉권은 내공보다는 강한 힘이 중시되는 무공으로, 팔뚝이 보통 사람 허벅지 정도는 되어 보이는 거구의 하진이 펼치기에 적합했다. 실제로 철한문 내에서는 그의 일권이 최고로 꼽혔다.

"간다!"

하진은 천둥처럼 고함을 지르며 민첩하게 간격을 좁혀 진평의 명치에 주먹을 꽂아 넣었다.

여기저기서 탄성이 나온 것은 위력적인 주먹에 빠른 보법이 더해져 그 기세가 실로 대단했기 때문이다.

그런데 상황이 이상하게 돌아갔다.

하진이 신음을 토하며 뒤로 나가떨어진 것이다.

마치 담벼락을 들이받기라도 한 듯, 달려들 때보다 빠른 속도로 튕겨 나갔는데 그의 주먹이 힘없이 흔들리는 것으로 보아 손목이 부러진 듯했다.

여기저기서 경악성이 터져 나왔다.

진평이 무슨 수법을 썼는지 보지 못한 것은 하진의 커다란 덩치에 가려서 그랬다 치더라도, 체중이 절반밖에 안 나가는 진평이 어떻게 하진을 패대기쳤는지 도무지 알 수가 없었던 것이다.

진평이 하진에게 다가가 말했다.

"허우대는 멀쩡한 사람이 뼈가 이렇게 무를 줄 누가 알았겠어. 좀 살살할 걸 그랬나?"

"으으……."

하진은 제대로 반박조차 하지 못했다.

그의 손아귀에 잡혔다 싶은 순간 이미 팔 전체가 돌아가는 느낌이었고, 어떻게 해볼 방도가 없었다. 어깨가 빠지지 않은 게 다행이라 여겨질 정도였다.

왕문덕이 자리를 박차고 일어섰다.

"이, 이게 도대체 어찌 된 일이냐?"

진평은 네 방향으로 한 번씩 포권을 했다.

"여러분의 눈을 어지럽혀 드려 죄송합니다."

그리고는 자기 자리로 돌아가려는데 왕문덕이 버럭 소리를 질렀다.

"어딜 도망가는 게냐! 거기 서라!"

하진이 단 일 초에 팔이 부러져 바닥을 뒹굴고 있으니 이대로 진평을 보내는 것은 문파의 수치였다.

그는 직접 마당으로 나서며 말했다.

"내 제자가 한순간의 방심으로 네 독수에 걸렸다만, 그것이 우리 철한문의 진짜 실력은 아니다. 덤벼라! 내가 네놈을 상대해주겠다."

진평은 황여방을 쳐다봤다.

이렇게까지 할 필요가 있냐고 묻는 눈빛이었는데, 황여방은 의외로 흥미롭다는 표정을 지으며 가만히 고개를 끄덕였다. 지금 이곳에 많은 사람들이 모여 있지만, 실력이 안 되면 떨어져 나가도 어쩔 수 없다고 생각하는 것 같았다.

진평은 입맛을 다시며 왕문덕을 향해 섰다.

"왕문주는 자중하는 게 어떻겠소?"

"무슨 헛소리냐? 속임수로 내 제자를 해쳐놓고 빠져나가려고? 어림없는 수작 마라!"

"허! 상종 못할 사람이로군."

속임수를 썼다고 덮어씌우는 걸 보니, 입만 열면 아무 말이나 갖다 붙이는 게 습관인 듯했다.

왕문덕이 한 걸음 앞으로 내딛으며 말했다.

"흥! 네가 안 오면 내가 가겠다."

순간, 그의 장포 소매가 펑! 소리를 내며 부풀려졌고, 곧바로 강맹한 장력이 진평의 요혈을 노리며 짓쳐들어왔다.

일종의 기습이라 한 문파의 수장다운 모습은 아니었지만 왕문덕은 이미 자제력을 잃고 있었다.

진평은 종횡으로 빠른 보법을 펼쳐 그의 공격을 피했다. 하진처럼 한 방에 쓰러트릴 수 있다면 좋았겠지만, 왕문덕은 그와는 차원이 다른 실력을 지니고 있었다.

강유(剛柔)를 겸비한 장법이 변화막측하게 펼쳐지는 것이 가히 일파의 문주다웠다. 바로, 철한문이 와룡권만큼이나 자랑으로 내세우는 쇄석장(碎石掌)이었다.

설가영은 손에 땀을 쥐며 대결의 현장을 내려다보다가 홍패에게 작은 목소리로 물었다.

"지금 큰형님이 위험한 거죠?"

홍패는 피식 웃었다.
“굉장히 힘든 싸움을 하고 계셔.”
“역시 그렇죠?”
“초식 없이 보법을 펼치느라 꽤 힘들 거야.”
“초식이 없다고요?”
홍패가 작은 소리로 키득거렸다.
“한 발 내디딜 때마다 새 보법을 창안하는 거나 마찬가지라고 할 수 있지. 킥킥!”
설가영이 보기엔 계속 밀려 위급한 상황에 처한 것 같은데 홍패의 눈엔 다르게 보이는 모양이었다.
그녀는 진평의 얼굴을 봤다.
허둥대는 몸동작과는 달리 표정에 여유가 있다는 사실을 확인하고 비로소 안심할 수 있었다.
진평과 달리 왕문덕은 초조하기 이를 데 없었다.
제자가 당한 것을 생각하면 일 장에 때려죽여도 시원치 않은데, 상대는 기괴한 보법으로 계속 자신의 측후방으로 돌아들어 가기만 할 뿐 손조차 마주 대지 않으니 그야말로 환장할 노릇이었다.
“이놈! 왜 도망만 치는 게냐?”
“생각을 좀 하느라고.”
“무슨…….”
진평이 생각한 것은 지난번 호숫가에서 거지들을 때려줄 때

썼던 수법들이었다.

정리를 끝낸 진평은 곧바로 반격을 시작했다.

"그때 이렇게……."

"크윽……!"

왕문덕은 완맥을 움켜쥐는 진평의 빠른 손놀림에 깜짝 놀라 손목을 비틀어 피했다. 그러나 진평의 손끝에 소매가 걸렸고, 그로 인해 상체가 휘청거리고 말았다.

공격으로 전환한 진평은 머뭇거리지도 않았고, 상대의 허점을 놓치지도 않았다.

그의 발바닥이 정강이를 찍자 왕문덕은 급히 발을 거두어들여 피하기는 했지만 대신 갑자기 날아온 둔중한 물체에 얼굴을 가격당하여 그대로 공중으로 떠오르고 말았다.

어이없게도 그는 진평의 박치기에 당한 것이다.

왕문덕의 몸이 바닥에 떨어진 뒤에도 장내는 조용하기만 했다.

방금 진평이 보인 움직임은 상식을 벗어난 것이었다.

보법은 비록 어설퍼 보였어도 나름대로 민첩한 변화를 내포하고 있었고, 첫 번째 반격에 보인 금나수도 꽤 날카로웠다고 할 수 있었다.

그러나 마지막에 발길질을 하다가 느닷없이 머리로 들이받는 것은 저자의 싸움꾼들이나 쓸법한 기술이었다.

문제는 철한문의 문주가 그 수법에 당했다는 사실이었다.

그것은 진평의 출수가 뻔히 보고도 막을 수 없을 만큼 빨랐거나, 내공에 현격한 차이가 있거나, 왕문덕이 상대를 얕잡아보고 방심했거나 셋 중 하나가 원인이라고 할 수 있었다.

철한문의 제자들이 우르르 몰려나와 왕문덕을 부축해 일으키고 혈도를 주무르자 그는 번쩍 눈을 떴다.

"에 이옴!"

원래는 네 이놈! 이라고 말하려고 했는데 이빨이 십여 대나 부러지는 바람에 발음이 정확하지 않았다. 입만 열면 헛소리를 해대는 그에게 진평이 내린 벌이었다.

왕문덕은 부축한 제자들을 뿌리치다가 말고 휘청거렸다. 기혈이 심하게 격탕했기 때문이다.

"어, 어애어……."

그는 믿을 수 없다는 표정으로 진평을 봤다. 내상을 입었다는 얘기는 진평이 내외공을 겸비한 고수라는 뜻이었다.

정신이 번쩍 든 왕문덕은 제자들과 함께 총총히 중정을 빠져나갔다. 더 남아 있어봤자 문파의 명예를 되찾기는커녕 목숨을 부지하기도 어려울 거라고 판단한 것이다.

황여방은 왕문덕 일행이 나가는 데도 눈길 한 번 주지 않았다. 그가 진평에게 말했다.

"참으로 대단한 광경을 보았습니다. 철한문의 문주를 아이 다루듯 하다니……. 직접 보고도 믿기 힘들군요."

현격한 실력 차가 있음을 알아본 것이다.

진평은 손을 내저었다.

"왕문주가 양보했을 뿐입니다."

그러나 그 자리에 모인 고수들은 진평의 말이 사실이 아님을 알았다. 선입견을 배제하고 다시 되짚어 보니, 황여방의 말마따나 아이 다루듯 한 게 분명했다.

상인이라고 은근히 무시했던 진평을 다시 볼 수밖에 없었다.

그들 중에는 철한문과 왕문덕의 명성에 미치지 못하는 문파도 있었는데, 그들에게 진평은 경외감을 넘어 두려움의 대상이 되었다.

고정광이 진평에게 물었다.

"그대의 사문을 얘기해줄 수 있겠소?"

모두가 궁금히 여기는 바였다.

진평은 미소 지으며 대답했다.

"어려서부터 장사를 배워 이 고장 저 고을로 떠돌아다니며 잡 기술들을 익혔을 뿐, 내세울 스승은 없습니다."

그러나 고정광은 포기하지 않았다.

"내공심법을 어찌 혼자 익힐 수 있단 말이오?"

진평은 어깨를 한 차례 으쓱한 후 대답했다.

"어렸을 때 한 도사로부터 운기토납술을 배우긴 했습니다."

"그게 누구였소?"

"끝내 말씀해주지 않으셔서 나도 존함을 모릅니다."

강호에서 원수를 피해 신분을 숨기는 것은 흔히 있는 일이었다.

고정광이 뭔가 더 물으려 하자 황여방이 손을 저어 제지했다. 고정광은 못마땅한 표정으로 진평을 노려보았지만, 더 이상은 질문을 하지는 않았다.

공연히 밝히고 싶어 하지 않는 일들을 계속 캐물어 산동 철한문을 능가하는 고수를 내쫓을 필요는 없다는 게 황여방의 뜻이었다.

그런데 엉뚱한 사람이 나섰다.

"제가 한 수 가르침을 청해도 되겠습니까?"

모두의 시선이 모인 곳.

훤칠한 키의 청년이 마당으로 내려서고 있었다.

그는 바로 이곳 뇌정산장의 장주 구서위의 아들인 구재원(具梓元)이었다.

구서위가 황급히 손을 내저어 그를 제지했다.

"네가 나설 자리가 아니다!"

그러나 구재원은 말을 듣지 않았다.

"걱정 마십시오, 아버님. 가문의 명예를 실추시키는 일은 없을 것입니다."

그의 목소리와 행동엔 자신감이 가득했다.

구서위는 재삼 말리려 했지만 이미 구재원이 마당 한가운데로 나선 데다 군웅들 모두가 기대하는 눈빛인지라 억지로 돌아오게 하여 아들에게 망신을 줄 수는 없었다.

그는 평소처럼 무뚝뚝한 표정으로 입을 굳게 다물었다. 그러나 두 눈엔 걱정이 가득했다.

강호 경험이 일천한 구재원의 눈엔 진평의 움직임들이 어설퍼 보였을지 몰라도, 고수들은 진평이 본래 실력을 숨기고 있다는 사실을 이미 간파한 상태였다.

어리석은 자식이 죽거나 중상을 입지 않고 교훈만 얻은 채 끝난다면 가장 좋겠지만, 그것은 전적으로 진평의 손에 달린 일이었다.

구재원이 다가오자 진평은 한숨을 내쉬었다.

이제까지 어떠한 문파의 흔적도 남기지 않으려고 애쓴 것은 모두가 보는 앞에서 자신의 본 실력이 훤히 드러나는 게 싫었기 때문이었다.

그저 이들 사이에 조용히 섞여 있다가 큰 싸움이란 게 무엇인지 확인만 하면 그뿐, 황여방에게 잘 보일 마음도 없었고 잔금을 받겠다는 생각도 없었다.

그런데 계속 귀찮게 하니 은근히 화가 났다.

'왕문덕보다 심한 꼴을 당해야 더 이상 도전자가 나서지 않을 것인가.'

구재원은 진평과 마주 선 후 정중하게 포권을 했다.

"호림공자의 무공은 과연 명불허전이었습니다."

진평은 속으로 웃었다.

호림이란 별호를 만든 지 반나절밖에 안 되었는데 무슨 명성이 전해졌다고 명불허전이란 말을 쓰는지 어이가 없었다.

구재원은 마당 옆 무기 시렁에서 목검 두 개를 뽑아들더니 하나는 자신이 가지고 다른 하나는 진평에게 두 손으로 건네주었다.

"저는 어려서부터 검을 익혔습니다. 부디 한 수 가르침을 베풀어 제 눈을 뜨게 해주십시오."

진평은 입맛을 다셨다.

구재원은 자기와 비슷한 나이였다.

자신이 사람들에게 주목받는 모습을 보고 젊은 혈기에 자극을 받아 나선 게 분명했다.

그런데 그의 말투나 행동 모두 예의에 벗어남이 없는 것을 보니, 딱히 적대감이 생기지 않았다.

진평은 슬쩍 구서위를 봤다.

그는 여전히 무표정했지만 불안과 긴장감을 감추지는 못하고 있었다.

"장주에게 제대로 배우셨군요."

진평이 칭찬한 것은 구재원의 태도였다.

"아직 많이 부족합니다. 보고 평가해 주십시오."

구재원은 검술에 대한 얘기인 줄 알고 곧바로 기수식을 취했다. 모래에 물이 스며들듯 몸이 차분히 가라앉으며 검만 홀로 하늘을 향해 솟아오르는 뇌정검법 특유의 자세였다.

"훌륭합니다."

진평도 검을 내밀며 마주 기수식을 취했다.

목검까지 갖다 쥐여줬는데 계속 금나수를 쓸 수는 없었던 것이다.

그 모습을 보고 설가영은 깜짝 놀랐다. 진평이 취한 자세가 바로 자신의 검술과 같았기 때문이다.

"갑니다!"

구재원은 빠른 보법으로 간격을 좁히며 연달아 삼검을 찔러 들어갔다. 그것은 뇌정검법 중 점격수월륜(點擊水月輪)이라는 초식으로, 장주 구서위가 숱한 적을 쓰러트린 절초였다.

구재원 역시 철한문의 제자와 문주가 모두 한 방에 나가떨어지는 광경을 똑똑히 봤기 때문에 탐색전 없이 처음부터 최고의 공세를 취한 것이었다.

진평도 그 공세를 가벼이 보지 못하고 완강한 검막을 펼쳐 방어해냈다. 확실히 뇌정검의 전인다운 실력이었다.

검과 검이 수없이 부딪치는 광경을 보며, 설가영은 충격을 받았다. 처음엔 진평이 자신의 검술을 완벽하게 펼쳐낸다는 사실에 놀랐다. 선상에서 딱 한 번 시범을 보였을 뿐인데, 세세한 변화까지도 모두 재현해내고 있었다. 심지어 어떤 초식은 더 나아 보이기까지 했다. 그런데 시간이 흐를수록 그녀의 놀라움은 검술 자체로 옮겨갔다. 어려서부터 익힌 검로라 하나하나의 변화에 대해 누구보다 자세히 알고 있다고 생각했는데, 그것이 실전에 쓰이는 모습을 보니 가히 천 번을 변하고 만 번을 바뀌어서 그 쓰임새가 무궁무진했다.

'내가 배운 검술이 원래 저런 것이었구나!'

홀린 듯 멍한 표정으로 관전에 열중하고 있는 사이, 싸움은 갑작스럽게 종국으로 치달았다.

구재원은 몇 차례의 격검 이후, 상대와의 차이를 온몸으로 깨닫게 되었다. 검과 검의 맞닿는 진동에 손바닥은 물론이고 팔꿈치를 거쳐 어깨까지 울릴 정도였으니 내공 차이가 상상 이상이라 할 수 있었다.

그러나 그는 물러서고 싶지 않았다.

그래서 기회를 노리다가 뇌정검법 중 최후의 절초인 비폭유천월(飛暴流穿月)이라는 초식을 펼쳐냈다.

구서위조차 아직 쓸 상대를 만나지 못한 초식이 그 아들에 의해 펼쳐진 것이다.

가히 금석이라도 꿰뚫을 것 같은 기세로 목검이 뻗어왔고, 순간 진평의 눈이 빛났다.

따닥!

요란한 굉음과 함께 군웅들이 탄성을 토했다. 두 자루의 목검이 모두 부러져 허공으로 날아올랐기 때문이다.

부러진 조각들이 땅에 떨어지자 진평은 멍한 표정으로 서 있는 구재원에게 먼저 말했다.

"뇌정검법에 감탄했습니다. 이번 비무는 제가 졌습니다."

구재원이 황급히 손을 내저었다.

"아, 아닙니다. 제가 졌습니다. 손속에 사정을 두어주셔서 감사합니다."

사람들이 승부가 어찌 된 것인지 몰라 웅성거리자 황여방이 일어나서 말했다.

"이번 비무는 무승부로 보는 게 맞겠군요."

군웅들은 연신 차탄하며 구서위와 구재원에게 축하와 격려의 말을 건넸다.

내로라하는 고수들에게 칭찬을 들으면서도 구재원의 얼굴에는 부끄러운 기색이 가득했다.

마지막 순간 자신의 공격이 막혔고 그로 인해 목검이 부러졌다는 사실을 그는 분명히 알고 있었다.

그가 알 수 없는 것은 진평의 검이 왜 부러졌는가 하는 점이었다. 원래 두 자루의 검이 동시에 부러지는 일은 절대로 일어날 수가 없었다. 그런데도 그의 검이 부러진 것은 내공을 주입하여 스스로 부러뜨렸다고밖에는 설명할 길이 없었다.

그러나 처음 접하는 비폭유천월의 초식을 파해했을 뿐만 아니라 그 마지막 순간에 자신의 무기를 부러뜨릴 정도의 능력을 지닌 고수가 세상에 존재할 거라고는 믿어지지 않았다.

진평은 그저 가볍게 미소 한 번만 지어 보였을 뿐 아무 일도 없다는 듯 자기 자리로 돌아가 앉았다.

이제는 누구도 그를 귀찮게 하는 사람이 없었다.

슬쩍 상석 쪽으로 시선을 돌린 진평은 양우건과 눈이 마주쳤다. 그의 입가엔 잔잔한 미소가 번져 있었다. 처음으로 보이는 표정 변화라고 할 수 있었다.

진평이 이곳에 모인 사람 중에서 정말 겨뤄보고 싶은 사람을 고르라면 그것은 오로지 한 명. 바로 양우건이었다.

양우건의 미소는 그 역시 진평에게 비슷한 감정을 느낀다는 의미로 받아들여질 수 있었다.

황여방이 말했다.

"자. 오늘 모임은 여기까지 하겠습니다."

그와 고정광, 양우건 등은 철한문의 뒤처리 문제 때문에 곧바로 자리를 떠났다.

그리고 남은 군웅들은 분분히 진평 앞으로 몰려와 인사를 새로 트기도 하고 자신의 숙소로 초대하기도 했다.

진평은 적당한 미소로 응대했다.

숙소로 돌아가는 길에 배치된 회의무사들도 올 때와는 달라진 모습을 보였다.

진평이 지나갈 때마다 다들 목례로 경의를 표했다.

방에 들어서자 설가영이 바로 따지고 들었다.

"큰형님! 제 검술을 그렇게 함부로 쓰시면 어떻게 해요?"

"함부로라니? 나는 제대로 썼는데."

"그게 아니라, 왜 허락도 없이 썼냐고요!"

진평이 웃으며 말했다.

"너. 각 문파의 제자들이 왜 높은 담 뒤나 깊은 숲에서 몰래 무공을 연마하는지 알아? 누가 볼까 봐 그러는 거야. 넌 자청해서 나한테 투로를 보여주었으니까 내가 써도 할 말 없는 거야."

"으으……."

설가영은 주먹을 움켜쥐었지만 진평의 말이 맞는지라 항변을 할 수 없었다.

진평이 다시 말했다.

"네 검술에 자부심을 가져. 뇌정검법을 깰 수 있는 무공은 정말 흔치 않거든."

"흥! 무공이 세서 그랬나요? 사람이 센 거지."

진평은 껄껄 웃었다.

"막내가 강호의 진리 하나를 깨달았구나. 하하!"

홍패도 히죽 웃었다.

*　　*　　*

오후 내내 네 번의 초청이 있었다.

진평은 모두 정중히 거절했는데, 양주 맹가장의 가주 맹승교는 직접 진평의 거처까지 찾아왔다.

손님을 쫓을 수는 없는지라 진평은 결국 그와 마주 앉아 담소를 나누었다.

맹승교는 줄기차게 무공 얘기를 꺼내고 진평은 장사 얘기로만 응대하는 진풍경이 끈질기게 이어져서, 결국 맹승교를 보내고 나니 날이 이미 어두워지고 말았다.

"끈질긴 사람이네요."

설가영의 말에 진평이 대답했다.

"그래도 눈치는 있군."

"눈치라니요?"

"다음 손님이 기다리고 있거든."

설가영은 좌우를 두리번거렸다.

"그게 누군데요?"

다음 손님이 누구인지는 곧 밝혀졌다.

"호림공 계십니까?"

다름 아닌 장주 구서위였다.

"어서 오십시오."

진평은 그를 안으로 맞아들였다.

공자에서 공으로 승격된 외호가 과히 듣기 싫지는 않았다.

"공연히 늦은 시간에 찾아와 불편을 끼쳐 드리는 건 아닌지 모르겠습니다."

"불편이라니요. 당치도 않습니다."

구서위는 미소를 지었는데, 남에게 먼저 말을 걸거나 웃는 낯을 보이는 게 꽤 어색한 듯했다.

자리를 정해 앉고, 잔에 향기로운 차가 채워지자 구서위가 목소리를 가다듬고 말했다.

"아까 못난 자식을 살펴주셔서 감사합니다. 이 얘기를 꼭 직접 하고 싶었습니다."

진평은 미소와 함께 대답했다.

"영식(令息)의 검술이 대단했습니다."

구서위는 고개를 가로저었다.

"그런 말씀 마십시오."

제대로 봤다면 더 겸양하는 것도 예의가 아니었다. 진평은 솔직히 말했다.

"객이 주인을 해칠 수야 없지 않습니까."

"하하! 그렇군요. 제가 주인이었지요."

구서위의 목소리가 왠지 쓸쓸하게 느껴졌다.

진평은 그의 심정을 이해할 수 있을 것 같았다.

이곳 뇌정산장은 분명 구서위의 집인데, 중정 모임을 보자면, 모두가 황여방 한 사람만 바라보고 있었다. 어떻게든 그의 눈에 들기 위해 애를 쓸 뿐, 구서위를 주인 대접해주는 사람은 한 명도 없었다.

장원 도처에 배치된 회의무사들도 황여방의 부하인 것으로 보이니, 누가 주인인지 혼란스러울 지경이었다.

진평이 말했다.

"저는 예전부터 뇌정검이 강남 일절이라는 얘기를 들어왔습니다. 비록 장주님께 초대받은 것은 아니지만, 이렇게 장원에 들어와 직접 뵌 것을 영광으로 생각합니다."

"하하! 그런 과한 칭찬은 감당할 수 없습니다."

"아닙니다. 검 한 자루로 일세를 풍미해 오셨으면서도 아직까지 무패 아니십니까? 정말 대단한 일입니다."

진평의 말투엔 진심이 담겨 있었다.

구서위가 많이 풀린 표정으로 말했다.

"궁벽한 곳에 혼자 사는 늙은이이다 보니, 제대로 된 고수들은 도전을 하지 않아 그리된 것뿐입니다."

"겸손이 지나치십니다. 하하!"

화기애애하던 분위기는 구서위의 다음 얘기로 한순간에 경직되고 말았다.

"제가 찾아온 두 번째 이유는…… 논검을 위해서입니다."

진평은 당황했다.

"논검이라고요?"

"그렇습니다. 내 부족한 자식 놈이 마지막으로 쓴 초식에는 우리 검법의 정수가 담겨 있었습니다. 그런데 그 초식이 파해당하고 말았지요."

구서위의 표정은 심각했다.

자기 자식을 살려줘서 고맙다고 인사를 해놓고 곧바로 비무를 청하는 게 예의가 아님은 알지만, 검에 일생을 건 사람으로서 검초에 문제점이 발견되었으니 예의를 따질 계제가 아니었다.

진평은 난감한 표정으로 구서위를 봤다.

흔들리지 않는 눈빛 아래 고집스럽게 꽉 다문 입술이 결코 물러서지 않을 것임을 웅변하고 있었다.

진평은 한숨을 내쉰 후 결정을 내렸다.

"좋습니다! 어디서 할까요?"

"폐관수련 때 쓰는 석실이 있습니다."

"가시지요."

두 사람이 일어서자 설가영과 홍패가 걱정 가득한 표정으로 다가왔다. 진평이 그들에게 말했다.

"오래 걸릴지도 모르니까 먼저들 자고 있어."

잠이 올 리가 없었다.

구서위를 따라나선 진평은 장원의 서쪽으로 한참을 가 원래 담을 세울 때부터 있었던 것으로 보이는 암벽 앞에 도착했다.

구서위는 관목 사이로 손을 넣어 뭔가를 잡아당겼고, 잠시 후 암벽의 일부가 갈라지며 입구가 드러났다.

먼저 들어간 구서위가 화접자를 당겨 등불을 켜자 길게 이어진 좁은 통로가 보였다.

비상시엔 탈출구로도 쓰이는 듯했다.

"들어오십시오."

진평이 들어서자 육중한 소리와 함께 석문이 닫혔다.

비무를 하기엔 너무 폐쇄적인 공간이란 생각이 들기도 했지만, 장원 곳곳에 고수들의 눈과 귀가 있다는 점을 감안하면 이 정도는 되어야 안심할 수 있을 것 같았다.

구서위가 석문 옆에 튀어나온 막대를 가리키며 말했다.

“저걸 아래로 당기면 문이 열립니다.”

“그건 왜 가르쳐주십니까?”

“나갈 때는 제가 죽었을 수도 있으니까요.”

진평은 웃을 수 없었다. 논검이 말로만 끝나지 않을 거라는 건 예상하고 있었지만, 구서위가 목숨까지 걸 생각이라는 사실을 알고 나니 더 큰 부담감이 느껴졌다.

이삼 장 정도 좁은 통로를 지나자 마주 보고 있는 두 개의 석실이 나왔다.

한쪽엔 항아리와 물통, 서가와 침상이 놓여 있고 벽에 무기들이 걸려 있었다. 그 맞은편 석실은 텅 비어 있었다.

구서위는 벽에 걸린 검 서너 자루를 들고 나와 빈 석실로 진평을 안내했다.

“무기를 고르십시오.”

진평이 보니 네 자루의 검 모두 공을 들인 흔적이 보였다.

연습용이 아니라 누군가의 애병(愛兵)이었던 것이다.

“도전자들의 무기를 모아두신 겁니까?”

“그렇습니다.”

이 정도의 전리품이라면 눈에 잘 띄는 곳에 장식해둘 수도 있었을 텐데, 구서위는 그런 취미는 없는 듯했다.

진평은 검병이 물고기 가죽으로 덮인 장검을 골랐고, 구서위는 검신에 문자가 가득 새겨진 검을 쥐었다.

마주 선 구서위는 진평에게 인사부터 했다.

"이렇게 응해주셔서 감사합니다."

"별말씀을요. 저야말로 뇌정검을 견식하게 되어 영광입니다."

두 사람은 천천히, 그리고 신중하게 진기를 끌어올렸다.

진평은 이미 뇌정검법을 경험한 바 있었다.

그러나 이번엔 상대가 달랐다.

구서위가 진기를 운용하자 그의 검이 진동하면서 우르릉거리는 검명(劍鳴)을 발하기 시작했다.

바로 뇌정(雷霆)을 일으키는 것이었다.

진평도 소홀히 할 수 없어 검에 진기를 주입했다.

그의 검은 소리를 내지는 않았지만, 본래부터 파랗던 검광이 더욱 강해져서 눈이 시릴 정도가 되었다.

팽팽한 긴장감은 석실이 좁은 만큼 그 밀도가 더욱 높게 느껴졌다.

공기마저 압축되는 듯한 대치상태를 깨고 구서위가 먼저 움직였다.

"갑니다!"

그의 검은 아들이 실패한 비폭유천월의 초식을 곧바로 펼쳐냈다. 진평이 고수라는 사실을 이미 알기에 쓸데없는 시간 낭비를 하지 않기로 한 것이다.

진평 역시 집중력을 흐트러뜨리지 않고 있었다.

그의 검은 청광을 발했고, 두 사람은 연거푸 십여 차례 격돌한 후 동시에 물러섰다.

석실 안은 한동안 시끄러웠다.

뇌정검이 원래 큰 소리를 내는 데다가 격검의 파열음이 폐쇄된 공간에 계속해서 메아리를 만들었기 때문이다.

구서위의 얼굴엔 그 굉음들보다 더 커다란 격정이 드러나 있었다.

"져, 졌습니다!"

진평은 고개를 끄덕였다.

"훌륭한 검법이었습니다."

"어, 어떻게……."

구서위는 자신이 졌다는 사실을 받아들이기 어려웠다.

그러나 비폭유천월은 진평의 검에 의해 무력화된 게 분명했다. 초식과 내공 양면에서 모두 밀렸기 때문에 변명의 여지조차 없었다.

이런 결과가 나온 것은 진평이 자신의 능력을 최대한 발휘했기 때문이었다.

구서위가 결사의 각오를 보인 만큼 다른 때처럼 느긋한 태도로 임할 수 없었던 것이다.

그런 상대와 싸울 땐 자신도 최선을 다해야 한다는 게 진평의 생각이었다.

격정을 가라앉힌 구서위가 물었다.

"조금 전의 그 초식은 무엇이었습니까?"

"별다른 이름은 없습니다."

그러나 구서위는 검으로 일가를 이룬 사람답게 자신이 당한 수법을 또렷이 기억하고 있었다.

"원래 호림공의 검술은 무당파에 뿌리를 두고 있다 생각했는데, 방금의 초식은 근본부터 달랐습니다. 부디 가르쳐주십시오."

진평이 망설이자 구서위가 다시 말했다.

"패자인 내게 알 자격이 없다 하시면 더 이상 물을 수 없겠지요. 하지만 아량을 베풀어주시면 좋겠습니다."

비굴하지 않으려고 애쓰면서도 간절함이 절절이 배어 있는 음성이었다.

진평은 고민에 잠겼다.

그는 지금의 구서위처럼 강렬하고 순수한 열정을 지닌 사람을 만나는 게 쉽지 않은 일이라는 사실을 알고 있었다.

특히 나이 든 사람들은 의욕이 부족한 것을 수양이 깊어졌기 때문이라고 포장하는 경우가 많은데, 구서위는 달랐다.

청년 못지않게 두 눈을 반짝이고 있는 그는 가히 검에 일생을 건 사람다웠다.

결국 진평이 입을 열었다.

"제가 쓴 초식은 혼원십이검(混元十二劍) 중 분천낙일(分天落

日)이었습니다."

구서위는 크게 놀랐다.

"혼원십이검이라니요? 서, 설마…… 검선(劍仙) 백계행(白啟幸)의 혼원검이란 말씀입니까?"

"그렇습니다."

구서위는 몇 차례 심호흡을 했다.

검선 백계행은 송나라 말엽에 천하를 주유하며 희대의 대결들을 승리로 이끈 유명한 검객이었다.

그의 검술이 워낙 뛰어났기에 정사를 불문하고 그를 검선이라 칭함에 이견이 없었는데, 아쉽게도 제자를 두지 않아 그 명맥이 끊어진 채 전설로만 남아 있는 상태였다.

구서위가 조심스럽게 물었다.

"당신이 본래 검선의 전인이었군요?"

"아닙니다."

구서위는 이해할 수 없다는 표정을 지었다.

"방금 혼원십이검을 펼쳤다고 하지 않으셨습니까?"

"그렇긴 합니다만, 그의 전인은 아닙니다."

"그럼 어떻게 그 검술을 배웠습니까?"

"부모님이 가르쳐주셨습니다."

구서위가 다시 물었다.

"두 분의 존함을 여쭤 봐도 될까요?"

"두 분 모두 강호행을 한 적이 한 번도 없기 때문에 말씀드

려도 모르실 겁니다."

"허! 그것참……."

구서위는 차탄을 금할 수 없었다.

검선의 무공이 현재에 전해진다는 사실도 놀라웠고, 그 검술을 익힌 사람들이 강호행을 하지 않았다는 사실도 놀라웠다.

자꾸 꼬치꼬치 묻는 게 실례라는 생각이 들었지만, 구서위는 궁금증을 억누를 수 없었다.

"나중에라도 내가 두 분을 찾아뵙고 얘기를 좀 나눠볼 수 있을까요?"

진평이 살짝 굳은 표정으로 말했다.

"모두 돌아가셨습니다."

"아……! 저런."

구서위가 어떤 말로 위로와 사과를 해야 할지 몰라 망설이는 동안 진평이 먼저 입을 열었다.

"두 분이 강호행을 하지 않은 건 내공에 문제가 있었기 때문입니다."

"그, 그러셨군요."

구서위는 더 이상 질문을 하지 않았다.

돌아가신 부모에 대해 계속 캐묻는 게 좋지 않기도 하거니와, 그보다는 머릿속에 다른 생각들이 가득 차기 시작했기 때문이다.

자신의 검초가 파해당한 마지막 상황.

그것을 잊어버리기 전에 재구성하고, 반복해서 짚어보는 데 온통 정신이 집중되었다.

그렇게 얼마나 시간이 흘렀을까.

구서위의 손이 부르르 떨렸다.

검로가 보인 것이다.

비록 시대가 달라 검선과 마주할 수는 없지만, 그의 검술이 진평을 통해 현세에 모습을 드러냈고, 자신의 검술 중 부족한 부분을 정확하게 짚어냈다고 생각하니, 같은 길을 가는 선배 고인의 향취가 느껴져 온몸에 전율이 일었다. 그것은 구서위에게 있어 참으로 특별하고도 소중한 경험이었다.

그가 진평에게 말했다.

"고맙습니다."

진심이 담긴 말이었다.

검의 새로운 경지를 보여준 게 고마웠고, 상처나 내상을 입히지 않아 그것을 연구할 수 있도록 배려해준 게 고마웠다.

"별말씀을요."

진평은 검을 그에게 돌려주었다.

그리고 궁금하게 여기던 바를 넌지시 물었다.

"여러 고수들이 이곳에 모여 차를 마시고 수다나 떨면서 시간을 보내는 것은 무슨 연유입니까?"

구서위는 스스럼없이 대답했다.

"싸움에 대비하는 것입니다."

"싸움이라면 누구와……."

"동창과의 싸움입니다."

"아! 역시……."

구서위는 진평에게라면 숨길 게 없다는 투로 말을 이었다.

"서호 옆에 삼태산이라고 있습니다. 그곳에서 보는 서호 일출이 장관이라 오르는 사람들이 많았는데, 어느 날부터인가 관군이 진을 치고 사람들의 출입을 막기 시작했지요. 동창이 거기서 뭔가를 찾기 위해 관군을 울타리로 삼은 것입니다."

"그럼 우리의 목적은……."

"동창이 수색에 성공하면 즉시 달려가 그들을 죽이고 물건을 빼앗아오는 것입니다."

"그 물건이 무엇입니까?"

"그건 저도 모릅니다."

진평은 입맛을 다셨다.

"일단 듣기엔 간단한 계획인데, 실행에 옮기기는 쉽지 않을 것 같군요."

"회색 옷 입은 무사들을 보셨지요?"

"그렇습니다. 제가 머무는 숙소 밖에도 여덟 명이나 배치되어 있더군요."

"지금 이곳에 있는 인원보다 네 배나 많은 수가 삼태산 주변을 에워싸고 있습니다. 조금이라도 수상한 동향을 감지하면 그들이 곧바로 전서구를 날릴 것입니다."

진평은 동원 규모가 예상보다 방대함에 놀랐다.

"네 배라. 대단하군요."

그리고 한 가지 의문이 점점 증폭되었다.

당금 천하에 동창을 상대로 이렇게 대놓고 전쟁을 준비할 수 있는 자들이 과연 누구일까 하는 의문이었다.

그가 물었다.

"황여방은 누구입니까?"

구서위가 곧바로 대답했다.

"그는 성왕부(郕王府)의 총관입니다."

진평은 깜짝 놀랐다.

"성왕이라면……."

"그렇습니다. 황여방과 양우건, 고정광은 성왕 주기옥(朱祁鈺) 전하를 모시는 가신들입니다."

"아! 그랬군요."

진평은 비로소 이해할 수 있었다.

동창이 아무리 하늘 아래 두려운 것 없이 설쳐댄다 해도 상대가 성왕, 황제의 친동생이라면 얘기가 달랐다.

만약 누군가 동창 소속의 환관을 죽인다면 그야말로 경사(京師)가 발칵 뒤집힐 정도로 큰일이 되겠지만, 그것은 성왕부 역시 마찬가지였다.

동창에서 성왕부의 가신을 정당한 사유 없이 해친다면, 장인태감(掌印太監) 왕진(王振)이 아무리 황제의 총애를 독차지하고 있다 해도 뒷감당이 쉽지 않을 것이었다.

황여방이 성왕부의 가신이라면 내로라하는 고수들이 그에게 잘 보이기 위해 애쓰는 것도 설명이 되었고, 동창 소속 무사들을 죽이고 물건을 빼앗아온다는 엄청난 계획을 세운 것도 납득할 수 있었다.

그러나 진평이 이해할 수 없는 일도 있었다.

"장주님께서는 왜 이곳을 내어주셨습니까?"

그가 보기에 구서위는 황여방에게 잘 보이려는 마음이 별로 없는 것 같았다. 자청해서 현재 상황을 낱낱이 설명해준 것 역시 그들에 대한 일종의 반감으로 느껴졌다.

그런데도 성왕부에 장원을 제공한 건 뜻밖이라는 생각이 들었다.

구서위가 긴 한숨을 내쉰 후 말했다.

"내겐 아들이 둘 있습니다. 큰아이는 인(仁)자를 쓰는데, 어려서부터 무공보다 글공부에 더 관심을 보였지요. 그 아이가 지금 성왕부에 들어가 있습니다."

"아! 그런 일이 있었군요."

평생 검술에만 매진하던 노검객이 왕부의 가신들을 마땅치 않게 여기면서도 결국 허리를 숙인 것은 바로 자식 때문이었던 것이다.

밀폐된 석실 안에서 검을 겨루고, 또 속에 있던 말들을 나누고 나니까 두 사람 사이의 친밀감은 한층 두터워졌다.

진평이 은근한 어조로 말했다.

"선배님. 이 일이 끝난 뒤에도 종종 찾아뵙겠습니다."

구서위가 환하게 웃었다.

"호림공이 와준다면 언제든 환영합니다."

"말씀 편하게 하십시오. 그리고 제 본명은 평입니다."

구서위는 천천히 고개를 끄덕였다.

"그랬군요."

"나중에라도 저를 만나고 싶으면 동릉 양림촌으로 오십시오. 그곳이 제가 주로 지내는 곳입니다."

"그리하겠소."

두 사람은 서로 마주 보고 웃었다.

진평은 구서위처럼 자신의 길에 일생을 건 사람을 존경하고 좋아했다. 그래서 무공을 전혀 모르는 설가영의 할아버지 설무경과도 바둑 하나로 친교를 맺었던 것이었다.

구서위 역시 진평과 친해진 것을 기쁘게 생각했다.

그는 아들의 체면을 살려주었고, 자신에겐 검술의 새로운 지평을 열어준 은인이었다.

진평은 설대인이 숨겨둔 책이 바로 성왕부와 동창이 함께 노리는 물건이라 짐작하고 구서위에게 확인차 물었다.

"선배님. 성왕부 사람들이 여기 온 게 언제입니까?"

"그게 아마……. 이달 초사흗날이었을 걸세."

구서위의 말투가 어느새 변해 있었다.

진평의 무공이 자신보다 고강하지만, 계속 선배 대접을 해 주는 데다 나이 차도 있고 친근감도 느껴져서 편하게 대하는 것이었다.

진평은 설대인의 친구가 찾아온 날이 지난달 그믐이었다는 설가영의 말을 떠올렸다. 남경에서 항주까지 배를 타고 온 시간을 생각하면 딱 들어맞았다.

"그때, 이 많은 인원이 한꺼번에 온 겁니까?"

"그건 아닐세. 고정광이 먼저 왔고, 다른 사람들이 합류한 것은 그로부터 닷새나 지난 뒤였지."

"그랬군요."

진평은 천천히 고개를 끄덕였다.

이제야 수미(首尾)가 통하는 느낌이었다.

그가 구서위에게 말했다.

"이곳에서 나눈 얘기는 당분간 선배님과 저만 알고 있는 게 어떻겠습니까?"

"그렇게 하세나."

두 사람은 어깨를 나란히 하고 동부를 나갔다.

진평이 숙소로 돌아가자 홍패와 설가영이 문가로 달려오며 반가이 맞았다.

"어떻게 됐어요?"

"뭐가 어떻게 돼? 보면 모르나?"

"아니. 형님 말고 구장주요."

진평은 홍패와 설가영에게 진중한 어조로 말했다.

"내가 선배님으로 모시기로 했으니까 앞으로 그분을 만났을 때 예의에 벗어나는 행동을 해선 안 돼. 알았지?"

설가영은 탄식을 토했다.

"아! 형님이 지셨군요."

진평은 그저 미소만 짓고 말았다.

제7장
복운표국

다음 날도 뇌정산장의 일상은 똑같이 반복되었다.

성왕부 가신들과 무림고수들의 끽다연(喫茶宴).

그런데 달라진 점도 있었다.

철한문의 자리가 사라지고 진평의 자리가 황여방의 옆으로 옮겨진 것이다.

급격한 위치 이동에 대해 아무도 불만을 제기하지 않는 것은 모두가 진평의 실력을 봤기 때문이었다.

자리뿐만 아니라 성왕부 가신들의 태도도 달라졌다. 특히 고정광이 전과 달리 웃는 낯으로 말을 거는 비율이 높아졌다.

"호림공. 사업을 확장할 계획은 없으시오?"

진평도 적당히 응대해주었다.

"물론 그러고야 싶지만 아직은 여력이 안 됩니다. 차근차근 쌓아나가야죠. 하하!"

"장사라 하는 것이 근본적으로 성실해야 하고, 상재(商材)를 타고나야 하는 것이지요."

"그렇습니다."

"거기에 더해 운까지 좋다면 경쟁자들보다 훨씬 더 크게 뻗어 나갈 수 있겠지요."

"이를 말씀입니까."

고정광이 눈을 빛내며 물었다.

"하지만 성실성과 상재와 운을 다 합친 것보다 좋은 게 뭔지 압니까?"

진평은 흥미가 동한다는 표정을 지었다.

"그게 무엇입니까?"

"바로 연줄입니다."

"하하! 그야 그렇죠."

"양주 염호(鹽戶)들을 보십시오. 납공액(納貢額)만 채우고 나면 나머지는 전부 자기들 주머니로 들어가지 않습니까."

진평은 고개를 끄덕였다.

"저도 얘기는 많이 들었습니다. 염장관(鹽場官)만 구워삶으면 거저먹기라고 하더군요. 호남에서 한 근에 십 문 주고 산 소금을 호북성까지만 가서 팔아도 한 근에 오십 문이라니……. 그렇게 쉽게 다섯 배씩 남겨 먹는 장사는 아마 세상에 다시없을 것입니다."

조정에서 염상들에게 특권을 주는 것은 그들을 통해 쉽게 세금을 거둘 수 있기 때문이었다.

안정적인 세원을 확보하는 대신 소금의 독점판매권을 보장해주는 것인데, 그로 인해 엄청난 폭리를 취하는 게 가능했다.

고정광이 미소 지으며 넌지시 물었다.

"혹시 그쪽에 관심이 있으십니까?"

"하하! 그렇게 쉽게 거부가 될 수 있는 길을 누가 마다하겠습니까? 하지만 조정 대신의 친족들도 쉽게 끼어들지 못하는 판에 나 같은 사람이 어떻게 욕심을 내겠습니까."

고정광의 미소가 짙어졌다.

"길이 영 없는 것은 아니지요."

그러면서 그는 의자 등받이에 상체를 기댔다.

이쯤 얘기하면 다들 조바심을 내며 그 길을 찾고자 애태우기 마련이었다. 실제로 중정에 모인 다른 고수들 모두 부러움 가득한 눈빛으로 진평을 바라봤다.

그러나 정작 진평의 반응은 무덤덤했다.

"자기 분수를 알아야 한다고 생각합니다."

그러면서 찻잔을 입으로 가져갈 뿐이었다.

그는 고정광이 무엇을 제안하는지 알고 있었다. 성왕부에 충성을 맹세하면 염상이 되도록 해주겠다는 제안. 황족이라는 든든한 배경 아래 염상이 된다는 것은 누구라도 꿈꿀 만한 일이었다.

그러나 진평은 미끼를 물지 않았다.

그런 일이 거저 될 리가 없기 때문이다.

분명 동창과의 대결에 좀 더 핵심적인 역할을 요구할 것인데, 진평은 그러고 싶은 마음이 없었다.

그가 바라는 바는 두 거물이 실컷 싸우도록 놔둔 뒤 설대인의 유물을 찾는 것이지, 그들 싸움의 첨병이 되는 것이 아니었다.

진평이 흥미를 보이지 않자 고정광의 어조가 바뀌었다.

"장사란 게 참 허망하기도 한 것이, 높은 분에게 잘못 보이면 하루아침에 망하기도 하지요."

권주 아니면 벌주라는 식으로 은근히 으름장을 놓은 셈인데, 진평의 태도엔 변함이 없었다.

"그것 또한 운명으로 받아들여야죠."

고정광이 못마땅한 표정을 짓자 건너편에 앉은 황여방이 끼어들었다.

"자, 사업 얘기는 그만 하고 강호의 소식이나 들어봅시다."

고정광이 입맛을 다신 후 진평에게 말했다.

"어쨌거나 필요한 게 있으면 무엇이든 얘기하십시오. 최대한 편의를 봐 드리겠습니다."

"그리하겠습니다."

진평도 적당히 대답을 해두었다.

황여방이 손짓을 하자 회의무사 한 명이 나서서 항주 일대의 동향을 보고했다.

나열되는 이름들을 들으며, 진평은 속으로 놀랐다.

홍패가 화산파 장문인과 새외쌍마를 보았다고 했는데, 성왕부에서 파악하고 있는 고수의 수는 그보다 훨씬 많았다.

강호란 소문이 참으로 빠른 곳이라, 청성, 점창, 개방의 미심쩍은 움직임에 다른 문파들이 관심을 보였고, 그들로 인해 다른 무림인들까지 항주로 몰려든 것이었다.

진평은 황여방의 기색을 슬쩍 살펴보았다. 그는 제삼자들의 개입에 대해 별로 신경 쓰지 않는 눈치였다.

회의무사의 보고가 이어졌다.

"다음은 남경 금정문의 소식입니다. 그들이 하룻밤 사이에 멸문당한 원인은 한 권의 무공비급 때문이었음이 밝혀졌습니다."

군웅들이 웅성거렸고, 진평은 이마를 찌푸렸다.

남경 금정문의 멸문은 자신이 단초를 제공한 일이었다. 경쟁 관계이던 적근방(吊筋幫) 방주와 모종의 합의하에 금정문 문주를 제거해줌으로써 그들은 이권을 차지하고, 자신은 포정사사의 담을 쉽게 넘을 수 있었던 것이다 그런데 난데없이 무공비급 얘기가 나오니 황당할 따름이었다.

"금정문 문주는 최근 수라참혼장(修羅斬魂掌)이라는 사이한 마공이 기록된 비급을 구했다 합니다. 그들과 원수지간인 적근방에서 그 사실을 알고, 금정문의 세력이 강화되는 것을 막기 위해 야습을 감행했던 것입니다."

여기저기서 질문이 나왔다.

"수라참혼장이 어느 문파의 무공이오?"

"금정문주가 죽었으면 그 비급은 지금 적근방 방주에게 있는 것이오?"

회의무사가 대답했다.

"수라참혼장에 대해서는 알려진 바가 거의 없습니다. 다만, 백련교 잔당을 통해 흘러나온 비급이고, 그 수법이 극히 잔혹하다는 소문만 퍼져 있을 뿐입니다. 그 내용에 대해선 앞으로 조사를 더 하겠습니다. 그리고 적근방에서는 그 비급을 차지하지 못했습니다."

"그럼 지금 누가 가지고 있단 말이오?"

"그날 밤. 한 도둑이 금정문에 침입하여 비급을 훔쳐갔다고 합니다."

"그게 누구요?"

"금각신조라고 합니다."

"금각신조!"

군웅들은 술렁였고, 진평과 홍패의 안색은 딱딱하게 굳었다.

소란이 가라앉지 않자 황여방이 나섰다.

"자, 자. 다들 진정하십시오. 이런 일은 본래 그 진위부터 확인해야 하는 법입니다. 그러지 않으면 적의 술책에 넘어갈 수도 있습니다."

한 사람이 말했다.

"수라참혼장이라면 들어봤습니다."

모두의 시선이 한곳에 모였는데, 그는 진악신장(鎭岳神掌)이란 별호를 지닌 송국도(宋國度)였다.

다른 사람들과는 달리 뒤에 시립한 제자가 없는 것은 그가 문파가 아닌 개인 자격으로 이 일에 참여했음을 의미했다.

오십대임에도 불구하고 당당한 체격과 커다란 손바닥이 인상적인 그는 하북에서 요동까지 넓은 지역에 걸쳐 명성을 떨치는 장법의 고수였다.

"백련교 호법 중 한 명인 곽호견(郭豪堅)이 바로 그 장법의 전승자입니다. 세상엔 거의 알려지지 않았지만, 나는 사부님에게 그에 대한 얘기를 들었습니다. 젊은 시절 꼭 한 번 곽호견과 겨루고 싶었는데 아쉽게도 그가 먼저 죽는 바람에 뜻을 이루지 못했습니다. 그는 교도들에게 무공과 교리를 가르치는 일을 했으니까 자신의 장법도 분명히 기록으로 남겼을 겁니다."

군웅들의 웅성거리는 소리가 커졌다.

송국도의 말을 듣고 보니 무공비급이 실재할 거라는 쪽으로 생각이 더 기울어진 것이다.

무공에 뜻을 둔 사람에게 있어 신공, 마공이 적힌 무공비급 만큼 욕망을 자극하는 물건도 없었다.

수련의 길은 본래 멀고도 힘든 것이라서 누구라도 자신의 현재 상태에 어느 정도는 불만을 가지기 마련인데, 무공비급이나 영약은 그런 답답한 상황을 단숨에 역전시킬 수 있다는 희망과 기대감을 주는 것이다. 그러다 보니 무공의 고하를 떠나 모두가 혹할 수밖에 없었다.

황여방이 다시 말했다.

"그런 무공이 존재하고, 또 비급에 적혀 있다고 해도 그것이 남경에 출현했다는 근거는 어디에도 없습니다. 제가 이런 말씀을 드리는 이유는 적의 수장이 간계에 몹시 능한 자이기 때문입니다."

그는 진평 쪽을 슬쩍 본 후 말을 이었다.

"천호(千戸) 당유량(唐柳良)은 문무를 겸전한 자로, 필경 우리와 다른 무림인들의 주의를 분산시키기 위해 이 계책을 짜냈을 것입니다. 속아선 안 됩니다."

황여방의 단호한 어조에 소란은 진정되었다.

그러나 진평의 굳은 안색은 펴지지 않았다.

설령 동창에서 꾸며낸 말이라고 해도 하필이면 홍패가 지목되었다는 사실이 문제였다.

모임이 파하여 숙소로 돌아간 진평은 문을 잠그고 주변의 기척을 확인한 후 홍패에게 물었다.

"아는 사람을 만난 적 있었나?"

"제 얼굴을 아는 사람은 강호를 통틀어도 몇 명 안 됩니다. 더군다나 남경은 그때가 초행이었고요."

홍패도 난감한 표정이었다.

진평은 입맛을 다셨다.

"그렇다면 시체에 남은 독침을 근거로 추리해냈다고 볼 수밖에 없군."

"그런 암기를 쓰는 게 저 혼자만도 아닌데요."

"하지만 독이 묻은 작은 바늘을 암기로 쓰고, 장강 일대를 무대로 활동하는 실력 좋은 도둑을 꼽으면 너밖에 더 나오겠어?"

설가영이 물었다.

"도둑이란 건 어떻게 알았을까요?"

"포정사사 담을 넘었기 때문에 추적당한 거니까."

"아! 그렇죠."

홍패가 투덜거렸다.

"아! 젠장. 동창에 찍히다니."

기분이 좋을 리 없었다.

저쪽에선 비록 확증이 없다 해도 무공비급을 가지고 있다는 소문을 퍼뜨리기에 적합한 대상을 골랐다고 볼 수 있지만, 당하는 홍패 입장에선 여간 곤혹스러운 게 아니었다.

진평이 잠시 생각한 후 말했다.

"방법을 바꿔야겠군."

"어떻게요?"

"느긋하게 차나 마시면서 기다리는 건 어차피 마음에 들지 않았어. 소문을 퍼뜨리면 연기 마신 너구리처럼 굴 밖으로 기어 나올 거라 생각했겠지만, 불을 피운 장본인이 그 연기에 눈물 흘리는 경우도 있는 법이지."

홍패와 설가영은 서로 바라보며 고개를 갸우뚱했다. 무슨 얘기를 하는지 알 수 없었기 때문이다.

진평이 정색하고 두 사람에게 물었다.

"너희들. 앞으로 생사를 함께 하며 내 비밀을 지켜줄 수 있겠어?"

홍패가 곧바로 대답했다.

"물론입니다! 형님. 저는 진즉부터 제 목숨을 형님께 바쳤습니다."

설가영은 약간 머뭇거렸다.

"저도 대답해야 하나요?"

"왜? 자신 없어?"

"아뇨. 그게 아니라…… 생사고락을 함께하는 건 원래 의형제를 맺을 때 쓰는 말 아닌가요? 그럼 저도 형제가 된다는 의미로 받아들여도 될까요?"

진평은 미소 지었다.

꽃보다 아름다운 가인과 의형제를 맺는 건 아무리 생각해도 어울리지 않는 일이었다.

"하녀는 원래 주인의 비밀을 죽음으로 지켜야 하는 거야."

"그냥 의형제 하면 안 돼요?"

"안 돼!"

설가영은 고개를 푹 숙이고 한숨을 내쉬었다.

진평은 홍패에게 따로 지시를 한 후 심부름을 시켰다.

뇌정산장 밖으로 나온 홍패는 길바닥의 돌을 차며 투덜거렸다.

"쳇! 귀찮게 하는군."

산장을 나오는 것만으로도 뭘 그렇게 꼬치꼬치 캐묻는지 여간 성가신 게 아니었는데, 미행까지 두 명이나 따라붙은 것이다.

황여방은 수라참혼장 때문에 고수들이 동요하거나, 혹은 이탈하는 것을 막기 위해 외출을 통제했다.

진평이 아닌 홍패였기에 그나마 밖으로 나오는 게 가능했다고 볼 수 있었다.

홍패는 느긋한 걸음으로 항주 시내 저자로 들어갔고 일단 국수부터 한 그릇 사 먹었다. 그리고 포목점에 들러 비단 시세를 물어보는 척하다가 밖으로 나와 다시 꿀사탕 한 꼬치를 사 먹었다.

성왕부의 무사 두 명은 그러는 내내 계속 따라붙었는데, 홍패가 보기에도 솜씨가 제법이었다.

"자, 너희들은 여기까지만."

꼬치에 남은 마지막 사탕을 빼먹은 홍패는 허리를 좌우로 비틀어 풀어준 후 골목을 돌아들어 갔다.

그리고 잠시 후 회의무사 두 명이 그를 따라 골목으로 들어왔지만, 홍패는 이미 사라진 뒤였다.

회의무사들은 크게 놀라 즉시 벽을 차고 지붕 위로 몸을 날려 사방을 둘러보았다.

그러나 그들은 홍패의 그림자조차 발견할 수 없었다.

금각이란 별호에 어울리는 경공술로 간단히 미행을 따돌린 홍패는 진평이 시킨 대로 서문 대로변에 자리 잡은 찻집에 들어갔다.

"뭘 드시겠습니까?"

수건을 어깨에 걸친 점소이가 다가와 물었다.

"월병만 갖다 줘. 차는 말고."

"손님. 죄송합니다만, 저희 가게에서 월병은 안 파는데요. 다른 과자를 드릴까요?"

홍패는 고개를 가로저었다.

"주인을 나오라고 해. 난 꼭 월병을 먹어야겠어."

그러자 점소이는 대답 없이 안으로 들어갔고, 잠시 후 주방에서 사십대 초반의 험상궂은 대머리 사내가 나와서 홍패 앞에 섰다.

홍패가 손으로 슬쩍 입을 가리고 말했다.

"새가 울어도 사람은 그것을 볼 수 없지(鳥啼人不見)."

그러자 대머리 사내는 턱짓을 한 후 자리를 떴고, 홍패는 그를 따라나섰다.

대머리 사내는 골목들을 한참이나 지난 뒤 수로 한 켠에 묶여 있는 어느 배를 가리켰다.

그는 말을 한마디도 하지 않았을 뿐만 아니라 표정 변화조차 없었고 홍패 역시 굳이 고맙다는 얘기를 하지 않았다.

그가 가리킨 배에 타자 나이 든 사공이 바로 삿대를 밀어 배를 출발시키며 물었다.

"어디로 모실까요?"

홍패는 다시 진평이 가르쳐준 흑화를 말했다.

"꽃이 떨어져도 나무는 오히려 향기롭지(花落樹猶香)."

그러자 나이 든 사공은 가타부타 말도 없이 배를 젓더니 어느 허름한 건물 앞에 배를 댔다.

"다 왔습니다."

홍패는 수로 위로 올라가 그 건물 앞에 섰다.

복운표국(蝠雲鏢局)이라는 현판은 낡은 데다 살짝 기울어져 있었고 기둥에 걸린 깃발도 색이 바래서 보잘것없었다.

그가 기웃거리자 문이 열리더니 눈매가 날카로운 사내가 나와서 물었다.

"무슨 일로 왔소?"

퉁명스러운 말투였다.

홍패는 그러거나 말거나 자기 할 말만 했다.

"달이 지면 강물도 북쪽으로 저문다(月落滄莫北)."

표사의 안색이 변하더니 즉시 홍패를 안으로 안내했다.

표국 내부는 겉에서 보는 것보다 넓었고 깨끗하게 잘 정돈되어 있었다.

"여기서 잠시 기다리십시오."

홍패는 객청에 서서 주변을 둘러보았다.

직업 특성상 새로운 곳에 가면 먼저 확인하는 게 퇴로이고, 그다음으로 집주인의 취향을 추측해 보곤 하는데, 이 표국의 주인은 일단 시서화(詩書畵)나 도자기, 골동품에는 어떠한 관심도 없는 게 분명했다.

"진평은 잘 지내나?"

탁한 목소리에 홍패는 화들짝 놀라 몸을 돌렸다.

큰 키의 한 남자가 서 있었는데, 언제 나타났는지 기척도 느끼지 못했으니 만약 그가 적이었다면 꼼짝없이 당하고 말았을 것이었다.

'고수다!'

등줄기로 식은땀이 흘렀다.

진평이나 양우건이 기도를 안으로 갈무리한 고수라면 이 사내는 대놓고 드러내는 편인 듯했다. 그가 나타나자 마치 막 벼린 칼날을 얼굴에 갖다 대기라도 한 것처럼 온몸이 쭈뼛거렸다.

"뭐야. 진평이 보내서 온 거 아니었어?"

그가 다시 말하자 홍패는 황급히 대답했다.

"아! 마, 맞습니다. 형님이 보내셨습니다."

"형님? 그 녀석의 의제인 모양이군. 그럼 앞으로 나도 형이라고 불러."

"알겠습니다. 형님! 전 홍패라고 합니다."

"난 석위(石偉)야."

홍패는 고개를 갸웃거리며 생각해 보았지만 석씨 중에 이 정도의 고수가 있다는 얘기는 들어본 적이 없었다.

머리는 대충 두건으로 묶고 수염은 다듬지 않아 어수선한 중에 사람을 꿰뚫어 보는 듯한 눈매가 매서웠고, 툭 튀어나온 광대뼈엔 깊은 칼자국이 나 있었다.

홍패는 그의 나이가 삼십대 중반쯤이라 아직 강호에 이름이 알려지지 않은 숨은 고수일 거라고 나름대로 결론을 내렸다.

석위가 눈을 부라렸다.

"뭘 그렇게 쳐다봐?"

"아, 아닙니다. 제가 찾아온 것은 진형님이 부탁할 게 있다고 하셨기 때문입니다."

"쳇! 직접 오면 어디가 덧나나?"

"지금 있는 곳에서 몸을 빼기가 힘드셔서 그렇습니다."

"그게 어딘데?"

"뇌정산장입니다."

홍패는 석위의 질문에 모두 사실대로 대답했다. 진평이 그는 믿어도 된다고 했기 때문이다.

그런데 석위가 버럭 소리를 질렀다.

"아니! 항주에 왔으면서 여기 들르지도 않았단 말야?"

"꼭 오고 싶었지만 급한 일이 생겨서 어쩔 수 없었다는 얘기를 전해 달라 하셨습니다. 헤헤……."

"그랬군."

석위는 입맛을 다시면서 말을 이었다.

"어쨌거나 새로운 형제를 만났으니 그냥 넘어갈 수는 없지. 백주(白酒)로 할까? 탁주(濁酒)로 할까?"

홍패는 손을 내저었다.

"아닙니다. 전 급히 돌아가 봐야 합니다. 미행을 따돌리고 잠깐 빠져나왔거든요."

"그래? 그럼 다음에 하지. 부탁이란 게 뭐야?"

"삼태산과 관련된 일입니다."

석위는 고개를 끄덕였다.

"환관놈들이 몰려와 있다는 그곳 말이군. 가서 그놈들을 모조리 죽이면 되는 건가? 하하하! 역시 그 친구는 날 알아준단 말야."

홍패는 침을 꿀꺽 삼켰다. 고개를 젖히고 광소를 터뜨리는 석위에게서 광포한 살기가 뿜어져 나오는데, 첫인상으로 느꼈던 기도는 아무것도 아니었다. 아무리 봐도 무슨 마공 같은 것을 익힌 게 분명했다.

"저……. 석형님. 그들을 죽이는 게 아니고, 소문을 퍼뜨려 달라는 부탁입니다."

"소문? 무슨 소문?"

"진형님께선 수라참혼장이라는 무공비급이 삼태산에 숨겨져 있다는 내용이면 된다고 하셨습니다."

"아! 그거? 금각신조라는 도적놈의 새끼가 가지고 있다는 얘기를 들은 것 같은데?"

홍패의 안색이 굳었다.

"실은……. 제가 금각입니다."

"아! 그랬어? 신투라는 소문이 자자하더군. 이렇게 만나서 반가워. 하하!"

도적놈의 새끼에서 신투로 곧장 말을 바꾸더니, 한 번 껄껄 웃고는 그만이었다.

홍패가 상황을 설명해주었다.

"동창에서 제가 가지고 있지도 않은 무공비급으로 덤터기를 씌워 끌어내려고 해서……."

석위가 바로 말을 가로챘다.

"동창 놈들한테 역으로 떠넘기겠단 말이군."

"그렇습니다."

"좋아! 아주 좋아. 동창이면 고수도 꽤 많이 와 있겠지. 오랜만에 몸 좀 풀 수 있겠군."

"저……. 석형님에게 부탁하는 건 싸움이 아니라……."

석위는 귀찮다는 듯 손을 내저었다.

"내 일은 내가 알아서 할 테니까 닥쳐! 어쨌거나 항주 바닥에 소문만 퍼뜨려주면 될 거 아냐?"

"그건 그렇습니다."

"좋아. 가봐."

그는 재미있는 일거리가 생겼다는 사실이 기쁜지 자리에 앉지도 않고 들떠 있었다.

홍패가 석위에게 조심스럽게 물었다.

"그런데 형님. 이 표국이 진형님의 것입니까?"

석위는 불같이 화를 냈다.

"뭐? 그 녀석이 그렇게 말했어?"

"아, 아뇨. 그게 아니라요……."

"줄 땐 언제고 이제 와서 자기 거래?"

홍패는 양손을 다 내저었다.

"진정하십시오, 형님. 제가 궁금해서 여쭤보는 겁니다. 진형님이 양주에 상단을 운영하고 있다는 사실은 알고 있지만 항주에까지 기반이 있는 줄은 몰랐거든요."

석위가 눈을 동그랗게 떴다.

"양주에 상단이 있어?"

"예. 우리 수채와 오래전부터 거래를 해왔습니다."

"내가 아는 건 이곳 항주에 있는 상단뿐이야. 하긴 뭐…….

그 녀석 북경과 장안에도 뭔가 벌여놓은 눈치던데, 양주에 상단이 있다고 해서 이상할 건 없겠지."

홍패는 자기가 진평에 대해 알고 있던 것들이 일부분에 불과하다는 사실을 깨달았다.

"진형님이 본래 사업을 크게 하셨군요?"

"흥! 그 녀석이 무슨 사업을 해. 다 남에게 맡겨놓고 자기는 놀러다니기 바쁜데. 어쨌거나 소문 퍼뜨리는 일은 내가 알아서 할 테니까, 제일 센 놈은 절대 건드리지 말고 놔두라고 전해줘."

"아, 알겠습니다."

"꼭 전해야 돼!"

"여부가 있겠습니까."

석위와 작별을 하고 나온 홍패는 복운표국 표사들의 배를 타고 온 길을 되짚어갔다.

가면서 가만히 관찰해 보니 이 표사라는 자들도 무공 수위가 만만치 않아 보였다.

그리고 석위와 비슷한 느낌의 기도를 풍기고 있었다.

짐작하건대, 간판은 표국이라 걸어놓았지만 표행 의뢰는 받지 않고 무공 수련에만 몰두하고 있는 것 같았다.

좁은 수로를 돌고 돌아 원래의 자리로 돌아온 홍패는 가장 독한 술을 한 동이 사 들고 골목으로 들어가 벌컥벌컥 들이켠 후 나머지 술을 얼굴에도 바르고 옷에도 발라 냄새가 진동하게끔 했다.

그리고 외진 곳에 자리 잡은 허름한 주점으로 들어가 음식을 주문해 놓고는 식탁에 엎드려 잠이 들어버렸다.

얼마나 잤을까.

팔을 잡고 흔드는 사람이 있어 고개를 들어 보니 성왕부 무사들이었다.

그들의 표정엔 자신들을 따돌린 데 대한 분노와 더불어 이제라도 찾아서 다행이라는 안도감이 섞여 있었다.

홍패는 어두워진 주변을 둘러본 후 의뭉을 떨었다.

"당신들이 여긴 웬일이오?"

"늦은 시각에 혼자 있는 게 위험해 보여서 장원으로 모시고 가려고 왔습니다."

홍패는 고개를 가로저었다.

"난 안 갑니다."

"그게 무슨 말씀이십니까?"

"중요한 거래를 성사시키지 못했으니, 돌아가면 아마 난 형님한테 맞아 죽을 겁니다. 그냥 여기서 술 마시다 죽으렵니다."

홍패가 술잔으로 손을 뻗자 두 무사가 얼른 술병을 치웠다. 그리고 한참을 실랑이한 후에 겨우 달래서 그를 뇌정산장으로 데려갈 수 있었다.

홍패가 외출에서 돌아온 지 이삼 일이 지나 항주 거리의 분위기가 변하기 시작했다. 병장기를 들고 다니는 무림인의 수가 급격히 늘어난 것이다.

그들은 서호와 삼태산 주변에 자주 모습을 드러냈고, 입산을 시도하다가 관군과 충돌하는 경우도 잦았다.

모두들 소문을 듣고 몰려온 것이다.

애당초 퍼진 수라참혼장의 소문에 뒷얘기가 더해졌는데, 무림인들의 추적을 두려워한 금각신조가 그 무공비급을 자신의 비밀창고에 깊숙이 숨겨두었다는 내용이었다. 그런데 그 창고에는 금각신조가 평생 모은 보물들도 함께 있기 때문에 찾아내기만 하면 무공으로도 천하제일이 되는 건 물론이거니와, 재물로도 갑부가 될 거라는 얘기였다.

관군의 눈을 피해 산에 오르는 무림인의 수가 계속 늘어나자 또 다른 소문이 꼬리를 이었다.

관군의 경계는 쉽게 뚫을 수 있지만, 일단 들어간다고 쳐도 정체불명의 고수들이 산 구석구석에 숨어 살겁을 자행하고 있으니 각별히 조심해야 한다는 내용이었다.

그 소문을 들은 무림인들은 두려움보다 조바심을 더 크게 느꼈다. 정말로 뭔가 있지 않다면 고수들이 숨어서 그런 짓을 할 리가 없기 때문이었다.

남들보다 먼저 찾아야 한다는 생각이 팽배해지면서 삼태산에 오르는 사람의 수는 점점 늘어났고, 비명과 무기 부딪치는 소리가 매일 끊이지 않게 되었다.

뇌정산장의 분위기도 어수선하기는 마찬가지였다.

다들 엉덩이가 의자에 붙어 있기 힘든 판인데, 황여방은 출입금지를 풀지 않았다.

그들의 목적은 무공비급 찾기가 아니었기 때문이다.

그러던 중 변수가 발생했다.

수라참혼장을 막을 사람은 자기밖에 없다고 계속 떠들어대던 송국도가 황여방의 명령을 어기고 기어이 담을 넘은 것이다.

그 과정에서 무사 다섯 명이 다치기까지 했으니 이제 그와 성왕부는 원수지간이라고 해도 틀린 말이 아니었다.

남은 사람들은 송국도가 무공비급을 차지할까 봐 조바심을 냈지만 따라갈 수는 없었다.

송국도는 혼자 몸이라 무공비급을 차지하는 것과 성왕부와 척을 지는 것 사이에 경중을 가늠하여 자유롭게 선택할 수 있지만, 문파의 자격으로 참여한 다른 사람들은 그럴 처지가 못 되었던 것이다.

상황이 그렇다 보니 황여방은 경계무사의 수를 늘렸고 고정광 등과 대책 마련에 부심했다.

하지만 뇌정산장에는 느긋한 사람도 한 명 있었다.

바로 진평이었다.

삼태산의 무공비급은 애당초 허상이라는 사실을 알고 있는 그이기에 다른 사람들처럼 흔들릴 이유가 없었던 것이다.

오전의 끽다연이 끝나면 진평은 설가영을 붙잡고 진법 공부를 했다.

그녀는 태일오륜진을 바둑 두다가 심심해서 만들었다고 했지만, 그 안에 담긴 지식은 결코 얕지 않았다.

홍패는 진즉에 포기했고, 진평은 설가영에게 잔소리를 들어가며 배운 끝에 겨우 그 원리를 일부나마 깨우칠 수 있었다.

그렇게 진법 공부로 하루를 보낸 후 저녁이 되면 진평은 장주 구서위를 찾아갔다.

술 한 잔 마시면서 담소를 나누기 위함이었다.

구서위는 본래 말이 많지 않은 사람이지만 가끔씩 던지는 한두 마디에 연륜이 배어 있어 진평은 그와의 대화를 좋아했다.

두 사람이 대작할 때 구서위의 뒤에는 꼭 구재원이 시립하고 있다가 시중을 들었다.

비슷한 연배라 진평 입장에선 다소 부담스러웠지만 구재원은 깍듯이 예의를 지키며 자리에서 떠나지 않았다.

구씨 부자도 삼태산의 무공비급엔 관심이 없었다. 진평에게 배운 한 수를 자신의 것으로 소화하기도 버거운 판이라 백련교의 장법에 눈길을 줄 이유가 없었던 것이다.

술 한 잔 마시고 검술에 대해 논하고, 또 한 잔 마시고 옛 영웅에 대해 얘기하는 술자리는 진평이 뇌정산장에서 가장 즐기고 기다리는 시간이 되었다.

그러나 그런 여유는 오래 이어지지 않았다.

끽다연이 열리기 한 시진 전.

각 문파의 수장들이 한꺼번에 진평을 찾아왔다.

"아침 일찍 무슨 일들이십니까?"

진평과 가장 친분이 깊다고 자칭하는 맹승교가 대답했다.

"호림공. 공이 나서서 황대인을 좀 설득해주십시오."

"무슨 말씀이신지……."

"지금 대강남북을 통틀어 온 강호의 이목이 삼태산에 쏠려 있습니다. 그런데 우리는 지척지간에 있으면서도 손 놓고 보고만 있으니 마음이 여간 불편한 게 아닙니다."

진평은 슬쩍 미소를 지으며 물었다.

"여러분은 모두 무공으로 일가를 이루셨는데 어찌 백련교의 비루한 장법 하나를 탐내십니까?"

수염을 배꼽까지 길게 기른 창룡문(蒼龍門) 문주 한정헌(韓正憲)이 나서서 말했다.

"마교의 장법을 탐내서가 아닙니다. 그런 사악한 무공이 세상에 돌아다니는 것을 막기 위해 찾으려는 게지요."

모두 다 그 말에 동조했다.

진평은 일이 자신의 뜻대로 되어간다는 사실에 은근히 기뻤지만 겉으로는 난감한 표정을 지어 보였다.

"여러분의 뜻이 그렇다고 해도 제가 감히 나설 계제가 될지 모르겠습니다. 아시다시피 맨 나중에 합류한 터라……."

맹승교가 말했다.

"먼저와 나중이 무에 그리 중요하겠습니까? 일전에 고대인이 호림공에게 이르기를, 필요한 게 있으면 뭐든지 얘기하라고 하지 않았습니까?"

"그러긴 했습니다만……."

진평은 그들이 성왕부 사람들에게 점수 깎이기가 싫어서 자신을 방패막이로 내세우려 한다는 사실을 이미 눈치채고 있었다.

하지만 자기도 원하는 일이니 등 떠밀려 억지로 나서는 척하는 것도 나쁘지 않다고 생각했다.

진평은 심각하게 고민하는 척하다가 말했다.

"좋습니다! 여러분의 뜻이 정 그러시다면 제가 황대인을 만나 얘기해보겠습니다."

"잘 생각하셨습니다!"

"과연 시원시원하십니다. 하하!"

각 문파의 고수들은 진평을 칭찬하기에 바빴다.

진평은 의기양양한 걸음걸이로 황여방을 찾아갔다.

"어서 오십시오."

객청엔 황여방과 고정광 두 사람이 있었는데, 자리를 정하여 앉고 차를 권하는 내내 표정이 밝지 않았다.

진평이 넌지시 물었다.

"무슨 고민이라도 있으십니까?"

"여러 영웅들이 삼태산으로 가자고 졸라대는 게 문제입니다. 우리가 신경 쓸 일은 그게 아닌데 말입니다."

"제가 여기 온 것도 바로 그 일 때문입니다."

황여방은 손을 내저었다.

"미리 말씀드리지만, 우리는 절대로 움직이지 않을 것입니다."

"모종의 상황이 발생하면 삼태산으로 달려가 적들을 무찌르는 게 우리의 임무로 알고 있는데. 맞습니까?"

"그건 맞지만 수라참혼장은 우리가 기다리는 모종의 상황과 아무런 연관도 없습니다."

옆에서 고정광이 투덜거렸다.

"그 도둑놈은 왜 하필 강남 중에도 항주, 그것도 삼태산에 비급을 숨겼는지, 원 참."

진평이 느긋한 어조로 말했다.

"아마 서호의 일출 감상을 즐겼나 보지요."

황여방은 진평이 군웅들을 대표해서 왔다는 사실을 알고 있었다.

"돌아가서 모두에게 전해주십시오. 우리의 목표는 따로 있으니까 경거망동하지 말라고."

진평은 아쉬울 것 없다는 듯 남은 차를 비우고 일어섰다.

"그렇게 하겠습니다. 뭐, 어차피 이 소란이 오래 이어지지는 않을 테니까요."

황여방이 의아한 표정으로 물었다.

"왜 그렇게 생각하십니까?"

"소문을 들어보니 그 도둑이 땅속 어딘가에 보물과 비급을 숨겨놓은 모양인데, 산에 오르는 사람마다 의심 가는 곳은 전부 헤집어보지 않겠습니까? 삼태산이 아무리 넓다 해도 수많은 무림인들이 여기저기 파헤치다 보면 무공비급 아니라 쪽지 한 장이라도 금세 드러날 것입니다."

황여방과 고정광이 굳은 표정으로 서로를 마주 보았다.

진평이 말끝에 쪽지를 언급한 것은 그들이 찾는 물건이 책자임을 알기에 연상이 되도록 일부러 고른 단어였다.

그들이 심각하게 고민하는 기색을 보이자 진평이 혼잣말하듯 덧붙였다.

"나 같으면 당장 삼태산으로 달려가서 불나방처럼 몰려드는 무림인들과 우리의 적들을 한꺼번에 쓸어버리겠습니다. 지금까지 며칠째 서로 싸우느라 피를 흘렸을 테니 살아남은 자들을 정리하는 일쯤이야 여반장(如反掌) 아니겠습니까."

진평은 황여방과 고정광의 표정이 여러 차례 변하는 것을 보고 둘이 의논할 시간을 주기 위해 밖으로 나왔다.

맹승교와 한정헌 등의 군웅들이 정자 근처에 모여 있다가 진평에게 몰려와서 물었다.

"어찌 되었습니까?"

"글쎄요. 잠시 생각해보겠다고 했는데, 아마 여러분의 뜻이 받아들여질 것 같습니다."

"하하! 역시 호림공이십니다."

진평의 예상은 적중했다.

황여방이 동원령을 내린 것이다.

그의 입장에선 무공비급을 찾는답시고 여기저기 들쑤셔대는 무림인들이 엉뚱한 물건을 찾을 수도 있다는 진평의 지적을 심각하게 받아들일 수밖에 없었다.

그래서 불안감에 떠느니 아예 위험 부담을 깨끗이 없애는 길을 택한 것이다.

일단 결정이 내려지자 그 이후의 움직임은 신속했다.

몰려드는 무림인의 수가 계속 늘어나고 있으니까 한시라도 빨리 실행에 옮기는 게 낫다는 판단이었다.

성왕부의 무사들은 양우건이 지휘하고, 여러 문파의 군웅들은 절반으로 나누어 황여방과 고정광이 각각 지휘하기로 했는데, 모두에게 짙은 회색의 복면과 야행복이 지급되었다.

"신분이 드러날 수 있는 물건은 지니지 마십시오."

회의무사들이 야행복을 나눠주며 한 말이었다.

진평 일행은 고정광의 지휘 아래 배속되었다.

구서위는 장주라 움직이지 않고 그의 아들 구재원만 참여하게 되었는데, 그는 진평과 동행하기로 했다.

출발 전, 모두가 모인 자리에 고정광이 나타났다.

그는 좌우 어깨에 엇갈려 가죽 띠를 맸는데 거기엔 꼬챙이처럼 폭이 좁은 단검들이 가지런히 꽂혀 있었다.

그가 사용하는 암기인 듯했다.

모두의 시선이 모이자 고정광이 임무를 설명했다.

"관군이나 무공이 약한 자들은 굳이 건드릴 필요가 없습니다. 하지만 고수들은 단 한 명도 빠져나가지 못하게 해야 합니다. 그들을 제압한 후엔 소지품을 뒤져 종이나 책자가 나오면 무조건 내게 가져오십시오."

창룡문주 한정헌이 물었다.

"무엇이 나오건 다 대인께 드려야 한단 말입니까?"

그뿐만 아니라 모두가 다 불만 어린 표정이었다.

"아닙니다. 우리가 찾는 물건은 딱 한 가지입니다. 무공비급과는 거리가 멀지요. 그 물건 이외의 것은 찾은 분의 소유권을 인정하고 비밀도 지켜 드릴 테니까 아무 걱정 말고 보여주십시오."

군웅들의 얼굴에 비로소 욕망이 번져나갔다.

고정광이 이어 말했다.

"고수를 만날 경우엔 협공을 해야 할 테니까 잘 맞는 사람들끼리 미리 약속을 정하십시오."

그것은 별문제가 없었다.

대부분 한 문파 소속인지라 평소에 수련한 합격진을 구사할 수 있었다.

문도들 없이 합류한 진평 일행과 구재원만 남게 된 것을 보고 고정광이 말했다.

"호림공은 저희와 동행하시지요."

"우리는 넷으로 충분합니다."

"지금 삼태산엔 고수가 많습니다."

"산에 올라가면 상황에 맞춰 함께 혹은 따로 견기이작(見機而作)할 테니 걱정 마십시오."

"뭐 그러시다면야……."

출정 준비를 거듭 확인하고, 축시(丑時)가 되자 뇌정산장의 문이 열렸다.

그리고 경공으로만 봐도 심상치 않은 고수들 수백 명이 일제히 삼태산을 향해 몸을 날렸다.

복면 구멍 너머로 드러난 그들의 눈빛은 살기로 번뜩이고 있었다.

제8장
삼태산의 혈사

뇌정산장의 움직임은 즉각 삼태산으로 전해졌고, 동창은 신속하게 대응했다.

성왕부 무사들이 삼태산 주변을 감시하듯, 동창 역시 뇌정산장 주변을 감시하고 있었던 것이다.

삼태산에 배치된 동창의 역장(役長) 이십여 명과 번장(番長) 이백여 명은 본래 여러 곳에 흩어져 무림인들을 차단하던 중이었지만, 신호가 들리자마자 즉시 한 장소로 집결하여 커다란 방어진 형태를 갖추었다.

그들의 대응은 효과적이었고, 성왕부 입장에서는 기습의 의미를 찾기 어렵게 되고 말았다.

계속된 전투에 지친 동창을 쉽게 제압할 수 있을 거라는 기대가 어그러지면서 성왕부의 기세는 주춤할 수밖에 없었다.

싸움이 소모전의 양상을 띠자 양우건은 목갑에 보관하고 있던 고검(古劍)을 꺼내어 들었다.

그리고 전장으로 뛰어들어 검을 휘두르기 시작했는데, 그 한 사람의 가세로 인해 전세는 급격히 기울어지기 시작했다.

동창의 번역들 중 그 누구도 양우건의 일초를 제대로 받아넘기는 자가 없었다. 그의 검은 그만큼 빠르고 위력적이면서 동시에 치명적이었다.

방어진이란 것이 본래 구성원의 효율적인 배치를 통해 여럿의 힘을 극대화시키는 것인데, 양우건이 그 결속 고리에 해당되는 부분을 자르고 들어가니 진 전체가 와해될 수밖에 없었다.

그 상황을 지켜보며 이를 가는 사람이 있었다.

삼태산의 상황을 총괄 지휘하는 천호 당유량.

그는 사례감 장인태감 왕진과 동창 장인태감 두용(杜甬)에 이어 세 번째로 지위가 높은 환관이었다.

무공으로 따지면 황궁 최고인 그가 서열에서 뒤로 밀린 것은 괴이한 외모 때문이었다.

특별한 내공을 익혀 머리카락과 눈썹이 모두 하얗게 센 데다 눈동자마저 색이 점점 옅어져서 사람들이 시선을 마주치기 꺼려할 정도이다 보니 황제를 가까이 모실 기회가 없었던 것이다.

하지만 왕진과 두용은 그의 능력을 알기에 그를 중히 여겼고, 당유량 역시 왕진과 두용에게 충성을 다했다.

동창의 천호 자리에 올라 중요한 임무를 도맡은 것도 그들 세 사람 사이의 신뢰가 바탕이 된 것이었다.

당유량은 허리에 차고 있던 칼을 뽑아들고 몸을 날려 양우건을 베어 갔다.

귀를 찢는 파공음만큼이나 위협적인 쾌도.

그러나 양우건의 반응도 빨랐다.

두 사람의 무기가 허공에서 얽혔고, 곧이어 수백, 수천의 노란 불꽃들을 연이어 만들어내며 격돌했는데, 그 타격음이 어찌나 빠르게 이어지는지 마치 원단에 터뜨리는 편포(鞭炮) 서너 줄에 동시에 불을 붙여놓은 것 같았다.

양우건과 당유량.

각각 성왕부와 동창을 대표하는 두 고수의 대결은 번역들과 무사들의 손을 멈추게 만들었다.

워낙 무시무시한 싸움이라 눈과 귀가 쏠릴 수밖에 없기도 했고, 그들이 뿜어내는 검기와 도기를 피하느라 주변에 너른 공터가 형성된 것도 그 이유였다.

어둠 속에 숨어서 지켜보는 무림인들 역시 넋을 잃었다.

검과 사람, 도와 사람이 하나 되어 상대의 요혈을 노리며 공방을 펼침에 있어 그 수법이 참으로 현묘하고도 치밀하여 누가 승리를 거둘지 짐작조차 하기 어려웠다.

한 가지 분명한 사실은 두 사람의 대결에서 승패가 갈리는 순간, 이 대규모 전투 역시 일방적으로 끝날 거라는 점이었다.

그만큼 두 사람의 무위는 독보적이었다.

짧은 시간에 백여 초를 훌쩍 넘긴 싸움은 돌발 상황으로 인해 종국을 맞게 되었다.

반복되는 격돌에서 당유량의 칼이 양우건의 고검에 견디지 못하고 부러진 것이다.

동창의 번역들은 경악성을 터뜨렸고, 성왕부 무사들은 환호성을 질렀다.

양우건은 기회를 놓치지 않고 당유량을 향해 검을 뻗었다.

그러나 당유량의 소매에서 펑! 소리와 함께 흰 가루가 뿜어져 나오는 바람에 양우건은 급히 검을 거두어들여 검막을 펼쳐야 했다. 가루만 퍼진 게 아니라 가느다란 금침들도 함께 날아왔던 것이다.

양우건은 금침들을 튕겨낸 뒤에도 거리를 좁히지 못했다. 넓게 퍼진 흰 가루의 냄새가 달착지근한 게 아무래도 의심스러웠기 때문이다.

팔에 장치해 둔 암기로 위기를 모면한 당유량은 뒤도 돌아보지 않고 달아나기 시작했다.

양우건의 고검과 상대할 무기가 자신은 물론 자기편 진영을 통틀어도 없는 지금, 계속 맞서 싸우는 것은 자살행위라고 판단한 것이다.

동창의 번역들도 지체 없이 수장의 뒤를 따랐다.

땅따먹기 전쟁을 하는 게 아니기 때문에 여의치 않은 상황이 발생할 경우 신속히 후퇴하는 훈련도 미리 해둔 터였다.

팽팽하던 대결 구도는 한순간에 일방적인 추격전으로 변했고, 그 여파는 숨어서 구경하던 무림인들에게도 미쳤다.

양우건이 지휘하는 회색 복면인 무리는 동창뿐만 아니라 삼태산에 있는 모든 사람을 공격 대상으로 삼고 있었기 때문이다.

산 중심에서 그런 일이 벌어지고 있는 동안 고정광이 지휘하는 일단의 무리는 서쪽 능선에 횡으로 길게 펼쳐진 포위대형을 완성했다.

동쪽은 황여방이, 서쪽은 고정광이 각각 맡아 정상 쪽으로 훑어 올라가면서 단 한 명도 빠져나가지 못하게 하는 게 그들의 계획이었다.

광활한 면적의 산에 비해 포위망이 일견 성긴 듯했지만, 구성원 개개인의 무공이 높아서 사람을 놓칠 가능성은 낮았다.

처음엔 아무런 접촉 없이 진행했지만 오래지 않아 여기저기서 고함과 기합, 병장기 부딪히는 소리가 들려오기 시작했다.

진평은 고정광의 위치를 수시로 확인했다.

다른 사람들은 무공비급 찾을 욕심에 눈이 멀어 애당초 좌우를 둘러볼 여유가 없기 때문에 고정광만 신경 쓰면 되는 것이었다.

고정광 역시 부하들을 지휘하느라 바빴다.

진평은 회심의 미소를 지었다.

관군이 둘러싸고 동창이 도사리고 있는 이 산에 마침내 발을 딛게 되었으니, 더 이상 성왕부의 졸개 노릇을 할 필요가 없었다.

진평은 좌우 간격을 맞추며 전진하다가 관목 숲에 서너 명의 그림자가 모여 있는 것을 보고 고함을 지르며 달려갔다.

"거기 서라!"

검은 그림자들은 걸음아 날 살려라 도망치기 바빴는데, 진평 일행은 적당히 쫓아가는 시늉만 하다가 숲으로 빠졌다.

성왕부 일행과 떨어진 진평은 구재원에게 말했다.

"여기서 이만 헤어지는 게 좋을 것 같군. 장주님께는 나중에 따로 찾아뵙고 인사를 드리지."

"알겠습니다. 고대인에겐 제가 대충 둘러대겠습니다."

구재원에게 뒷감당을 맡긴 세 사람은 채운담으로 향했다.

가는 내내 이리저리 뛰는 여러 무림인들을 보았는데, 속한 문파나 출신은 달라도 혼란과 공포에 휩싸였다는 사실만큼은 비슷했다.

그들이 산에 올라왔을 때만 해도 관군 뒤에 숨은 의문의 고수들이 최우선적인 경계의 대상이었다. 그런데 갑자기 나타난 회색 복면인들이 마치 사냥이라도 하듯 포위망을 좁히며 잔혹한 살상을 벌이자 다들 빠져나가기 위해 안간힘을 쓸 수밖에 없었다.

그들을 피해 채운담에 도착한 진평은 우선 주변의 기척부터 살폈다.

멀리서 비명과 파공음이 들려왔지만 연못 주변은 조용했다. 밤바람에 떨어진 나뭇잎이 수면에 잔물결을 일으킬 뿐이었다.

"좋아. 시작해볼까?"

진평은 연못 주변에 포진된 구궁팔괘진을 찾았다.

그러나 달빛이 약한 데다 진이 주변 지형지물 사이에 워낙 교묘하게 잘 숨겨져 있어서 결국 설가영에게 도움을 청할 수밖에 없었다.

"아무래도 막내가 해야겠다."

"저 돌이에요."

설가영은 이미 구궁팔괘진을 발견하고 그 안에 배열이 이상한 돌까지 찾아놓은 뒤였다.

"저기를 생문이라고 하면……."

설가영이 손가락으로 여러 방위를 짚으며 입으로 중얼거리는 사이에 진평도 그동안 공부한 태일오륜진을 연못 주변에 대입해 보았다.

"저쪽이구나!"

진평이 한 방향을 가리키자 설가영이 고개를 끄덕였다.

"가르친 보람이 있네요."

진평은 피식 한 번 웃고는 공부한 내용을 되짚어 생각하며 조심스럽게 걸음을 옮겼다.

그렇게 반 각 정도가 지난 후, 마지막 한 걸음을 내딛자 주변 경관이 갑자기 다르게 보였다.

산속 연못 주변인 건 분명한데 이제까지 보던 나무와 바위가 아니었다. 이상하게 생각한 진평은 발을 들어 원래의 자리로 돌아가 보았다. 그러자 마치 허공에 커다란 거울을 놓고 홱 돌려놓기라도 한 듯 나무와 바위의 위치가 달라졌다.

"신기하군."

기문둔갑 공부가 일정 경지에 오르면 온갖 신묘한 변화를 일으킬 수 있다는 얘기를 들었지만 실제로 보니 감탄만 나왔다.

걸음을 옮겨 달라진 경관으로 들어서니 석벽의 갈라진 틈에 나뭇가지들로 덮어 놓은 보따리가 훤히 보였다.

진평은 보따리를 꺼내어 풀어보았다.

안에는 기름종이로 단단히 싼 물건이 들어 있었는데 무게나 형태로 보아 책이 분명했다.

진평은 그것을 품에 넣고 들어갔던 길을 조심스럽게 거슬러 나왔다. 홍패가 물었다.

"찾으셨습니까?"

"응……."

진평은 대답을 하다 말고 깜짝 놀랐다.

등 뒤에서 엄청난 경력이 다가오고 있었기 때문이다.

그는 황급히 몸을 회전시켜 의문의 공격에 맞섰고 펑! 하는 굉음과 함께 상대와 일장을 나누게 되었다.

"으음……."

기혈이 크게 격탕한 진평은 세 걸음이나 뒤로 물러선 뒤에야 겨우 신형을 바로잡을 수 있었다.

홍패와 설가영은 깜짝 놀라 진평을 부축하려 했지만 진평이 손을 저어 그들을 가까이 오지 못하게 했다.

기습을 한 상대가 입을 열었다.

"넌 누구냐?"

사십대 중반 정도로 여겨지는 그의 목소리는 약간 떨리고 있었다.

자신의 일장을, 그것도 창졸간에 기습을 했음에도 불구하고 맞받아치는 사람이 있다는 사실에 크게 놀란 듯했다.

진평은 냉소를 지었다.

"그건 내가 묻고 싶은 말이다. 등 뒤에서 암수를 쓰는 걸 보면 근본도 없는 후레자식이 분명하겠지만, 그래도 이름은 있겠지?"

진평은 급히 진기를 일주천해보았다.

그리고 오른손 장심에서부터 차가운 기운이 퍼지는 것을 느끼고 깜짝 놀라 기혈의 흐름을 차단했다.

그리고 상대를 찬찬히 살펴보았다.

두건을 쓰지 않아 얼굴을 반 이상 가릴 정도로 흘러내린 머리는 백발이 많이 섞여 있었고, 수염은 머리와 달리 짧게 다듬은 상태였다.

검은색 장포와 가죽 신발도 화려하진 않지만 장식과 매무새가 깔끔해서 꽤 세심한 성격의 소유자로 보였다.

무엇보다도 인상적인 것은 줄기줄기 뿜어져 나오는 패도적인 기운이었다.

'당금 무림에 이런 기도를 지닌 사람이 있었던가?'

당장은 떠오르는 이름이 없었다.

진평은 중년인이 자신의 이목을 완전히 속인 채 가까이에 숨어 있었다는 사실을 새삼스럽게 깨달았다.

"누군가 올 거라 기대하고 무작정 기다린 건가?"

진평의 질문에 중년인이 대답했다.

"특이한 진법이더군."

중년인은 연못 주변에 진법이 펼쳐져 있다는 사실을 알아차렸고, 진입이 여의치 않자 파진할 사람이 나타날 때까지 기다리고 있었던 것이다.

진평이 다시 물었다.

"뭘 원하지?"

"네가 가지고 나온 것."

"동창 소속인가?"

"흥!"

진평은 냉소를 통해 그가 동창을 경멸한다는 사실을 짐작할 수 있었다.

그때, 일단의 무리가 빠르게 다가오는 기척이 느껴졌다. 경공의 접근 속도로 보아 상당한 고수였고 그 수도 많았다.

진평은 중년인을 노려보았다.

원래 계획대로라면 지금쯤 산을 내려가고 있었을 텐데, 난데없이 나타난 훼방꾼 때문에 일이 커지게 생긴 것이다.

중년인 역시 진평을 노려봤다.

사람들의 이목이 집중되는 것은 그 역시 싫은 듯했다.

"내놓지 않겠다면 내가 가져가겠다."

순간 중년인의 신형이 사라지는가 싶더니 어느새 진평의 코앞에 모습을 드러냈다.

진평은 크게 놀랐다.

"이형환위(移形換位)!"

암경(暗勁)을 실어 오른손을 마비시킨 장법은 중년인의 능력 중 일부에 불과했다.

몸놀림보다 더 빠른 손길이 진평의 품으로 파고드는가 싶더니 어느새 둘둘 만 책이 그의 손에 들어가고 말았다.

진평도 당하고 있을 수만은 없었다.

그동안은 자신의 능력을 감추는 데만 신경을 썼지만 중년인은 그런 식으로 상대할 수 있는 사람이 아니었다.

진평은 품에서 빠져나가는 책을 빼앗으려 하지 않았다. 오히려 왼손을 뻗어 두루마리의 바닥을 후려쳤다.

순간, 답답한 신음과 함께 중년인이 책을 놓쳤다.

진평이 책을 통해 발출한 경력이 중년인의 손등을 통해 터져 나온 것이다. 책을 움켜쥔 손바닥은 멀쩡하고 오히려 손등이 찢어졌으니 참으로 신묘한 수법이라 할 수 있었다.

진평은 떨어지는 책을 잡기보다 상대를 제압하는 데 집중했다. 오른손을 쓸 수 없어 불편하기는 했지만 한 발 크게 내딛으며 왼손바닥으로 상대의 가슴을 후려쳤다.

피하기에 늦었다고 생각한 중년인 역시 왼손을 내밀었고, 손바닥끼리의 격돌이 이루어졌다.

진평은 자신의 벽공장(碧空掌)이 상대의 장과 손목, 팔꿈치는 그대로 두고 어깨뼈를 부숴버릴 거라고 확신했다.

그런데 손바닥에 느껴지는 감촉이 기이했다.

마치 빠르게 회전하는 팽이를 억지로 움켜쥔 것 같은 반탄력이 전해지는가 싶더니 자신의 경력이 절반 이상 와해되어 버렸다.

두 사람은 똑같이 세 걸음씩 뒤로 밀려났는데, 그 와중에도 진평은 발등으로 떨어지는 책을 받아 한 번 더 살짝 띄운 후 뒤꿈치로 차서 홍패에게 날려 보냈다.

일단 물건은 확실히 챙긴 것이다.

진평을 앞에 두고 다른 데 신경을 쓰는 것은 위험하다는 사실을 깨달았는지 중년인은 그것을 빼앗으려는 시도를 하지 않았다.

"넌 누구냐?"

"네 이름을 먼저 말해라."

진평은 심장 박동 수가 빨라진 상태였다.

이 정도의 강적을 만나는 것은 그로서도 처음 경험하는 일인지라 가슴 밑바닥에서부터 호승심이 꿈틀거렸다.

중년인은 잠시 망설이는 듯했다.

그러나 다가오는 고수들의 기운이 더욱 뚜렷하게 느껴지자 갑자기 몸을 날렸다.

"다음에 다시 만나자."

처음의 말과 나중의 말 사이에 음량 차이가 큰 것은 그가 근처의 소나무 위로 올라가 그 가지를 차고 십여 장을 날아가는 일련의 동작들이 순식간에 이어졌기 때문이었다.

진평은 심호흡을 했다.

오른손이 부자연스러운 지금, 그가 가버린 게 다행이라는 생각이 드는 한편, 승부를 내지 못한 게 아쉽다는 생각도 들었다.

홍패가 물었다.

"형님. 어, 어떻게 된 겁니까?"

두 사람 사이에 있었던 손 나눔은 내부적으로 무시무시한 경력의 교환이 이루어졌지만, 외견상으로는 단순해 보였다.

그래서 설가영과 홍패는 진평과 중년인이 몇 번의 짧은 움직임 이후에 더 이상 접전을 벌이지 않은 이유를 이해하지 못했다.

진평이 홍패에게 손짓을 했다.

좌우를 경계하라는 의미였다.

잠시 후 그들 세 사람 앞에 수십 명의 고수들이 모습을 드러냈다.

승도걸속(僧道乞俗)이 골고루 모인 그들은 진평 일행을 보고 당황하는 표정이 역력했다.

"이쪽에도 놈들이 있다!"

진평도 그들을 보고 당황했다.

소림과 화산, 청성과 개방의 제자들이 섞여 있었기 때문이다. 청성과 개방은 동창과 한 편이니, 이들은 지금 성왕부 무사들에게 쫓기는 중일 것이고 자신을 적으로 볼 게 분명했다.

과연 선두에 선 소림승이 봉을 휘두르며 외쳤다.

"적은 세 명뿐이니 속히 제압하고 갑시다!"

진평은 침음성을 흘렸다.

방금 전 정체불명 괴인과의 접전 때문에 한쪽 손이 불편한 상태. 자기 혼자라면 일단 피하고 봤겠지만 그렇게 되면 홍패와 설가영의 안전을 보장하기 어렵다는 게 문제였다.

진평은 찔러 들어오는 소림승의 봉을 왼손으로 움켜쥐면서 순간적으로 진기를 운용했다.

"크윽!"

봉이 급격히 뒤틀리는 바람에 소림승은 몸을 주체하지 못하며 자신의 무기에서 튕겨져나갔고, 손바닥에 난 깊은 상처에 신음을 토했다.

진평으로서는 약간 당혹스런 상황이었다.

검은 장포 중년인과의 대결로 온몸의 신경이 곤두서 있다 보니 필요 이상의 공력이 투입된 것이다.

달려들던 무림인들이 그 무위에 놀라 멈칫하는 사이 진평은 곧바로 빼앗은 무기를 휘두르기 시작했고, 잠깐 사이에 서너 명이 비명을 지르며 쓰러졌다.

진평은 그들의 무기 든 손을 주로 노렸다.

싸울 의지를 잃고 달아나도록 하기 위해서였다.

그는 성왕부 덕분에 뜻을 이루었지만 섬멸전에 동참하고 싶은 마음은 없었다. 동창과 왕부의 알력에 강호 동도들이 의미 없이 희생되는 것은 전혀 바라는 바가 아니었다.

상대가 청성이나 개방이라고 해도 마찬가지였다. 때려눕히더라도 당당히 자신을 드러내고 할 일이지, 성왕부의 수하로서 복면을 쓰고 할 짓은 아니었다.

채운담 주변에 나타난 무림인들은 접전에서 살아남은 사람들로, 저마다 고강한 무공의 소유자였지만 진평이 한 손으로 휘둘러대는 봉을 제대로 감당하지 못했다.

때로는 창처럼 찔러 들어오고, 때로는 채찍처럼 후려치는 봉의 움직임이 실로 변화막측한데다 실린 내공이 만만치 않았기 때문이다.

수의 우세를 믿고 달려들다가 주춤하는 사이, 그들 중 한 명이 앞으로 나섰다.

"저자는 내가 맡겠소."

화산파 장문인 한충보였다.

뒤에서 진평의 움직임을 자세히 관찰하다가 한쪽 팔이 불편하다는 사실을 간파하고 나선 것이었다.

본래 화산파는 소림, 무당과 어깨를 나란히 할 정도로 승승장구했으나 몇 대에 걸쳐 특별한 고수가 나오지 않으면서 지금은 무림에서의 위상이 많이 낮아진 상태였다.

곤륜이나 천산파에 밀린 것은 그렇다 쳐도 공동파나 종남파에게까지 뒤처진 것은 부끄러운 상황이라고 할 수 있었다.

한충보는 자신의 무명(武名)을 쌓는 것이 그런 화산파를 부흥시키는 지름길이라 생각했고, 의욕적으로 활동을 벌여왔다.

항주에 뭔가 수상한 일이 벌어지고 있다는 소식을 듣고 문도들을 총동원하여 온 것까지는 좋았는데, 양우건과 당유량의 가공할 실력을 보고 다른 문파들과 더불어 도망자 신세가 되었으니 자랑스러울 일이 하나도 없었다.

그런데 지금 눈앞에 기회가 찾아왔다.

무림동도들을 가로막는 고수.

그런데 그는 내상을 입은 것으로 보였다.

게다가 봉을 휘두름에 있어 마치 새끼를 보호하는 맹수처럼 자신들 일행에게 접근하는 방위에 대해 민감하게 반응하는 것으로 보아 다른 두 명은 봉을 든 자만큼 무공이 뛰어나지 않은 게 분명했다.

여기서 그들 세 명을 쓰러트리고 길을 연다면 소림, 청성의 문도들로부터 치사의 말을 들을 테니, 체면도 세우고 삼태산에 온 보람도 찾을 수 있을 것이었다.

그가 진평과의 거리를 좁히자 다른 무림인들은 뒤로 물러서서 공간을 만들어주었다.

진평은 매화문양이 화려하게 장식된 검집과 옷차림을 보고 그가 화산장문이란 사실을 짐작할 수 있었다. 현재 마주 선 상대들 중에 가장 강력한 기도를 풍기는 자이기도 했다.

몸이 멀쩡하다고 해도 굳이 싸우고 싶지 않은 상대인데 지금은 기혈의 흐름마저 순조롭지 못한 상황.

'오래 끌 수 없다.'

속전속결을 결심한 진평은 곧바로 선제공격을 가했다. 연이어 짓쳐들어가며 요혈을 찌르는 초식은 비록 형은 평범해도 빠르기만큼은 가히 섬전과 같았다.

"흥!"

한충보는 코웃음을 치며 검을 휘둘러 화려하기 그지없는 검초로 진평의 봉을 쳐냈다.

한 손만으로 화산장문 정도의 고수를 상대하는 건 아무리 진평이라고 해도 쉽지 않은 일이었다.

그런데 한충보가 갑자기 암향표(暗香飄)라는 상승의 신법을 펼치더니 설가영과 홍패 쪽으로 돌아들어 갔다.

진평은 깜짝 놀라 그를 막으려 했는데, 본래 한충보의 그 움직임은 허초였다.

진평의 반응에 득의의 미소를 흘리며, 한충보는 진평의 불편한 오른쪽으로 연달아 삼검을 찔렀다.

진평은 황급히 봉을 휘둘러 막았지만 화산장문의 술수는 지독했고 검엔 깊은 내력이 담겨 있었다.

봉이 맥없이 잘려나갔고 진평은 겨우 몸을 틀어 피했지만, 마지막 초식에 스치는 바람에 어깨가 화끈거렸다.

"으으……."

진평의 입에서 신음이 새어나왔다.

한충보가 냉소를 지었다.

"내 검을 흘리다니. 운이 좋은 놈이로구나. 하지만 늘 운이 좋을 수는 없지. 후후……."

그는 진평을 향해 다시 검을 휘둘렀다.

홍패는 진기를 끌어올렸다. 여차하면 진평을 도와 이곳을 탈출하기 위해서였다. 평소엔 그를 믿지만 지금은 몸 상태도 좋지 않고, 상대도 너무 강했다.

왼손엔 한 자밖에 남지 않은 짧은 봉을 들고, 오른팔에선 피를 흘리고 있는 진평이 화산파 장문인의 공격을 막거나 피할 방법은 더 이상 없어 보였다.

다만 그의 두 눈만큼은 번뜩이고 있었는데, 그 눈빛에 담긴 건 일파의 장문인이나 되는 사람이 속임수를 썼다는 데 대한 분노와 경멸이었다.

한충보의 검에서 뿜어져 나온 검기가 진평의 요혈을 꿰뚫으려는 순간, 진평의 모습이 사라졌다.

동시에 쿵! 소리와 함께 한충보의 몸이 공중으로 이삼 장 높이까지 떠올랐다.

너무나 갑작스러운 상황에 구경하던 사람들 모두 경악성을 터뜨렸다.

진평이 마지막에 보인 움직임은 탄천벽(彈穿壁)이라는 수법으로, 아무런 준비 동작 없이 순간적으로 이동하여 몸통 전체로 부딪쳐가는 독특한 공격법이었다.

한충보는 진평의 반격에 내심 신경을 쓰고 있었지만, 갑자기 상식을 뛰어넘는 속도로 간격이 좁혀지자 어떠한 대응도 할 수 없었다.

늑골이 여러 대 부러져서 이미 기절한 채로 땅에 떨어진 한충보를 향해 진평이 말했다.

"늘 강할 수는 있지."

화산파 제자들은 황급히 달려들어 장문인을 부축하고 손발을 주무르자 그제야 한충보가 각혈을 하며 정신을 차렸다.

그러나 이미 몸이 만신창이라 대결은커녕 눈을 뜨고 있기조차 힘들어 보였다.

진평의 일격이 한충보의 숨통을 단번에 끊지 못한 것은 그의 몸 상태가 좋지 않아 내공 중 일부를 쓰지 못했기 때문이었다.

그러나 그 정도만 해도 무림인들은 도전 의욕을 완전히 잃어버리고 말았다.

너무나 압도적인 신위였기 때문이다.

숫자로만 보면 열 배가 훨씬 넘는데 겁먹은 표정으로 좌우를 두리번거리기만 할 뿐 누구도 나서는 이가 없었다.

진평은 더 이상 싸우고 싶지 않았다.

손짓으로 그들을 보내려고 막 왼손을 들려는 찰나, 좌우 숲이 소란스러워지는가 싶더니 회색 복면을 한 무리들이 한꺼번에 모습을 드러냈다.

"하하하! 호림공이 큰 공을 세우셨군요."

"역시 대단하십니다."

고정광과 한정헌의 목소리였다.

그들은 진평이 퇴로를 막았다고 생각하는 것이었다.

우측 무리의 선두엔 양우건도 있었다.

무림인들은 포위되었다는 사실을 알고 한 덩어리로 뭉쳤지만 그 직경이 점점 줄어드는 건 어쩔 수 없었다.

고정광이 나서서 말했다.

"하하하! 너무 겁먹지들 마라! 무기를 버리고 항복한다면 상처 하나 없이 이곳에서 나가도록 해주겠다."

그러나 무림인들이 그런 선택을 할 리가 없었다.

싸우다 죽겠다는 각오로 이글거리는 그들의 표정을 보며 고정광이 다시 말했다.

"잘 생각하는 게 좋을 거다. 이미 봐서 알겠지만, 우리는 손에 피 묻히는 걸 두려워하는 사람들이 아냐."

그가 손짓을 하자 성왕부 무사들이 일제히 병기를 앞으로 겨누었다.

무림인들도 그냥 죽지는 않겠다는 듯 무기를 고쳐 쥐었다.

진평은 마음이 편치 않았다.

그들이 몰살당한다 해도, 사실 자기가 상관할 바는 아니었다. 하지만 자신 때문에 지체되어 도망칠 기회를 놓쳤다는 건 좀 뒷맛이 씁쓸했다.

이제 더 이상 성왕부와 볼 일도 남아 있지 않은 마당에 한 가닥 탈출로 정도는 열어줘야 하지 않을까 하는 생각이 들었다. 그 이후의 생사는 저마다의 무공과 운에 따라 갈릴 것이었다.

문제는 그의 내상이었다.

오른손이 마비된 상태에서 탄천벽으로 다소 무리하게 내력을 운용한 탓도 있고, 한충보의 호신강기를 깨면서 받은 반탄지력의 충격도 있어서 지금은 내기의 흐름이 끊어졌다 이어지기를 반복하고 있었다.

결정을 내려야 하는 상황.

만약 시도한다면, 황여방의 병력까지 도착하기 전에 한시라도 빨리 결정을 내려야 했다.

진평은 양우건을 바라봤다.

마침 그 역시 진평을 보고 있어서 두 사람의 시선이 허공에서 만났다.

사방이 어두운데다 두 사람 모두 두건을 쓴 상태라 한참의 시간이 흘러도 서로 눈을 돌리지 않았다.

"형님."

진평의 성격을 아는 홍패가 다가와 슬그머니 소매를 잡았다. 몸이 정상이 아니니 자중하고 지켜보자는 의미였다.

그때, 어디선가 탁한 괴소가 들려왔다.

"크흐흐……. 미안하지만 너희들 놀이는 뒤로 좀 미뤄야겠어. 내가 먼저 할 일이 있거든."

그리고 한 사내가 대치한 양측의 한가운데 모습을 드러냈는데, 그 신법이 표홀하여 마치 날아가던 새가 내려앉은 듯했다.

격돌을 앞두고 긴장감이 고조된 상태였음에도 불구하고 그의 접근과 출현을 제대로 알아본 사람은 많지 않았다.

고정광이 노한 목소리로 물었다.

"넌 누구냐!"

그가 누구인지 아는 사람이 딱 두 명 있었다.

바로 진평과 홍패였다.

폭이 좁고 길이가 각기 다른 왜도 두 자루를 허리에 찬 괴인은 바로 복운표국의 총표두인 석위였다.

그는 고정광 쪽은 쳐다보지도 않고 칼을 뽑아 똑바로 양우건을 겨누며 말했다.

"넌 이번 표행의 대가야. 그러니까 다른 데 내력을 소진하도록 놔둘 수 없어. 나중에 지고 나서 불공평한 대결이었다고 하면 기분 잡치잖아."

성왕부 무사들과 무림인들 모두 석위가 무슨 뚱딴지같은 소리를 하는지 이해할 수 없었다.

진평만 그의 의도를 알아채고 고개를 돌려 홍패를 바라봤다. '네가 그렇게 해도 좋다고 약속했나?' 라고 묻는 눈빛이었다.

홍패는 강하게 고개를 가로저었다.

고정광은 난데없이 나타나 이상한 소리를 해대는 훼방꾼을 더 이상 두고 보지 않았다.

좌우로 손짓을 하여 무사들을 나아가게 했다.

당장 제거하라는 의미였다.

석위가 갑자기 웃었다.

"크흐흐……. 아까 한 놈을 붙잡아 물어보니 네가 이미 한 번 싸움을 했다고 하더구나. 그렇다면 나도 힘을 좀 빼야 공평하겠지?"

순간, 그의 신형이 등 뒤에서 다가오는 성왕부 무사들을 향해 화살처럼 쏘아져 날아갔다.

사방에서 동시에 경악성이 터져 나왔다.

석위의 신법이 믿기 어려울 정도로 빨랐기 때문이다.

곧이어 더욱 놀라운 일이 벌어졌다.

석위의 움직임이 멈춘 뒤, 그를 향해 접근하던 성왕부 무사 십여 명이 한꺼번에 쓰러졌는데 석위가 언제 칼을 뽑아 그들을 베고 다시 집어넣었는지 아무도 보지 못한 것이다.

미친놈으로 치부하다가 실력을 보고 나니 한줄기 서늘한 기운이 등줄기를 지나 무릎 아래로 내려가는 느낌이었다.

호통을 치던 고정광도 석위의 신법과 쾌도에 놀라 벌어진 입을 다물지 못했다.

석위가 양우건 쪽으로 고개를 돌린 후 괴소를 흘렸다.

"크흐흐……. 이래도 흥이 안 생기나? 좀 더 할까?"

그러더니 대답도 듣지 않고 포위망으로 돌진하여 성왕부 무사들을 닥치는 대로 베어 넘겼다.

그 광경은 실로 끔찍하기 이를 데 없었다.

이제까지 삼태산을 지옥으로 만들던 성왕부 무사들.

그들의 무공 수위는 동창을 쫓고 화산파를 달아나게 만들 정도로 위력적인 것이었다.

그런데 석위 한 사람에 의해 방어진이 허무하게 무너져 갔다. 마치 커다란 호랑이가 닭장에 들어가 앞발을 휘저을 때마다 닭들이 떼죽음을 당하는 것 같은 광경이었다.

석위의 칼은 보이지도 않는데, 잘린 머리와 팔다리, 피가 허공으로 연달아 떠오르는 광경은 한 폭의 지옥도를 연상시켰다.

결국 양우건이 움직였다.

그의 고검이 파공음을 만들자 비로소 석위의 칼 두 자루가 모습을 드러냈다.

긴 칼의 새파란 도신이 섬뜩한 광채를 발했고, 짧은 칼의 검은색 도신 전체에는 얼룩덜룩한 무늬가 있었다.

특이한 점은, 두 자루 모두 수많은 사람들을 베었음에도 불구하고 피가 한 방울도 묻어 있지 않다는 것이었다.

"크하하! 그래. 이 정도는 되어야지."

석위는 양우건과 겨루는 게 기분 좋은지 웃음을 그치지 않았다.

반면에 양우건은 입을 꽉 다물고 대결에 집중하고 있었다.

석위의 두 자루 칼은 단지 빠르기만 한 게 아니라 어마어마한 내공까지 실려 있었기 때문이다.

두 사람의 무시무시한 대결이 이어지는 동안 화산파 제자들이 먼저 움직였다.

그들로서는 고수들의 대결을 구경하는 것보다 장문인을 살리는 일이 더 급했던 것이다.

성왕부 무사들의 포위망은 이미 헝클어질 대로 헝클어진 상태였다. 석위가 일진을 크게 무너뜨린 이유도 있지만 다들 정체불명 고수와 양우건의 대결에 정신이 팔려 있기 때문이기도 했다.

고정광조차도 당유량과 비견될, 어쩌면 그보다 나을지도 모르는 석위의 도법에 놀라 부하들을 지휘하는 데 전혀 신경을 쓰지 못하고 있었다.

화산파의 움직임을 보고 다른 방파의 무림인들도 잽싸게 살길을 찾아 움직였다.

"마, 막아라!"

고정광이 뒤늦게 소리쳤지만 이미 물고기는 뚫린 그물 밖으로 탈출한 뒤였다.

"잡아라! 한 놈도 빠져나가게 두어선 안 된다!"

성왕부 무사들은 대열을 정비하고 추격전에 나섰다.

진평이 홍패와 설가영에게 말했다.

"우리도 가자."

홍패가 걱정스러운 어조로 물었다.

"석형님은요?"

진평은 양우건과 석위 쪽을 보았다.

백중세.

석위가 여전히 킬킬거리며 떠들어대지만, 뚜렷하게 우위를 점하지는 못하는 상태였다.

"자기가 벌인 일이니 스스로 알아서 마무리하겠지."

석위에 대해서라면 걱정을 하지 않는 진평이었다.

지금은 설대인이 남긴 책을 가지고 무사히 이곳을 빠져나가 자신의 내상을 치료하는 일이 무엇보다 급했다.

세 사람은 무림인들을 추격하는 척하다가 계곡을 따라 슬그머니 산을 내려갔다.

제9장
대송강산

항주에서 태호(太湖)까지 이어지는 수로를 따라 배 한 척이 아침 안개를 가르며 나아가고 있었다.

진평과 홍패, 설가영이 탄 배였다.

밤새 선실을 독차지하고 운공요상을 하던 진평은 해가 뜬 뒤에야 밖으로 나왔다.

"형님! 다 나으셨어요?"

밤새 마음 졸이고 있던 설가영이 진평의 본래대로 돌아온 안색을 보고 반가이 물었다.

삿대를 잡고 있던 홍패도 급히 달려와 진평을 살폈다.

"좀 어떠십니까?"

진평은 씩 웃었다.

"말짱해."

"하지만 오른팔이 아직……."

홍패는 진평의 움직임이 자연스럽지 못한 것을 대번에 알아보았다.

"아! 이건 일부러 남겨둔 거야."

진평은 손가락을 움직여 보이며 말을 이었다.

"자, 삼태산을 전쟁터로 만든 물건이 과연 무엇인지 이제 확인해볼까?"

세 사람은 선실 안으로 들어갔고 홍패가 기름종이로 만 책을 탁자 위에 조심스럽게 펼쳤다.

세 사람의 시선이 집중된 책 표지엔 십사(十四)라는 큰 글자 아래 갑자(甲子)라는 작은 글자가 적혀 있었다.

진평은 표지를 넘겨보았다.

자꾸 돌돌 말리는 책장들을 펴놓고 보니 좌우로 이상한 글자와 숫자들이 빽빽하게 적혀 있었다.

설가영이 고개를 갸웃거렸다.

"이게 뭐죠?"

"장부야."

"무슨 장부요?"

"거래처와 거래내역이 전부 암호로 적혀 있긴 한데, 숫자 쪽을 보면 뭔가를 사고판 흔적이 분명해."

설가영은 이해할 수 없었다.

"이게 도대체 뭐라고 그렇게 많은 사람들의 목숨을 앗아간 거죠?"

그녀의 목소리가 격앙된 것은 죽은 사람 중에 자기 할아버지도 있기 때문이었다.

진평은 찬찬히 한 장씩 넘기며 장부를 확인해보았다. 글씨는 작고 장수는 많아서 내용이 방대했지만 전부 다 출납의 기록이었고 무슨 무공 구결이나 서찰 같은 다른 내용은 전혀 없었다.

살짝 실망스럽기까지 했다.

"거래처가 세 군데 정도 되는 것 같군."

홍패가 장부의 여기저기를 가리키며 말했다.

"거래처와 내역은 암호로 적었지만 이 수결들은 그렇지 않군요. 아무래도 돈이 걸린 문제이다 보니 수결까지 암호로 할 수는 없었겠죠?"

진평은 고개를 끄덕였다.

"동창은 찾으려 하고, 성왕부는 숨기려 하는 이유가 거기에 있는 것 같아. 바로 이 수결들이 성왕부의 어떤 사람이 모종의 거래에 연루되었다는 증거가 되는 거지."

"무슨 거래요?"

그건 진평도 알 수 없었다.

"글쎄. 거래량과 횟수, 금액으로 보면 암염(暗鹽)인 것 같은데……. 성왕부에서 뭐가 아쉬워서 그런 불법 거래에 손을 댔을까?"

홍패가 말했다.

"힝! 왕야라고 돈에 욕심이 없겠습니까?"

설가영이 손을 뻗어 장부를 둘둘 말아 쥐었다.

"이건 내가 처리할게요."

"어쩌려고?"

"할아버지 말씀에 따라야죠. 태워버릴 거예요."

진평이 화덕으로 가는 그녀의 손에서 장부를 빼앗았다.

"태우면 안 돼."

"왜요?"

설가영은 눈썹을 찌푸렸다.

장부만 태우면 끔찍한 일로부터 해방될 수 있는데 진평이 방해하니 화가 난 것이다.

"지금 이걸 태우면 동창은 계속 너를 쫓을 거야."

"책을 태웠는데…… 아!"

설가영은 말을 하다 말고 상황을 깨달았다.

그들이 보는 앞에서 태운다면 모를까, 지금 이곳에서 없애버리는 건 아무 의미도 없었다.

진평이 말했다.

"설대인이 즉시 없애지 않고 숨기기로 한 건 이 장부에 적힌 내용이 성왕부에 중요하기 때문이겠지. 아마도 친구를 위해 그런 위험을 감수한 게 아닐까 싶은데."

"그럼 저보고 찾아서 없애라고 하신 건요?"

"차선책이지. 전달되는 게 가장 좋겠지만 그게 실패한다면 십 년쯤 지난 뒤, 성왕부도 포기하고 동창도 포기한 뒤에 꺼내서 흔적을 없애라는 뜻이지."

설가영은 긴 한숨을 내쉬었다.

액운을 가져온 그날 밤의 할아버지 친구가 원망스러웠지만 이제 와서 돌이킬 수 있는 일은 아무것도 없었다.

진평이 그녀 어깨에 손을 얹어 다독여주었다.

설가영은 억지로 울음을 참고 물었다.

"그럼 이건 이제 어떻게 하죠?"

"성왕부에 돌려줘야지."

설가영이 한 번 더 한숨을 내쉬었다. 결국 할아버지만 억울하게 돌아가신 셈이 되고 마는 것이다.

진평이 그녀에게 물었다.

"장부를 나한테 맡기는 게 어때? 내가 적당한 시기에 돌려주고 설대인의 죽음에 대한 보상도 받아줄게."

"보상은 필요 없어요."

할아버지를 다시 살려낼 수 없다면 다 의미 없는 일이었다. 그녀가 힘없이 말을 이었다.

"형님이 알아서 처리해주세요."

동창으로부터만 벗어나도 다행이라는 생각이 들었다.

진평은 장부를 원래대로 말아 홍패에게 잘 간수하도록 한 후 가볍게 미소를 지었다. 그가 설가영에게 받아주겠다고 한 보상은 돈을 얘기하는 게 아니었다.

배는 해 질 무렵 태호로 진입했다.

서호와는 애당초 다른 규모. 바다에 비견될 정도로 넓어서 클 태자가 딱 어울리는 호수였다.

수평선 위로 떨어지는 해를 보며 진평이 홍패에게 말했다.

"들어가서 좀 자."

"거의 다 온 거 아닌가요?"

"나루에 닿으려면 한 시진은 더 저어야 해. 그리고 날이 어두워진 뒤에 들어가면 관리들의 주의를 끌게 되니까 내일 아침에 입항하는 게 나아."

"알겠습니다."

홍패와 설가영이 선실로 들어가자 배는 수면에 둥둥 떠 있게 되었다. 진평은 밧줄 더미를 모으고 거기에 기댄 채 왼손으로 낚싯대를 드리웠다.

얼마나 시간이 지났을까.

설가영이 갑판으로 나왔다.

"안 자고 왜?"

"작은형님 코 고는 소리가 커서요."

"하하! 그 녀석. 숨소리도 잘 안 내는 놈인데, 우리와 있으면 긴장이 풀리는 모양이네. 격벽 너머까지 들려?"

그녀의 잠자리는 구획이 따로 나뉘어 있었다.

"중간에 끊겼다 이어지는 부분에 자꾸 신경이 쓰여서 잠을 이룰 수가 없어요. 호흡을 한참 동안 안 하니……."

"후후……. 녀석에게 가서 한마디 할게."

진평이 일어서려 하자 설가영은 손을 내저었다.

"아뇨. 그냥 편히 자게 놔두세요. 어차피 전 지금 잠도 안 와요."

"피곤하지 않아?"

경공도 딸리는 몸으로 삼태산을 이리 뛰고 저리 뛰어다녔으니 팔다리가 쑤시는 게 사실이었다.

그러나 설가영은 고개를 가로저었다.

"괜찮아요."

그리고 그녀는 진평의 옆에 앉았다.

너른 호수엔 선선한 바람이 불어 잔물결이 뱃전에 부딪히고, 하늘엔 달이 둥실 떠 있으니 그 정취가 제법 그윽했다.

"삼태산에서 본 달은 붉었는데, 이곳의 달은 희네요."

진평이 미소 지으며 말했다.

"달이 아니라 네 마음이 달라져서 그리 보이는 거야."

설가영이 진평 쪽으로 고개를 돌렸다.

그리고 한참이 지나도 시선을 거두지 않았다.

"뭘 그렇게 뚫어져라 쳐다봐?"

"형님! 저 무공 좀 가르쳐주세요."

"또 왜?"

"작은형님한테 물어봤더니 그 남자가 화산파 장문인이라고 하더라고요. 그럼 굉장한 고수잖아요."

"나도 그럴 줄 알았는데, 약간 실망스러웠어."

"어쨌거나 그런 고수를 한 방에 쓰러트리다니……. 아! 정말 멋있었어요. 나도 형님처럼 고수가 돼서 숨어다니지 않아도 되는 삶을 살고 싶어요."

"홍패가 잘 가르쳐줄 거야."

설가영이 손을 내저었다.

"아뇨. 작은형님한테 배우는 것은 강호에서 살아남는 법인데, 시선을 피하고 도망을 쳐도 결국 막다른 골목에 몰리면 스스로의 힘으로 해결해야 하잖아요."

진평은 미소 지으며 고개를 가로저었다.

"힘으로 상대를 누르는 건 한계가 있어. 세상엔 늘 나보다 강한 자가 있기 마련이거든. 인자무적(仁者無敵)이란 말을 최고의 금언으로 생각하고 살아. 그러면 위험한 일도 없을 거야."

설가영이 볼멘소리를 했다.

"그걸 누가 몰라요? 동창에 쫓기지 않는다면 나도 그렇게 사는 길을 찾았을 거예요."

진평은 입맛을 다셨다.

그녀가 처한 상황이 특별한 건 사실이었다.

"하지만 고수는 의욕만 가지고 되는 게 아냐. 체력과 근력, 내공의 바탕은 물론이고 강인한 의지와 정신력까지 필요해."

"그럼 내가 형님 마음에 들 정도까지 그것들을 갖추면 무공을 가르쳐주세요. 약속하실 수 있죠?"

진평은 피식 웃었다.

"내 눈에 들기가 쉽지 않을 텐데."

"노력하면 되겠죠."

"좋아. 그럼 한 가지 시험을 해보자고."

진평은 낚싯대를 잡아챘다.

거기엔 팔뚝만 한 잉어가 걸려 있었다. 갑판에 떨어져 팔딱거리는 잉어를 가리키며 진평이 말했다.

"죽여."

"예?"

"검을 뽑아서 죽여. 이게 시험이야."

설가영은 머뭇거렸다.

"시장하세요?"

"그것과 상관없이 죽여 봐."

설가영은 검을 뽑아 잉어를 겨누었지만 선뜻 손을 쓰지 못했다. 그 모습을 보고 진평이 한마디 했다.

"물고기 한 마리 죽이지 못하면서 사람은 어떻게 죽이겠어? 내가 적당한 자리를 마련해줄 테니까 거기 숨어 살아. 그러면

평생 아무 일도 없을 거야."

설가영은 검을 고쳐 쥐었다.

그녀가 무공에 관심을 가지는 것은 좀 더 강해져서 자신의 몸을 스스로 지키고 싶다는 생각도 있지만, 그보다는 진평과 함께 다니고 싶다는 게 더 큰 이유였다. 안전한 곳에 숨어 사는 건 바라는 바가 아니었다.

그녀는 검을 뻗어 잉어를 찔렀다.

"아……!"

잉어가 파닥거리는 바람에 겨냥이 빗나갔고, 서너 번을 찌르고 나서야 겨우 잉어의 움직임을 멈추게 할 수 있었다.

진평이 고개를 가로저었다.

"불합격."

"왜요? 죽였잖아요."

"너무 잔인했어."

"그게 무슨 말씀이세요? 어차피 생명을 죽이는 것 자체가 잔인한 일이잖아요."

진평이 진지한 어조로 말했다.

"살생을 잔인하다고 생각하면 살아갈 수가 없어. 모든 생명은 다른 생명을 죽여서 그 생명력을 빨아먹고 생존하는 거거든."

"말도 안 돼요. 꼭 다른 생명을 죽여야만 사는 건 아니에요. 승려들은 채식만으로 평생을 살기도 하잖아요."

"하하! 풀은 생명 아닌가?"

"그, 그건……."

"간단해. 네가 밥을 먹는 건 쌀을 죽여서 그 생명력을 빼앗는 거야. 그게 네가 살아가는 힘의 원천이지."

설가영은 아무 말도 하지 않았다.

그런 식으로는 생각해본 적이 없었기 때문이다.

진평의 말이 이어졌다.

"전에 보니까 생선 요리를 맛있게 먹더군. 하지만 저 잉어를 죽이는 손길은 머뭇거렸지. 그런 걸 뭐라고 하는지 알아?"

"뭐라고 하는데요?"

"비겁하다고 하지. 다른 생명을 죽여 내 생명을 채우는 과정 중에서 더럽고 기분 나쁜 일은 남에게 맡기고, 눈을 가린 채 혀의 즐거움만 만끽하겠다는 거니까."

설가영은 입술을 샐쭉거렸다.

"꼭 그런 식으로 얘기할 필요는 없잖아요."

"후후……. 어쨌거나 살생 앞에서 머뭇거리는 건 실격이야. 강호에 발을 들여놓아 봤자 명만 단축될 거야. 그리고 물고기 입장에서 생각해도 그래. 어차피 죽을 거라면 단번에 고통을 느끼지 못하도록 죽여주는 게 훨씬 고맙지."

생각을 정리한 설가영이 천천히 고개를 끄덕였다.

"그러니까, 일단 죽이겠다고 마음먹으면 망설이지 말고 상대에게 가장 덜 고통스러운 방법을 써서 단번에 죽여야 한다는 거군요?"

"그게 죽는 자에 대한 예의지."

설가영은 잉어를 내려다봤다.

진평의 얘기를 듣고 나니 자신의 머뭇거림이 물고기에겐 잔인했을 수도 있다는 생각이 들었다. 일검에 목과 몸통을 분리했다면 마지막 순간이 덜 고통스러웠을 것 같았다.

"하지만 형님. 생선이나 닭을 잡는 것과 사람을 죽이는 것은 다르지 않나요?"

"맞아. 사람은 못 먹지."

"아뇨. 그게 아니라 감정을 가진, 이리저리 따지다 보면 친척일 수도 있는 우리의 동족이잖아요. 그들을 생선처럼 대할 수는 없잖아요."

"당연히 사람과 생선이 같을 수 없지. 그러니까 네 거처를 따로 마련해주겠다는 거야. 무림은 사람 목숨이 생선만도 못한 경우가 부지기수니까 아예 발을 들여놓지 말라고."

설가영은 진평의 논리가 마음에 안 들었다.

"형님은 사람을 잘 죽이니까 강호행을 해도 되고, 전 머뭇거리니까 안 된다는 건가요?"

"정답이야."

"도대체 형님은 얼마나 많은 사람을 죽였죠?"

"글쎄? 한 백 명쯤 되려나……. 그보다 적을 수도 있고, 많을 수도 있고."

설가영의 눈이 동그래졌다.

"정말 그렇게 많은 살인을 했어요?"

"그 정도를 많다고 하기는 어렵지."

"양심의 가책 같은 거 느껴지지 않아요?"

"무슨 가책? 난 살인을 하면서 망설이거나 후회해 본 적 없어. 이제까지 단 한 번도."

"정말요?"

진평은 고개를 끄덕였다.

"일을 많이 하는 사람이 잘못도 많이 저지른다는 말이 있지. 그래서 내가 옳은 판단을 내리는 것인가에 대해 늘 고민하고 반성도 해. 하지만, 일단 죽이겠다고 결정하면 그 후의 행동에 대해서는 절대로 후회하지 않아."

그의 목소리는 확신에 차 있었다.

설가영은 단호한 진평의 태도를 보며, 이제까지 자신이 살아온 세상과 그의 세상이 전혀 다르다는 사실을 절감할 수 있었다.

'강호란 그런 곳이구나.'

그래도 진평의 당당함을 쉽게 수긍하기는 어려웠다.

"살인이 자랑일 수는 없지 않나요?"

"살아남은 건 자랑이 될 수 있지."

"백 명이라니……. 끔찍해요."

"무림에선 은혜와 원수를 명확히 하고 반드시 거기에 따라

갚아줘. 어찌 보면 그보다 공평한 것도 없어."

"그래도 사람의 생사를 강자 쪽에서 마음대로 결정한다는 건 좀……."

"그래서 내가 판단에 신경을 쓰는 거야."

설가영이 진평을 가만히 바라보다 물었다.

"형님이 판관(判官)이 되는 건가요?"

"그런 셈이지. 판관인 동시에 형 집행인 역할까지 함께 하는 거야."

"그래서 그랬군요."

"뭐가 그래?"

설가영이 살짝 눈을 흘기며 물었다.

"삼도천이란 별명. 형님이 스스로 지은 거죠?"

"왜 그렇게 생각해?"

"삼도천이라는 게 저승 가는 길목에 건너야 하는 냇물을 말하는 거잖아요. 살았을 적 업보에 따라 파도가 높고 독사가 가득한 곳을 건너기도 하고, 물이 무릎밖에 차지 않는 곳을 수월하게 건너기도 하고, 금은과 칠보로 단장된 다리를 건너기도 하잖아요. 그러니까 형님이 자신을 삼도천이라 칭한 것은 상대가 지은 죄의 경중에 따라 죽이기도 하고 살려주기도 하겠다는 것 아닌가요? 스스로 판관이 되어서."

진평은 말없이 설가영을 바라봤다.

속을 들켜 약간 당혹스럽기도 했고, 그녀가 참 영리하다는 생각도 들었다.

삼도천이란 별명을 만든 것은 그녀의 말처럼 상대를 셋 중 하나로 판단하여 그에 맞춰 처리하겠다는 의지의 반영이었다. 누구한테도 그런 얘기를 한 적이 없는데 짚어내는 걸 보니 참으로 생각이 깊고 관찰력이 뛰어난 아가씨였다.

진평이 말했다.

"세상엔 못된 놈이 많아. 하지만 현실적으로는 그런 놈들이 더 잘 먹고 잘 살면서 계속 남을 괴롭히지."

"그런 놈들이 형님한테 걸리면……."

설가영은 엄지손가락으로 목 긋는 시늉을 해 보이며 말을 이었다.

"이렇게 되는 거군요."

"맞아. 후후……."

설가영은 잠시 말없이 태호의 수면을 응시했다. 그러다가 결심한 듯 반짝이는 눈으로 진평을 바라봤다.

"저도 삼도천이 되고 싶어요."

진평은 곧바로 고개를 가로저었다.

"무리야."

"그렇게 미리부터 문을 잠그지 말고 지켜봐 주세요. 저라고 못 하란 법 없잖아요? 무엇이건 배우는 게 굉장히 빠르니까 살인도 금방 배울 수 있을 거예요."

"삼도천은 살인귀가 아니야."

"판단력도 배울게요."

물건 사달라고 떼쓰는 아이처럼 졸라대니 진평은 그저 웃을 수밖에 없었다.

"좋아. 문은 열어두도록 하지."

"고마워요! 그런데 형님. 솔직히 말씀해보세요. 지금 제 능력이 어느 정도나 될까요?"

진평은 팔짱을 끼고 밧줄 더미에 등을 기댔다.

"글쎄……. 내공이 제법 탄탄하니까 실력을 제대로 발휘하기만 한다면 소규모 표행의 표두 정도는 될 것 같은데."

"그게 어느 정도죠?"

"녹림도들이 표물을 털려고 덤빈다 해도 소두령 한두 명쯤은 이길 수 있을 거야."

"와! 그럼 대단한 거 아닌가요?"

"대단하다고 할 정도는 아니지. 그리고 검술로 이기면 뭐 해? 정작 죽이지 못해서 머뭇거리다 결국 당할 텐데."

"흥! 이제부턴 달라질 거예요. 잉어 한 마리 더 올려보세요. 일격에 숨통을 끊어놓을 테니까."

진평은 검지로 그녀의 머리를 톡톡 쳤다.

"잉어가 그렇게 쉽게 잡히는 줄 알아? 그리고 먹지도 않을 거면서 죽이는 건 생명에 대한 모독이야. 저거나 손질해서 구워. 소금 어디 있는지 알지?"

"손질을 제가요?"

"당연히 네가 해야지."

"전엔 형님이 손질해서 주셨잖아요."

"손에 피 묻히기 싫어하는 걸 뭐라고 했지?"

"아, 알았어요. 할게요."

설가영은 비겁하다는 소리 듣기 싫어서 생선의 배를 가르고 비늘을 벗겨 냈다.

* * *

소주는 항주처럼 온통 수로로 이어진 도시였다.

그러나 대운하의 남쪽 기점이라 크고 작은 뱃길과 운하들이 항주보다 훨씬 많았다.

풍광은 항주 쪽이 아름답지만 물산의 거래나 상선의 운항은 소주 쪽이 훨씬 활발해서, 굳이 두 도시만 놓고 비교하자면 소주는 돈을 벌기 좋은 도시이고 항주는 돈을 쓰기 좋은 도시라고 할 수 있었다.

진평이 탄 배는 수로를 이리저리 돌고 돌아 커다란 선착장에 도착했다. 주변엔 수십 동의 창고가 있고 양곡선들이 빼곡히 매어져 있었는데 하나같이 사해(四海)라고 적힌 노란 깃발을 달고 있었다.

진평의 배가 들어가자 당당한 체격의 장정 서너 명이 가까이 다가와 손을 내저었다.

"저리 가시오! 우리 상단의 배가 아니면 댈 수 없소."

진평이 선수 쪽으로 가서 아는 체를 했다.

"오랜만입니다!"

그러자 장정들이 환한 미소를 지었다.

"진대인 아니십니까? 어서 오십시오."

진평을 알아본 그들은 줄을 당겨 배를 매어주고 널판을 걸쳐 내리기 편하게 도와주었다.

대하는 품이 귀한 고객을 맞는 것 같았다.

그들의 안내를 받아 안으로 들어가며 홍패가 물었다.

"석형님에게 듣기로는 여기가 형님의……."

진평은 검지를 살짝 입술에 댔고 홍패는 입을 다물었다.

문 두 개를 지나 좀 더 직급이 높은 사람에게 인계된 세 사람은 커다란 객청으로 들어가게 되었다.

"잠시만 기다리십시오. 곧 장주님이 나오실 겁니다."

기다리는 동안 설가영은 잠시도 가만히 있지 못했다.

"와! 이렇게 큰 산호는 처음 봤어요. 어머! 이건 상아를 깎아 만든 건가요? 세상에! 이 벼루는 뭐로 만든 거죠? 금으로 테두리를 두를 정도면 보통 돌이 아닌 것 같은데……. 아! 객청에 이 정도면 내실엔 얼마나 많은 보물들이 있을까요?"

그녀가 벌린 입을 다물지 못하는 사이, 진평은 조용히 있는 홍패를 툭 치며 말했다.

"여기는 안 돼."

"하핫! 형님도 참……. 제, 제가 뭘 어쩐다고 그러세요. 하하핫!

그때 비단 화복을 입은 남녀가 객청으로 들어왔다.

"어서 오십시오! 진대인."

장주는 오십대 초반. 살이 좀 찐 데다 얼굴 가득 온화한 미소가 번져 있어서 호감이 가는 인상이었다.

부인은 사십대 중반으로 남자보다 키가 약간 컸고, 입 근처는 웃고 있지만 눈매가 날카로워 보였다.

진평은 그들에게 정중히 포권을 한 후 홍패와 설가영을 소개했다.

"이쪽은 제 동생들입니다."

장주와 부인은 홍패와 설가영에게 가볍게 목례를 했다. 이름을 말하지 않았지만 별로 궁금해하지도 않는 듯했다.

장주가 진평에게 물었다.

"안으로 들어가서 얘기할까요?"

"그럽시다."

객청의 뒷문을 열자 회랑이 나왔다.

잘 꾸민 정원과 연못을 지나 고즈넉한 분위기의 별채에 들어서자 장주는 문을 잠그고 홍패, 설가영 쪽을 바라봤다.

진평이 그에게 손짓을 했다.

"괜찮습니다."

그러자 장주와 부인이 진평에게 공손히 허리를 숙였다.

"방주님을 뵙습니다."

홍패는 그럴 줄 알았다는 듯 씩 웃었고, 설가영은 갑작스러운 태도 변화에 놀라 장주와 진평을 번갈아 보았다.

석위에게 대충 들은 홍패와는 달리, 설가영은 이런 거대한 전장(錢莊)의 장주가 왜 진평에게 머리를 조아리는지 이해할 수 없었다.

진평이 눈짓을 하자 부인이 홍패와 설가영을 데리고 밖으로 나갔다. 설가영은 진평에게 묻고 싶은 게 한두 가지가 아니었지만 일단 따라갈 수밖에 없었다.

방에 둘만 남게 되자 장주 서원직(徐元直)이 걱정스러운 어조로 물었다.

"방주님. 팔을 다치셨습니까?"

"특이한 내공을 쓰는 자와 장을 교환했습니다. 무슨 내공인지 정체를 확인하고 싶어서 그 기운을 몸 밖으로 내몰지 않았으니 서총관이 좀 봐주십시오."

"알겠습니다."

서원직은 가부좌를 튼 후 내공을 끌어올렸고 손바닥을 천천히 앞으로 내밀었다. 진평은 거기에 자신의 손바닥을 맞대고 기운을 밀어 넣었다.

"으음……."

서원직의 입에서 신음이 새어나왔다.

진평은 곧 손을 떼었고 서원직은 합장한 채 한참 동안 미간을 찌푸리고 있다가 눈을 떴다.

"마교의 내공입니다."

"역시 그랬군요."

진평은 삼매진화를 일으켜 몸 안에 남아 있던 음한지기를 날려버린 후 서원직의 뒤로 돌아가 그의 명문혈에 장심을 대고 진기를 불어넣어 주었다.

창백하게 변해 있던 서원직의 얼굴은 조금씩 본래의 신색을 되찾았다.

"어떤 자였습니까?"

그의 물음에 진평은 당시 상황을 자세히 설명해주었다.

"으음……. 그 정도 실력이었다면 마교의 장로 중 한 명이었을 것 같습니다."

진평이 턱을 만지며 말했다.

"백련교는 지리멸렬해서 재기불능일 거라고 생각했는데 그 정도 고수가 남아 있다니. 신경이 쓰이는군요."

마교의 발흥은 결코 바람직하지 않은 일이었다.

"교주가 잡히지 않았으니 그 불씨는 계속 살아 있었다고 봐야겠지요. 수라참혼장에 대한 소문이 퍼지니까 그걸 찾으러 나온 것 같습니다."

"이상하군요. 그가 백련교의 장로라면 비급이 가짜라는 걸 알았을 텐데."

서원직이 놀란 표정을 지었다.

"비급이 가짜입니까?"

진평은 동창과 성왕부, 그리고 동창이 만든 소문에서부터 설대인이 숨긴 장부까지 모든 것을 얘기해주었다.

"아! 그런 일들이 있었군요."

"그럼에도 불구하고 백련교의 장로가 움직였다는 건 진짜로 비급이 세상에 나왔다는 뜻 아닐까요?"

서원직은 천천히 고개를 끄덕였다.

"동창이라면 천하의 정보를 다 모을 수 있으니까 실제 벌어진 일들을 엮어서 소문에 신빙성을 더했을 수도 있겠지요."

"백련교가 사라진 게 아니라 절치부심하며 힘을 키우고 있다면 장차 피바람이 불 수도 있겠군요."

서원직이 걱정스러운 어조로 말했다.

"그렇습니다. 받아야 할 혈채(血債)가 많으니까요."

두 사람의 안색이 굳었다.

진평과 평수를 이룰 정도의 고수가 마교에 남아 있다는 사실은 중원 무림에 심각한 위협이 될 수 있기 때문이었다.

진평이 장부를 꺼내어 서원직에게 건네었다.

"동창이 노리는 건 이것입니다."

서원직은 내용을 몇 차례 훑어본 후 말했다.

"수결을 증거로 삼으려 하는군요."

"뭐에 대한 기록인 것 같습니까?"

"금액으로 보면 소금이나 도자기 같은데, 숨기는 이유가 무엇인지 모르겠습니다. 아무리 왕부라고 해도 어느 정도 숨통은 틔워주는 데 말입니다."

친왕(親王)들의 힘이 커지면 반란을 일으킬 수도 있기 때문에 명나라 황실에선 대대로 왕부를 지키는 군사의 수나 전답의 면적에 제한을 두고 있었다. 그러나 실제로는 사업을 좀 한다고 해도 적당히 눈감아주는 게 관례였다.

진평이 물었다.

"황상과 성왕야 사이가 안 좋습니까?"

서원직은 고개를 가로저었다.

"두 분은 연년생 형제 아닙니까? 어려서부터 늘 붙어 다니다시피 하면서 컸는데 사이가 나쁠 리 없지요. 동창이 움직인 건 환관 왕진이 시킨 일일 겁니다. 황상을 등에 업고 조정 대신들을 하인 부리듯 하는 자이니, 왕야의 권위에도 도전해보려는 것이겠지요."

"총관님이 이 장부를 좀 더 살펴봐 주시고, 백련교의 움직임도 예의 주시해주십시오."

"그리하겠습니다. 헌데…… 함께 온 두 사람은 어찌할 생각이십니까? 그들 앞에서 방주님이라고 하려니 좀 당황스러웠습니다."

"그들은 우리 식구가 될 겁니다."

"드디어 새 방도가 생기는 겁니까? 하하! 반갑기도 하고, 한편으로는 불안하기도 하군요."

서원직은 홍패와 설가영이 미덥지 못한 눈치였다.

진평이 말했다.

"설소저는 이 장부를 맡았던 설대인의 손녀입니다. 거둬주겠다고 한 약속을 지킬 생각입니다."

서원직이 반색을 했다.

"이런 경사가……!"

진평은 손을 가로저었다.

"아! 오해하지 마십시오. 하녀로 거두었습니다."

서원직은 바로 실망하는 표정을 지었다.

사실, 진평과 서원직은 방주와 총관으로 직분이 나뉘지만 정리(情理)로 따지면 숙부와 조카처럼 친근한 사이였다.

손이 귀한 진평의 집안 내력 때문에 하루빨리 성혼하여 아들을 낳았으면 하는 게 서원직의 평소 바람이었다.

진평이 서둘러 화제를 돌렸다.

"그동안의 실적을 좀 볼까요?"

"예. 일단 우리 전장부터 보고하겠습니다."

서원직은 장부들을 꺼내어 진평에게 보고를 시작했다.

설가영은 홍패와 헤어져 안채로 갔고 거기서부터는 시녀 두 명의 안내를 받아 정갈하게 꾸며진 상방으로 들어가게 되었다.

"필요한 게 있으면 불러주십시오."

두 시녀는 차 한 주전자와 과자 접시를 놓고 나갔다.

설가영은 궁금증과 답답함을 이기지 못해 진평을 찾아가려 했지만 문을 지키고 있는 두 시녀가 외출을 허락하지 않았다.

그녀로서는 하염없이 기다리는 수밖에 없었는데, 꽤 오랜 시간이 지나도 진평은 오지 않았다.

설가영은 과자 접시를 다 비웠고 오랜만에 면구를 벗고 수건으로 얼굴도 닦았다.

그렇게 시간이 흘러 시녀들이 점심을 가지고 왔다.

생선찜과 야채 볶음과 야채 절임 한 접시라는 간소한 차림이었는데 생선찜이 아주 맛있었다. 그것이 진평의 배려일 거라 생각한 설가영은 마음을 편히 가지고 기다리기로 했다.

'언젠간 오겠지.'

그녀는 끈을 꺼내어 무릎과 종아리를 묶었다. 멍하니 기다리느니 경공 연습이라도 하자는 의도였다.

중심을 잡고 선 채 엄지발가락에 힘을 주어 꼼지락거린 지 얼마나 지났을까.

느닷없이 방문이 열리더니 장주 부인이 들어왔다.

"엄마야!"

설가영은 크게 놀랐다.

방에 들어선 그녀가 느닷없이 검을 뽑아들었기 때문이다. 옷차림 어디를 봐도 검을 지닌 흔적이 없었는데 시퍼런 검신이 코앞에서 낭창거리고 있으니 놀라지 않을 수 없었다.

설가영은 부인의 검을 피한답시고 물러서다가 뒤늦게 다리가 묶였다는 사실을 깨달았다.

와장창!

그녀가 탁자를 안고 넘어지면서 그릇들이 떨어지는 바람에 방 안은 난장판이 되었다.

장주 부인 정려군(鄭麗君)은 바닥에 떨어진 인피면구를 발견하고 검을 거두었다. 검은 순식간에 그녀 허리에 감겨 철컥! 소리를 냈다. 허리띠 모양을 한 연검이었다.

"미안하게 됐군."

그녀는 설가영에게 손을 내밀었다.

하지만 설가영은 두려운 마음에 쉽사리 그녀 손을 잡지 못했다.

정려군이 쓴웃음을 지으며 해명했다.

"면구를 벗어서 다른 사람인 줄 알았어."

"아! 그, 그러셨군요."

설가영은 그녀의 손을 잡고 몸을 일으켰다.

순간적으로 손바닥이 화끈거리는 것으로 보아 필시 상대가 자신의 내공을 시험하는 거란 생각이 들었다. 하지만 대응방법을 알지 못하는 그녀로서는 그저 무방비 상태로 시험을 당할 수밖에 없었다.

정려군이 설가영을 의자에 앉힌 후 물었다.

"다리는 왜 묶고 있지?"

"경신술 공부를 하는 중이었어요."

"그랬군."

정려군은 의자를 끌어당겨 설가영의 맞은편에 앉았고, 시녀들이 들어와 방을 치우는 내내 설가영을 응시했다.

설가영은 그녀의 시선이 부담스러웠다.

젊었을 때는 대단한 미인이었을 것 같은 얼굴. 거기에 단아하고 현숙한 몸가짐의 그녀였지만 사람을 꿰뚫어 보는 시선은 날카롭기 그지없었다.

설가영이 용기를 내어 침묵을 깨트렸다.

"왜 그렇게 보시죠?"

초면에 반말을 하는 것은 어머니뻘이 되니 그러려니 한다쳐도, 빤히 바라보는 건 좀 무례하다는 생각이 들었다.

"방주님이 반할 만한 얼굴이야."

"그게 무슨……."

"마음의 준비는 됐나?"

"무엇에 대한 마음의 준비요?"

"우리 본혈방(本穴幫)의 방도가 되는 것."

설가영이 잠시 앞뒤를 재 본 후 물었다.

"형님이 본혈방이란 방파의 방주인가요?"

정려군은 미간을 찌푸렸다. 설가영이 진평을 형님이라 칭하는 게 이상했던 것이다.

"앞으로는 방주님이라고 불러."

정려군의 노려보는 눈빛은 정말 무서웠다.

설가영이 침을 꿀꺽 삼킨 후 대답했다.

"예. 조심할게요."

그녀가 잠시 사이를 두고 물었다.

"제가 계속 방주님 가까이 있으려면 방도가 되어야만 하나요?"

"그래야 돼."

"방도가 되는 데 무슨 조건이 있나요?"

정려군은 고개를 끄덕였다.

"우리 방에 들어오려면 위로는 천리(天理)에 순응해야 하고, 아래로는 인(仁)으로 사람을 대하며, 방도들끼리는 의(義)를 목숨보다 소중히 지켜야 해. 그 세 가지를 지킬 수 있겠어?"

몹시 진지한 음성이라 설가영도 한 번 더 생각해보게 되었다. 그러나 결정하는 데까지는 오랜 시간이 걸리지 않았다.

문파의 이름도 설핏 들어서 기억이 잘 안 나지만, 어쨌거나 진평 가까이에 머물려면 다른 선택의 여지가 없었다. 집이 있어도 돌아가지 못하는 그녀에게 진평 곁을 떠나는 것은 곧 하늘 아래 홀로 되는 것을 의미했다.

"하겠어요!"

정려군이 살짝 미소 지었다.

"다행이군. 거절했다면 방주님이 슬퍼하셨을 텐데."

설가영은 그가 왜 슬퍼하는지 물어보려다가 입을 다물었다. 그동안 진평이 자신의 정체에 대해 꼭꼭 숨겨온 걸 생각하면 방도가 되지 않을 경우 영원히 입을 다물도록 했을 것 같았기 때문이다.

정려군 역시 지금은 비록 미소를 짓고 있지만 왠지 그런 일쯤 눈 하나 깜빡 않고 해치울 사람처럼 보였다.

정려군이 다시 말했다.

"이것 한 가지만큼은 분명히 기억해둬."

"뭐를요?"

"네가 방주님의 마음을 아프게 하면 내가 절대로 용서하지 않을 거다. 절대로."

그녀의 목소리엔 힘이 잔뜩 들어가 있었다.

설가영은 어이가 없었다.

진평이 자기로 인해 마음 아플 일이라면 생선찜에 양념을 잘못하는 정도 말고는 없을 것 같았기 때문이다.

"알았어요. 그런 일 절대 없을 테니 걱정 마세요."

간단히 그녀 말에 수긍하고 고개를 숙인 것은, 정려군이 진평의 어머니라도 되는 것처럼 구는 게 그를 아끼고 사랑하는 마음에서 나온 것임을 짐작했기 때문이다.

정려군의 낯빛에서 날카로움이 많이 지워지는 것을 보고 설가영이 물었다.

"방의 입문절차는 어떻게 되죠?"

"네 동료가 수락하면 한꺼번에 의식을 거행할 거야. 넌 목욕재계하고 새 옷으로 갈아입은 후 기다려."

설가영은 그녀가 시키는 대로 했다.

같은 시각.

홍패는 서원직에게 질문을 받고 있었다.

"만약 네 형의 수채와 우리 방 사이에 싸움이 벌어지면 어떻게 처신할 거지?"

"그야 형님을 위해 싸워야죠."

"어느 형님?"

"당연히 방주님이죠. 히히!"

서원직이 정색을 하고 물었다.

"파양채의 채주는 네 혈육인데, 그를 향해 칼을 겨누겠다고? 과연 그럴 수 있을까?"

홍패도 진지한 어조로 대답했다.

"아버지의 피를 나누어 받은 것은 사실입니다. 하지만, 내게 두 번째 생명을 준 사람은 형님, 아니 방주님입니다. 방주님이 주신 목숨, 방주님을 위해 써야 하지 않겠습니까?"

"흐음……."

서원직이 한참 동안 홍패를 바라봤다. 실없이 웃음이 많은 그이지만, 지금은 진지하기 이를 데 없었다.

서원직의 침묵과 주시가 계속 이어지자 홍패가 코와 입술을 실룩거리다가 얼굴이 확 풀어지며 물었다.

"이제 다 됐습니까?"

"한 가지만 더. 우리 방규가 뭐라고 했지?"

"천리에 순응하고 인의를 지킨다! 맞죠? 헤헤……."

"거기에 따를 거지?"

"물론입니다!"

"그럼 앞으로 인의에 벗어나는 도둑질을 해서는 안 돼."

홍패의 표정이 일그러졌다.

"세상에 어질고 의로운 도둑질이 어디 있습니까?"

"없으면 하지 마."

"으으……."

홍패는 이마를 긁기도 하고 머리를 쥐어뜯어 보기도 하다가 마침내 결심한 듯 버럭 소리를 질렀다.

"좋습니다! 앞으로 의로운 도둑질만 하겠습니다. 젠장!"

"마지막에 뭐라고?"

"아, 아뇨. 본혈방 입방이 너무나 기쁘고 영광스러워서 저도 모르게 나온 환호성이었습니다. 총관님은 세세한 곳에 너무 집착하시는군요. 히히!"

서원직은 못마땅한 표정으로 홍패를 봤다.

방의 규율을 지키고 비밀을 유지하기에는 사람됨이 좀 경박하다는 느낌이 들었기 때문이다. 하지만 두 사람 모두 동창에 쫓기는 몸이고, 방주가 직접 결정을 내렸으니 달리 방법이 없었다. 그저 진평의 사람 보는 눈을 믿을 수밖에 없었다.

달이 밝게 뜬 밤.

사해전장의 후원 깊숙한 곳에 제단이 세워졌다.

커다란 상 위에 붉은 비단을 깔고 돼지 네 마리, 양 네 마리, 닭 네 마리, 거위 네 마리, 거기에 더해 향기로운 과일과 술을 배열하고 향을 피웠는데, 맞은편 벽에는 본혈(本穴)이란 두 글자가 새겨진 족자가 걸렸다.

다른 것들은 다들 크고 화려한 데 반해 글이 적힌 종이는 색이 바래고 낡아서 상당히 오래된 것으로 보였다.

입문 의식은 서원직이 주관했다.

설가영과 홍패뿐만 아니라 진평, 서원직, 정려군도 하얀 장포를 입고 의식에 임했는데, 세 사람 모두 표정이 엄숙했다.

향을 올리고, 맹세를 하고, 술을 나누어 마시는 순서로 진행된 의식을 마치고 다섯 사람은 자리를 옮겼다.

그곳에서는 설가영과 홍패가 방주 진평에게 따로 예를 올렸고, 서원직은 지필묵을 가지고 와서 벼루에 먹을 갈았다.

정려군이 두 사람에게 주의사항을 일러주었다.

"본혈방도는 누구에게도 정체를 들켜서는 안 된다. 그러니 우리끼리 있을 때 외에는 호칭에 각별히 주의해야 한다."

홍패가 물었다.

"방주님, 총관님, 호법님 외에 다른 방도들은 어디 있습니까?"

"우리뿐이다."

"예? 그게 무슨……."

"우리 다섯 명이 다란 말이다."

"하핫! 이 장원의 식구들은요?"

"그들은 사해전장에 고용된 것일 뿐 본혈방도가 아냐. 그러니 그들이 있는 앞에선 나를 호법이라고 부르면 안 돼."

홍패는 어이가 없었다.

거창하게 입방의식까지 치렀는데 방도가 달랑 다섯 명이라니 좀 당황스러울 정도였다.

그는 진평에게 물었다.

"형님, 아니 방주님. 복운표국의 석형님은요?"

진평은 고개를 가로저었다.

"그는 내 친구야. 정호법관이 얘기했듯 본혈방은 우리 다섯 명이 전부고 그 외엔 친구이거나 고용관계일 뿐이지."

"그, 그렇군요."

설가영은 다른 질문을 했다.

"본혈이란 게 무슨 말인가요?"

거기에 대한 대답은 서원직이 했다.

"그것은 파자(破字)야. 본(本)에서 십(十)자를 뽑아 혈(穴)자에 붙이면 대송(大宋)이란 두 글자가 되지."

"대송이라면……."

"본혈방은 본래 몽골의 것이 된 중원 강토를 되찾기 위해 모인 의사(義士)들의 모임이었지. 애산(厓山)전투에서 패전한

이듬해부터 시작되었으니, 올해로 백육십오 년째가 된다."

"아! 그렇군요."

설가영과 홍패의 낯빛이 상기되었다.

송나라를 재건하기 위한 비밀결사의 일원이 되었다는 사실에 살짝 흥분이 된 것이다.

홍패가 물었다.

"그런데 오랑캐는 이미 물러가지 않았습니까. 그럼 우리의 목표는 뭐가 되나요? 주(朱)씨를 몰아내고 다시 조(趙)씨의 세상을 만드는 겁니까?"

진평은 고개를 가로저었다.

"그건 말이 안 되는 얘기지. 전대 방주님께서 천리에 순응한다는 규율을 만드신 것은 지금의 제국을 인정한다는 뜻이야."

"그럼 결사의 목적이 사라져버린 거네요?"

"우리의 갈 길은 인(仁)이란 글자에 모두 담겨 있어. 나보다 남을 생각하는 마음을 갖고 고통 받는 백성들이 없도록 돕는 게 우리의 할 일이야. 애당초 대송강산을 되찾겠다고 한 것도 몽골군의 말발굽에 짓밟히는 백성들을 구하기 위함이었으니까 황제의 성이 바뀌었다고 해서 우리의 할 일이 없어진 것은 아니지."

진지하고 차분한 진평의 설명을 듣고 설가영이 물었다.

"구체적으로 어떻게 돕는 거죠?"

"정해진 건 없어. 흉년이 들면 쌀을 풀고, 진염병이 돌면 약을 나누어주는 식이지."

설가영은 탄성을 토했다.

"소주 일대에선 사해전장의 명성이 자자하겠군요."

"아니. 우리가 하는 모든 사업은 비밀이야."

"예? 왜요? 살인강도도 아니고 가난한 사람들을 돕는 일인데, 그걸 왜 비밀로 하죠?"

그녀로서는 이해할 수 없는 일이었다.

진평이 미소 지으며 대답했다.

"세상에 알려지면 주목을 받게 돼. 뜯어 먹으려고 달려드는 개들도 늘어나게 되지. 결국 장구하게 이어나갈 수 없어."

설가영은 천천히 고개를 끄덕였다.

하긴, 문파의 명칭부터 파자로 숨기는 판에 그런 일들을 드러내놓고 한다는 건 앞뒤가 맞지 않았다.

먹을 다 간 서원직이 낡은 책 한 권을 가지고 나와 두 사람 앞에 펼쳐 놓았다.

"끝에 너희들의 이름을 적어라."

그것은 본혈방의 명부였다.

앞쪽엔 상당히 많은 이름들이 적혀 있었지만 뒤로 넘어갈수록 그 수는 급격하게 줄어들었고, 삼대 이후부터는 서너 명이 고작이었다.

진평은 팔대 방주였다.

홍패와 설가영은 서원직과 정려군의 이름 아래 각각 자신들의 이름을 써넣었다.

명부를 받아 든 진평이 흡족한 표정을 지었다.

"자! 이렇게 좋은 날 술이 없어선 안 되지!"

다섯 사람은 맹세 의식에 쓰인 음식과 술로 축하의 연회를 벌였다.

『풍운강호』 2권에서 계속

시니어 신무협 장편소설
ORIENTAL FANTASYSTORY & ADVENTURE
일보신권
문피아 골든 베스트 1위, 그 빛나는 영광!
시니어 신무협 장편소설.
천하를 놀라게 한 파격적인 소림무공,
그 비밀은 배고픔과 절제!
이제 무공도 근검절약의 시대,
최소한의 움직임으로 최대의 효과를 얻는다!
dream books
드림북스

『태극검해』,『화산검종』의 작가!

한성수 신무협 장편소설『절대검해』

마도의 후예 소진엽과 천마신교의 교주 담대광
두 괴짜의 만남이 무림에 풍랑을 부른다.

블레이드 헌터

김정률 판타지 장편소설

FANTASYSTORY & ADVENTURE

『소드 엠페러』, 『다크 메이지』,
『트루베니아 연대기』의 작가
김정률 판타지 장편소설

혼돈의 시대를 가로지르는 빛의 검이 되어라

『블레이드 헌터』

세계의 균형을 위협하는 빛나는 검의 출현!
마스터의 유지를 받들어 그 비밀을 밝힌다!

dream books
드림북스

魔龍傳
마룡전
김강현 신무협 장편소설
ORIENTAL FANTASYSTORY & ADVENTURE
『투신』, 『마신』, 『천신』의 작가!
김강현의 신무협 장편소설
고독(蠱毒)에 조종당해 지옥에 내던져진 마룡단.
잔혹한 음모와 혈투 속에서도 그는 살아남았다!
잊혀진 마룡단의 생존자 강하진이 돌아왔다.
음모의 배후를 처부수고 복수를 이루리라!
dream books
드림북스